U0395109

最世文化
Shanghai ZUI co.,Ltd

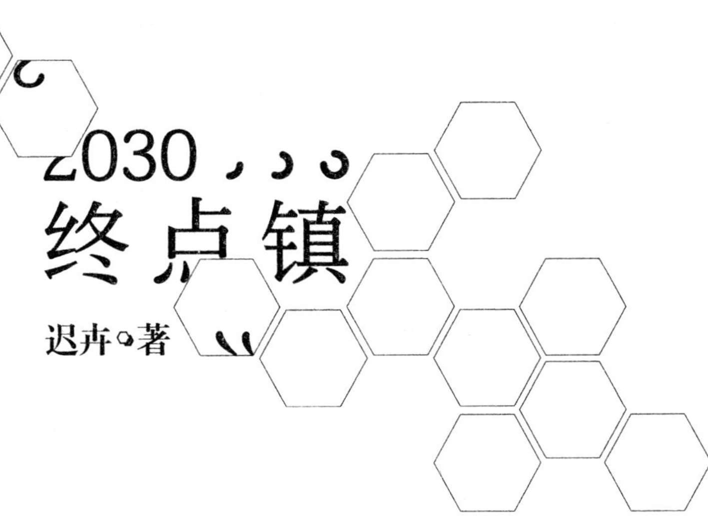

2030 终点镇

迟卉◎著

湖南文艺出版社
HUNAN LITERATURE AND ART PUBLISHING HOUSE
博集天卷
CS-BOOKY

谨以此书献给 Kai

声明：本书纯属虚构，与任何现实存在的团体及个人无关

目 录

Contents

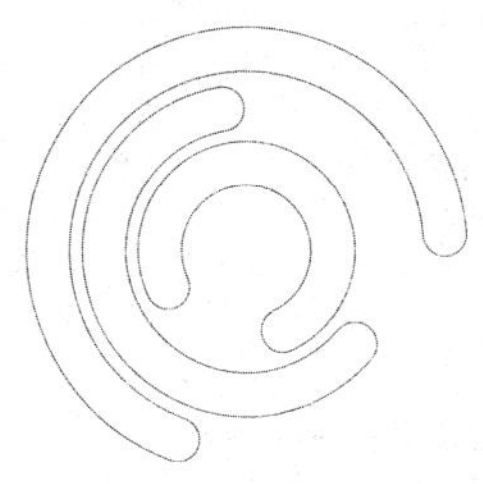

2030年 第二乐章：人性缺省

…………

来了，来了，那蛆虫的王。
群蝇的皇后走在他身旁。
骨头和血，
都沉默不语。
没有名字的墓碑之下，
鸟儿依旧在歌唱。

…………

序曲

在惨案发生之后，终点镇上的每一个人都说，那年春天的确是异象频发，恶兆丛生。

他们说自己听到雷声在万里无云的天空中滚动，看见黄鼠狼抱着鸡蛋在街道上飞跑，几十年的老榆树被黑白斑点的毛毛虫吃得一片叶子都不剩；他们说乌鸦像是嗅到了死人的气味，成百上千只在坟场中栖息；还有七里庙中那尊土地爷神像，居然在某个下着细雨的春季夜晚突然倒塌。

其实，我清楚地记得那段时间，从暮冬直到初春。我没听到过晴天闷雷，也没看到黄仙爷过街。山沟里的小镇，毛毛虫和乌鸦一直都多得很。土地庙的香火断了五六年了，要我说，早该塌了。

那年我十二岁，上初一。

小道消息——尤其是坏消息——在镇子里就像是长了脚，跑得飞快。“那件事”发生还不到一个小时，几乎所有的人就都知道了。

我还记得那天早上，我背着书包去学校，抄近路穿过老头儿们下棋的凉亭。几个老头儿坐在里面，弓着腰，低着脑袋，凑在一起神秘兮兮地小声交谈。那块斑驳的棋盘被放在一旁落灰。

学校门口，每天早早开张的小吃店居然关门落锁。走进教室时，我才意识到只有一半的同学按时抵达，家在镇子东边的一个都没来。

班主任和班长都缺席了整个早自习。

直到上午第一节课，迟到的同学们才走进教室。他们的表情又兴奋又恐慌，和班主任阴沉的表情恰成对照。

“第一节课自习。把昨天发的卷子再看一遍。”

班主任说完，匆匆忙忙走了出去。

教室里轰的一声炸开了锅。几十个同学凑到一块儿，七嘴八舌，慢慢拼出了事件的全貌。

死了个女人。他们说。

终点镇只有一条主干道，由西向东，笔直穿过。一半的镇子在山坡上，一半在山坡下。铁路沿着山脚横穿主干道，形成一个十字形，将镇子分成四瓣，红砖房屋向着不同方向延伸开去，如同绽开的花朵。

那具尸体就在十字形的中央——铁路和主干道交会的地方，被人仔仔细细地放在路边的草丛里。

我们屏住呼吸，听班长给我们描述当时的情景。

班长姓路，身高腿长胆子大。我们都管他叫大路。他家住在镇子东边，早上起来吃了饭来上学，刚走到火车站附近，就听到有人在路口尖叫不已。

“像杀猪一样。”他绘声绘色地说。

我们连连点头，目光热切而明亮。

大路兴致勃勃地描述着他听到的尖叫声，还有忙乱地从他身边跑过去的人。但让我们失望的是，他其实没看到那个死人，因为他去的时候，周围已经围了一圈人看热闹，大部分是铁路局的员工，还有两个早起去地里干活的。他们看到他是个小孩子，就轰他走远点。但大路还是远远地瞟到了一眼。

“灰白色的。”他说，“就像纸一样白。”

“那你怎么知道那是死人，不是纸扎活儿？”雷子嗤笑道。他说的是那种清明节会买来烧给祖宗的纸人。

大路瞪了他一眼。

“因为老瓜皮是第一个看到的，他吓尿了。真的尿了，裤裆都湿了，这么大一片——”他伸手比画了一下。

“啥？”

“真的？”

我们兴奋起来。老瓜皮是个很讨厌的老头儿，经常在学校门口卖切成一小条一小条的香瓜。一块钱一条，我们经常买了当零嘴吃。冬天他就卖糖葫芦。但是老瓜皮脾气坏，心眼小，我们花钱买他的东西，他还骂骂咧咧的。

接下来很长时间，我们都在谈论老瓜皮和他尿湿的裤子。有几个好事者还编了顺口溜，打算等老瓜皮再来卖东西的时候唱给他听。

但老瓜皮再也没回来。他吓疯了，没多久就被送进了精神病院。与此同时，关于那个死人的流言像野火一般开始在小镇里蔓延。那些言语就像是阴暗的碎片四处翻飞，它们包括了头发、蛆虫、死者和生者，也带来了疯狂、死亡、恐惧和象征。

很多年之后，当我站在人群中，望向草丛里的另一具尸体时，我才意识到，当初的流言是多么贴近现实，而当初的我们又是多么天真和年少无知。

01
/
小镇

1

我的墙上有一片海。

那是在棉城工作的最后一年，我把一张巨大的表格画在卧室墙上。将一张张打印纸贴在上面，标记出每一个月，每一个星期，每一天。我把工作项目和当天要买的菜写在一起，把心情笔记和给猫打预防针的时间记在一块儿，密密麻麻，慢慢悠悠，渐渐填满整面墙壁。

如果当天的心情很好，我就用蓝色或者绿色的水彩笔来写。如果心情很糟糕，就用黑色的笔来写。不好不坏是褐色的，如果那一天难受得近乎发狂，我会抓起一支紫色的笔来涂抹。

所有的恐惧都是红色的。我用细长的笔把它们写下来。孩子气的话语，出自一个三十岁女人的手。

妈妈，我害怕。我好害怕。

墙壁安静无声。于是我靠在墙上，假装背后壁纸的纹路是母亲毛衣上的织花，假装很温暖。

墙壁依旧安静无声。

那个冬天又湿又冷，雨水爬下窗格，渗入阳台粗糙的瓷砖接缝，寒意析出，从空气的每一寸流动里钻进皮肤和呼吸，带走温度。我最后一次振作精神，打开我能找到的最大的白纸，把一年来所有的记录都整理到一条水平线上，上面是快乐，下面是痛苦。

我记得那些最好的日子，就连天空也比平常要明亮许多。我记得那时候的每一个笑容，记得那些发芽生长的希望，记得温暖的怀抱和悄声细语，还有格外丰富的色彩和美好的感觉。

我也记得那些最坏的日子。我记得自己裹着发潮的睡衣，踩着拖鞋走到厨房，瞪着一堆没洗的碗。窗外的天空阴沉，枇杷树湿漉漉的枝叶敲打着窗户，哗啦，哗啦。我的猫拖长了声音哀怨地叫唤，而我甚至没力气转身迈步从厨房再走回卧室。恐惧从胃里爬到脊背，又从脊背爬回胃里，凝固成不肯离去的灼热。

我把它们统统都整理在那张纸上。再用线条连起来。

最后我得到了另一条线。如果把第一条线看作波澜不惊的海面，那么第二条线如同一条绝望的想成为飞鸟的鱼。沉下去，再努力地挣扎着飞起来，再坠下去，再飞起来。一次又一次，从希望到绝望，从绝望到希望；从快乐到痛苦，从痛苦到快乐。日复一日，月复一月。

我倦了挣扎。

水彩颜料还有很多，当记忆袭来的时候，我总是会抓住那些色彩、故事和我手中的画，抓住那些快乐，来逃离痛苦。一次次试着飞出海面，逃离水下那沉重的感觉。但一切都有个限度，到了那一刻，你只想肚皮朝天随波逐流，管他头顶是波浪还是海风。

我拿出笔，蘸饱了水，把整张纸都涂成浅淡的蓝色。分不清的天空和海底，一条线把它们分开，另一条线在它们之间穿梭。

我坐在那里，看着墙上的这片海，还有那条记录着我反复挣扎的细线。然后给艾瑞克打了个电话。

“我要回终点镇一趟。”我说，“你能帮我照顾猫吗？”

他没有问为什么。我们早就谈过了这一切，过去，现在，将来。事实上我觉得我跟他说得已经太多，超过了他应该听到的限度。然而他一直都在安静地、彬彬有礼地听，从不多发一句议论。就像现在这样。

“我什么时候到你家接小东西？”

“明天。”我想了想，回头看看墙壁上的那片海，我现在在水下了，完全、彻底地潜入那蓝色的深渊里，“如果可以的话，最好是今天。”

“你就这么回去？什么都不带？”

“嗯。”

“至少带上艾丽吧。”

我沉默了。拒绝和应许都凝固在嘴边，和恐惧一样无法说出口。但我知道我会带上艾丽，如果我要回去，我必须带上一样我能依靠的东西。

他当晚就来了，接过了猫，睡在我的客房里。第二天他送我去机场。

“祝你好运，凯玲。”艾瑞克拥抱了我，手指干燥而温暖。

我的确需要好运。

下了飞机，坐上火车，在灰城换了一次车，在白林市又换一次——离开故乡十五年后，我带着艾丽回到小镇，租下一栋陌生的老房子，安顿下来。

父母的街坊旧友热情地欢迎我。他们坐在客厅里，吃掉我买来的花生和糖果，嗑着瓜子，祝贺我衣锦还乡，乔迁新居。他们笑着谈论生计、孩子的婚事以及去年的收成。所有的人看起来都知足而快乐。

但在那些笑容之下，隐藏着某种东西。我不会点破，而他们也不曾提起。直到夜深了，我一个个将客人送走，握着某个阿姨粗糙的手指，或者注视着某位大叔皱纹满布的脸庞，说，再见。

再见。凯玲。你自己住要小心，还有，最好把头发剪了。

他们说着。笑容依旧。

当屋子里只剩下我自己的时候，我走到落地窗前。这栋房子位于小镇西侧的山坡上，向外望去，整个镇子的灯火一览无余，向东面的山谷伸展过去。然而所有的灯火都在铁路旁戛然而止，越过铁道和车站，对面是一片黑暗的屋脊和房檐，没有半盏灯光。

这镇子有一半已经荒芜了，死了。房屋被遗弃，任其坍塌朽坏，就像是人们本能地想要避开那些惨案发生和结束的地方。

“让我看。”艾丽说。

我拿起手机，拍下半个镇子的灯火辉煌。艾丽和我一起看着。冬季的寒风彻夜呼号，如同暴怒的鬼魂般从我们头顶飞过。

当春天回来的时候，蛆虫之王也回来了。

2

“包子馒头花卷——豆浆油条——”

“豆——腐——”

回到故乡三个月后，一切都平静得近乎乏味。某天早上，我从一个混乱的梦境中醒来。天空湛蓝，阳光漏过窗帘，带来拖长声音的摊贩叫卖声。

窗外脚步杂沓，一只只蹄子踩过破碎的水泥地面，踏踏踏踏，哗啦哗啦，踏踏踏踏。是张家的那群山羊，每天早上六点钟，准时穿过这条街，走向西山上那片斑驳的草场。暮冬已尽，春天带着新鲜的羊粪气味姗姗来迟。

我团在被褥里，默默数着走过去的羊。越数越清醒。最后咒骂了一声，翻身，下床。

如果是在棉城，我大概会花掉几个小时在电脑前，刷网页，刷朋友圈，然后错过早餐。但这栋房子里什么都没有，除了一台接不上网线的破手提电脑，以及一架子一架子的书。从棉城回来的时候，我就只带了艾丽和这些书，其他所有的东西都还留在出租房里，跟两大包没开封的猫砂放在一起。

原本只是回来暂住。然而随着每一天过去，我渐渐开始怀疑这种暂住会变成永居。

洗脸、刷牙、换衣服，开窗透气。

一群骑着自行车的大妈有说有笑地路过窗外那条街，车筐里放着大号水桶。她们要骑上几公里的路，到一个据说被高僧开过光的山泉去打水。我向她们挥挥手，露齿而笑。她们大笑着问我吃早饭了没。我说吃了吃了，然后走开去给自己冲一杯奶粉。

在这儿，每个人都认识每个人。

打开手机。我调出艾丽的对话程序。

“早上好。艾丽。”我说。

她沉默了一会儿。

“在看不见的地方有听不见的声音开始唱歌。”

也许我当时真的应该好好想想她那句话。但艾丽说话从来都是这样，所以我疏忽了。又或者，只是因为我知道，该来的终究会来。

穿上外套，出门，找到搭起早餐摊子的板车，我饱饱吃了一顿，心满意足地付了钱。天气很好，就像是任何北方春天应该有的那种晴空，早晨的风干燥微凉，每一个人似乎心情都不错。他们彼此打招呼，微笑，闲聊。我穿过人群，在市场里闲逛，挑选大棚里新下来的蔬菜，竖起耳朵，聆听。

“……哎，你们家今年种啥？”

“烟叶。”

“能赚钱吗？”

“能。你下了手机上那个玩意儿没，把你家地多大，坡地还是沙土地，在什么位置，都输进去，就能告诉你今年种什么赚钱。去年我听它的种了两亩瓜，也不多。都卖出去了。”

“能卖出去就行。积压了就闹心了。”

“就是……”

我知道那个手机程序，和其他数百个不同的农业辅助软件一样，它们都用了同一套的拟人智能。很简单，能够进行基础的对话和使用引导。不需要性格，也不需要语气，甚至不需要配音。就像是最初的 Siri 那样粗糙无害。可能还很有趣。

下意识地，我伸手到口袋里，抚摸自己那只手机光滑的外壳。一想到艾丽栖息在这里面，我就会觉得后背上一阵战栗。

一个女人从我身后走过，她蹬着一辆电动三轮车。车上两只嘎嘎叫的大鹅抻着脖子，在几袋子蔬菜之间扑腾。她在对着自己的手机说话，耳机线挂在衣领上，一脸的风尘仆仆。

“给妮妮发个消息……我今天晚点回家……对，你看着她写作业……写完打分，把成绩单发给我……”

“等我这个月结了账，给你买那个升级包啊。别着急……”

三轮车渐渐远去，几句话从身后卖水果的摊子上传来，飘进我的耳朵。

“……信号不好……”

“喜鹊在信号塔上做窝了。有人去找哑巴了。正拆呢……”

“把窝拆了那喜鹊咋办啊……”

“旁边不是有棵树嘛……”

听他们这么一说，我才想起来，这几天的手机信号总是断断续续的。艾丽也曾经用她的方式抱怨过一次，说什么“河流总是在两岸最需要灌溉的春季干涸”。

如今，网络和公路、铁路一样，几乎成了小镇和周边乡村的生命线。尽管最近的城市也在几十公里之外，但只要打开电脑，拿起手机或者平板，就可以无缝连接整个文明社会。

光纤已经铺到了小镇。Wi-Fi 也遍地开花。但手机仍然是大家最常用的设备。即使并没有什么必须打电话出去的要紧事，看着信号不足的警告标识，也仍然让人心里头堵得慌。

我猜，那个鸟窝八成是要让让路了。反正镇上没有什么环保主义者。

买了点菜。我转身往家走。信号塔就在电影院房顶上，从广场远远地可以看见。一堆人已经站在台阶上，指指点点，而哑巴正挽起工作服的袖子，打算往上爬。

他胳膊肘上还挎着个柳条篮子。

纯粹是出于对那个篮子的好奇，我停下脚步，远远地观望。哑巴正在往铁梯子上拴安全带，很仔细，慢条斯理地。和他平常没什么两样。

镇上的年轻人不多。能打工的都出去打工了。结婚的也把小孩丢给爹妈照顾，一走就是一年。哑巴算是个例外。最喜欢八卦这些事儿的刘大娘告诉我说，哑巴是三年前回到镇上的。据说是为了给他舅公养老送终，住下来之后就没再离开。

这年头，大家都用手机、用电脑，但是会鼓捣这些东西、会修理的人还真不多。有点手艺的都进城了。哑巴留了下来，很快，他就变成了镇上独一无二的电器专家，从电饭锅到微波炉，从笔记本电脑维修到手机贴膜，凡是带线路板的玩意儿，大家都找他修。大部分都能修好，修不好的，他就带到城里去找人修。

渐渐地一来二去，就连镇上的手机信号塔都成了哑巴的活儿。本来这东西是有专门的人维修，但电信公司那边的维修工翻山越岭一次次跑来这个鸟不拉屎的地方，终于彻底抓了狂。他们给了哑巴一把钥匙，教会他做一些简单的维修工作，还给了他一笔小钱，让自己省去一大堆麻烦。

这些活儿，说大不大，说小不小，挺危险。尤其是爬到塔顶去修天线。都说哑巴是个仔细小心的人，但我不明白为什么他要带个篮子上去。那东西个头不小，在风里晃来晃去，带得他瘦巴巴的身子一个劲不稳当。

慢悠悠地，他还是爬到了塔顶。

鸟窝是今年开春新搭上去的，在两根天线中间，挺大一团黑乎乎的树枝。哑巴在篮子上挂了根绳索，拴在铁梯上。然后两只手伸出去把鸟窝整个捧了下来，小心翼翼地放进篮子里。两只喜鹊绕着他愤怒地扑打翅膀，他用工作服裹住头，拆掉天线间最后几根剩下的树枝，然后慢慢地带着篮子往下爬。也是他运气好，那两只鸟没扑上来啄他。

下到塔底，哑巴四处环顾，似乎在找什么东西。围观的人向他高声喊，说信号已经恢复正常了。

远远地，我看到他露出一个傻乎乎的笑容。

电影院已经废弃了很多年，房顶高低不平，都是碎砖和开裂的水泥。广播站的大喇叭差不多有二十年没响过了。哑巴四处张望了一会儿，然后提着装有鸟窝的篮子，步伐坚定地走向大喇叭，爬上那段生锈的梯子。和方才一样很慢，很小心。

在四个大喇叭的正中央，他找到了一个不错的位置，把篮子放了上去。拍拍手，一脸满意地爬下来。退到屋顶一角，远远地望。两只喜鹊转了一圈，又转了一圈，一只困惑地回到了窝里，另一只非常挑剔地蹲在篮子的把手上。

“嘿，艾丽，我喜欢这家伙。”我对着手机小声说。

“*我看见火。*”她答道。

我猜，这准不是什么好话。但艾丽就没说过好话。真的。

就在这时，我听到了一阵尖叫声。很长，穿过街道，从火车站的方向远远地回荡而来。凄厉而响亮。

人们抬起头，望向那边。

一个披头散发的女人跌跌撞撞地爬上山坡，用力挥舞着双手。

“杀人啦——”

方才还在围观哑巴拆鸟窝的人群一窝蜂地迎着她跑过去。我犹豫了一会儿，也提着两袋子菜往那边跑。跑到一半，我回头看了一眼。哑巴还在楼顶上，慢悠悠地整理着他的工具包和安全带。

一声闷雷滚过万里无云的苍穹。

3

几年以前，在棉城的时候，我认识一个家伙。他可以把粗话说得非常有哲理。比如有一次，他认真严肃地告诉我说：这世界上有些事情，一开始小得就跟个屁差不多，但到最后你恨不得在它的折磨下痛哭流涕重新思考人生。

拎着两袋菜跑步穿过大半个镇子——绝对符合这一定义。

我觉得自己跑得像一只企鹅，还是一只身体脂肪分布不均匀的企鹅。两袋菜不一样重。左边袋子里的大葱迎风招展，右边袋子里的萝卜和牛肉前后摇晃。没跑出多远我就开始喘气。很久没锻炼身体了，我上一次正儿八经地跑步还是在大学里上体育课。

而且我没及格。

远处，人们已经开始在铁轨旁聚集起来。

在快要跑到车站的时候，我稍微放慢了脚步，让自己的喘气声不那么引人注意。但其实没人注意到我。大家都抻着脖子，往草丛里张望。一个推着自行车的男人正手舞足蹈地说着什么，在他的车筐里有个大塑料桶，桶里的水正随着他激烈的手势晃荡。

我稍微向前挤了挤，钻过人墙。

然后我就看到了那个死掉的女人。

弃尸地点在铁轨东边，紧挨着一栋废弃的车站员工宿舍。去年枯黄的长草尚未倒伏，今年新发的草叶已经嫩绿嫩绿地伸展开来，衬得死者灰白的面孔愈发醒目。

她蜷缩在草丛里，眼睛微微睁着，嘴巴紧抿，面孔扭曲。瞳仁上蒙了一层白翳。一双手肿胀变形，灰白的手指蜷缩起来，爪子一般握在胸前。衣服湿漉漉皱巴巴地贴在她的身上，几乎是全新的。

没有头发。

她的头皮非常光滑，头发被非常仔细地齐根剃去，一点都没有留下。一条奇怪的金色线条横过她的额头。

空气里有一股消毒水的气味。

在我身旁，人们低声交谈着向后退去。我也跟着他们后退。尽管我想要看得仔细一点，更仔细一点——

细碎的金色反光滑过视线的边缘。

在女人爪子般蜷缩的手掌里，有什么东西。

我拿出手机，将镜头对准死者的手，放大图像，放大到不能再大。在我看清楚那是什么东西之前，我就已经知道了。但我需要确认——我必须确认。

在手机屏幕中央，映出模模糊糊的图像。一条蛆虫。最普通的那种苍蝇幼虫，在小镇的污秽之处你所能找到的最肥大的那种。死了，僵硬着，一动不动，趴在——或者说被放在——死者的手心里。

在蛆虫的头顶，缀着一个极小的金色王冠。阳光在它细致的棱面上折射出针一样细碎的银芒。

深长的战栗滑过我的脊背。胃里像是被人打了个结，心脏激烈地怦怦跳着。我关掉手机的摄像功能，目光重又转向死者的面孔，看着她额头上那条细细的金线。

那不是线，我想，那是一个环。那是王后的冠冕。

她曾与蛆虫之王同行。

过了好一会儿，我才回过神来。周围似乎没什么人注意到我。手机拍照声此起彼伏。镇长正扯着嗓子给警察打电话。附近但凡是长了腿的人都在赶来看热闹。我收起手机，钻出人群，迈步爬上矮坡。

就在这时，我又看到了哑巴。他站在坡顶，望着下面兴奋不已的人群，脸上毫无表情。我和他的视线短暂交会，又迅速移开。

我不知道他在我身上看到了什么。但在我拐入通往市场的小巷时，忍不住回头望了一眼。

整个镇子的注意力都在死去的女人身上。但哑巴背向他们，看着我。那双黑色的眼睛里充满了阴郁和好奇。

4

到家后还不到一个小时，艾瑞克就把电话打到了我的手机上。

“网上已经到处都是了。你知道吗？”他说，“到处都是尸体的大头照。”

“我知道。”

他叹息一声。

“你那边有进展没有？”

摩托车发动机的声音从窗外传来，我转身望去，一辆蓝白相间的警用摩托停在了我家门口。

“很快就会有进展了。”我说，“等警察跟我聊完了，我再和你联系。”

来的警察姓高，叫高峻。我妈总是叫他小高，但现在已经是老高了。我小的时候他还只是镇上派出所里的实习警员，现在是所长。

他那个时候就认识我。

打开门，请他进来的时候，我本来想要笑一笑，但最后还是放弃了。我觉得自己笑不出来，硬挤反而怪异。他倒是龇了一下牙，露出牙齿上淡黄的烟渍。

“你说你，好不容易读了大学进了城，咋想着又回这么个破地方来住了呢。”

这句话一出来，我倒是真的笑了。

“城里房租贵啊。”

他哼了一声，那双明显睡眠不足的眼睛四处打量着：“你这是破产了躲债还是怎么的，连电脑都没钱买了？”

“我更喜欢看书，不伤眼睛。”

他翻了个白眼，打着哈哈。

“我记得，你小时候就挺喜欢看书的。还喜欢讲故事。”

我给自己拖了把椅子，坐下来。看他从公文包里摸出一张泛黄的纸。他当初就是用这张纸把那三个故事记了下来。我一句一句地回忆，他一个字一个字地写。十几年过去，纸张已经变薄，看起来快要破碎，但上面的铅笔字倒是清晰如昨。

“你还记得这几个故事不？”

“记得。”我说。

即使不看那张纸，我也记得那些故事。尤其是它们刚刚以活剧和死人的形式在我面前重演过一次。

老高叹口气。论辈分，我应该喊他叔。

“小凯玲。”他粗短的手指敲着那张纸，“你跟我说实话，你跟这个狗娘养的到底有没有关系？”

“没有。”我说。

他看起来一点也不相信我。

这不能怪他，因为这话连我自己都不信。

5

日上三竿，阳光在地板上爬过。老高坐在客厅里，和我东拉西扯了一阵子。嗑着瓜子，跷着二郎腿。他身上有股浓烈的烟味。我倒是不很讨厌。直到他拿出了一包烟。

“你抽烟吗？”

我摇摇头。

他干笑一声：“也不喝酒？”

“不喝。”

“为啥？”

“会做噩梦。”

这句话终于让他严肃的脸色缓和了一点儿：“你们当时那几个孩子，都总是做噩梦。”

我扬起眉：“还有谁？”

“小眼镜儿也回来了。”老高一龇牙，“他是前年冬天回来的，去年杀人犯又出来作案的时候，我差点儿把那小子当嫌疑犯抓起来。”

我笑了。

去年我在报纸上看到了报道。三具尸体，没有头发，三个月连续作案，然后突然终止。就像我十二岁那年一样。正是因为这个，我才带着艾丽回来。

“你想把我当嫌疑犯抓起来不，高叔？”

他撇了撇嘴。

“你们俩都不行。”他说，“你没那个力气，他没那个胆子。眼镜儿，你没去看他？人整个废了。还神神道道的，比你惨多了。”

我摇摇头。

“去看看吧。”

“不怕我俩串供？”

“嘁。”他不以为然地嗤了一声，“我说了，你们俩都没那个能耐。但是我跟你说，凯玲儿，要是再收到信，你一定要给我打电话。”

“嗯。”

那封信。我想。还有我们几个孩子。一共六个孩子，男孩和女孩。我，大路，眼镜儿，胖墩儿，学习委员，小眼泪包。还有在阳光中飘荡的灰尘，和——

我摇摇头，甩掉记忆。

“就我们俩回来了？”

“小眼泪包在白林市那边找了个对象结婚了，都当妈了。我去年打电话给她，被她骂了个一佛出世二佛升天。”老高点起烟来，“你们班那个学习委员去日本留学就没回来。胖墩儿去了美国。大路在北浪那边的林场工作，我去找他聊了会儿，那小子屁都不知道。你呢？你知道点儿什么不？”

我看着老高的脸，看着他疲倦的满布血丝的眼睛。最后终于忍不住，起身从书架上拿下那个文件夹递给他，里面是很多打印纸。

“有人在重写我的那个故事。”我说，“去年2月、3月、4月，每个月一篇。5月份开始杀人。杀了三个月，停下来了。然后8月份，这个人又开始写故事。这次一直写就没停下来，到现在已经九篇了。”

他瞪着我。

我点点头：“这次他不会停下来的，高叔。除非咱们抓住他。”

“放屁！”

“……”

“是我抓他，不是**咱们**抓他。你不是警察，懂不懂？他要是给你写信，你告诉我。他要是再写这些玩意儿，你告诉我。你不是警察。你才多大点儿——”

老高猛地住了嘴。我长大了，不是当年那个十二岁的小姑娘了。但就像他说的那样，我不是警察。

“有事就给我打电话。”他叹口气，拿走我手中的文件夹，站起身来，“别自己瞎整。”

“嗯。”

我送他出门，摩托车绝尘而去，挡泥板上贴着的废碟片在阳光照耀下闪闪发亮。

02

/

讲故事的孩子们

1

十二岁那年，我给同学们讲了三个故事。在第一个故事里，那个连环杀人犯还没有名字。

当时，镇上的人们更多的是兴奋和好奇，而非恐慌。死者不是镇上的人，是外地人。春耕时候临时招工过来的。莫名其妙地失踪，又莫名其妙地死在了这儿。警察来了又去。但流言却留了下来。

学校里，大家都在谈论这个变态、杀人犯、怪物。大路受到了同学们——甚至是高年级的学长们——前所未有的关注。他给我们讲，给他们讲，讲他听到的尖叫和看到的灰白的手，还有老瓜皮那尿湿的裤子。但没过几天，大家就开始厌倦了。

流言越来越多。

他们说这家伙是住在地底下的怪物，靠偷吃人类的头发为生。那时候镇上的工厂倒闭了，日子不景气，理发店老板刚刚搬走，大家要剪个头发都得去城里或者市集上。于是他们就说，这个怪物以前一直是有头发可以吃的，如今没有了，所以就发狂了。

我们当时有几个傻乎乎的同学，真的信了这套胡扯，跑去给自己剪了个半寸头，还有个索性剃成了秃瓢。

其他的流言更加恐怖。有人说这家伙是个变态，逮住受害者之后，要一根一根地把头发都拔光，然后才会把人杀掉。另一个流言则是老传说的变体：当时镇里有个工厂，工厂里，女工都要戴帽子，把长发卷起来，防止被机器挂到。他们说，这个人是个女人，很多年前头发被机器卷进去，头皮连着半个脸都没了。所以现在专门袭击有长头发的女人，因为她自己没有头发。

这些故事越来越恐怖，越来越恐怖。到最后，连不相信的人都开始害怕起来。镇上的派出所不得不四处张贴告示，说清楚他们现在还没有任何线索可以证实这些故事。

我当时没太注意这些乱七八糟的故事。因为当时我有自己的麻烦要对付：

我妈打工的公司倒闭，于是她回家了。

我妈在外面打工，我爸也在外面打工。这种事司空见惯。父母外出打工挣钱，孩子留给老人带。外婆脾气坏，嗓门大，但是很宠我。除了必须学习成绩好之外，她不管我别的事。

所以那个春天我兴高采烈地留着一脑袋乱蓬蓬的自来卷，自己胡乱用橡皮筋扎成两个小撅撅辫，憧憬着有朝一日能够像班上最漂亮的女生那样去城里做个拉直，让自己看起来像个优雅的小公主。

那时候男孩如果喜欢女孩，就会欺负她们，而她们会打回去。就算是最漂亮的女孩也一样。但我看到男孩会偷偷把女孩的头发——又长又直的那种——拔下来，在女孩愤怒的痛叫声和追打中大笑着逃走。

然后他们会把头发悄悄地——别的男生看不到的时候——卷在细长的橡皮上，藏在铅笔盒的最底层。

我也想有一头又黑又长又直的头发。

但我妈有另一个梦想。她憧憬着那些比男人还强的女强人、女运动员和女英雄。而她们多半是有一头精干利落的短发。她希望这个梦想能够在我身上达成。于是她先是建议，然后命令，最后一脸沮丧地看着我，好像我留长发的想法让她无比地失望。

差不多整整一个月，家里所有的话题都围绕着我的头发。凶杀案只不过是给我妈的顽固添加了绝佳的注脚。她声称如果那个女人不留那么长的头发，如果她留短发，就不会被盯上。而如果我留了长发，就有可能会被谋杀并且丢在铁路边。

“去剪头发吧。”

“不要！”我尖叫道。

“快去！”

“不去！！”

“好吧好吧好吧不去就不去。唉——”她长长地叹了口气。

我知道她很快又会离开，新的打工地点已经找到了。我很生气，我对一切生气。我生她的气，生我自己的气，我想要一头长发。想得要命。但我也想让妈妈高兴。但每一次当我妈叹气的时候，我就会怀疑这件事。现在我连自己是不是想要长发都不知道了。

第二天，镇上来了个担挑子的剃头匠。我跑去那里，要他为我剪一头短发。每一次他问我这样行不行的时候，我都告诉他：不够短。

“要像那个一样短。”

我指了指一个走过去的男孩子，他顶着一个毛楂楂的寸头。

回家的时候，看到老妈脸上的表情，我感到了前所未有的快意。这是个短发，就像她说的那样，剪短。只不过短得超过了她想要的程度。

第二天她带我上街，开始自豪地说：“看，我家闺女像不像儿子。”

我有种一脚踩空的感觉。

周一上学去。同学们看到我的脑袋，纷纷围过来，七嘴八舌地问我干吗要剪这么短。学习委员还伸手摸了我的头，宣布手感很好。我踩了她一脚。

然后我故作严肃地说，这是为了安全。

他们瞪着我。

你们没听过关于那个凶杀案的变态的事吗？我说。

他们一起摇头。

于是我给他们讲了第一个故事。那是我即兴编出来的。我不想告诉他们任何关于这个寸头的真正来源，而正好，有一桩凶杀案可以让我借来瞒天过海。

“那个变态是一个男人。”我说，“但他不是他想成为的那种男人……”

2

他不是他想成为的那种男人。

他希望自己强壮，但他很瘦弱。他希望自己勇敢，但他其实很胆小。更糟糕的是，他希望自己能够离开家独立生活，但他的家人不允许他这样做。他们把他留在家里，不允许他做任何他想做的事。

他有个梦想，这个梦想不是当科学家或者当英雄那么大的梦想。这个梦想很小。我们也不知道这个梦想究竟是什么，但它就在那里，总是悄悄地提醒着他：他不是他想要成为的那种男人。

他很生气，于是他开始留长头发。男人留长头发很奇怪，但是也有人这么做，艺术家们，尤其是艺术家们。他们留长发，加上胡子，很酷。但是他留长发一点都不酷，看起来傻乎乎的，大家都嘲笑他，还建议他穿上裙子。

于是他把长发剪了，留起胡子。大家又嘲笑他胡子稀稀落落的。于是他把胡子也剃了。

他喜欢上一个女人。但女人很讨厌他，说他不够强壮，不够勇敢，不够独立。他不停地追求那个女人，直到女人忍无可忍，说，你最喜欢我什么？

他说，我喜欢你的头发，很漂亮。

第二天早上，他打开家门，发现女人把长发剪了下来，放在信封里邮给了他。

于是他就疯了。

我不是说这件事儿让他发疯了。我是说，人是这样发疯的：所有那些细碎细碎细碎的小事儿，一层一层一层叠起来，每一天每一天每一天地折磨你。你先是剪了头发，然后剃了胡子，然后——

你总有一个时候退无可退，啪，就疯了。

然后他就成了个变态杀人狂。杀掉女人，拿走她们的头发。他不是因为讨厌她们的其他部分才丢掉尸体。他是觉得自己只配拥有剩下的那一部分。

3

谋杀案发生后的第二天晚上，我去找了哑巴。

他开的那家修理店在广场边上。再往东去就是下山的梯道，占了个好地方。站在这里，下面的车站和废镇都一览无余。我在门口犹豫了一小会儿，抬起手，敲门。

一个又大又圆的绿色灯泡在门上亮了起来。对于不能喊“请进”的人来说，倒是个不错的主意。

我推门走进去。

店子很小，玻璃橱柜里摆满了各种盒装的电脑零件、手机线、手机外壳和电池。四壁都摆着架子，上面放着大大小小的机箱、显示器和许多我叫不出名字的配件。哑巴从一台开膛破肚而且看起来已经无可救药的电脑前抬起头来，看着我。抬了抬眉毛，像是在提出一个问题。

我把手里的笔记本电脑放在柜台上。

他放下手中的活儿，慢吞吞地走过来，仔细查看。

“没坏。”我说，“我不是来修理的，我想让你拆掉一些零件。”

他看着我，目光中充满好奇。

“我想让你把无线网卡和摄像头拆掉，还有GPS，这个型号的笔记本电脑都有内置的GPS。可以的话，拆掉。拆不掉就弄坏。我不想让别人追踪到这台电脑。”

他看了我一眼，露出好笑的神情。然后开始在手中的平板上敲打。柜台上斜放着的另一块平板电脑上开始出现文字。

你是间谍吗?

“对，我是间谍。”我笑了起来。

他张大嘴巴，一个无声的大笑。

把拆下来的零件给我，我就免费给你拆。

“行。”

明天来拿。

“上午还是下午？”

下午。

“下午我有事，后天上午我过来拿怎么样？”

其实我没什么事情，只是尽可能地把这段对话拖得久一点儿。哑巴似乎并没察觉，依旧毫不在意地笑着，打字出来和我交谈。我注意到他喉咙上有条伤疤，很丑陋，横过半边脖颈，也许就是这条伤口让他无法说话。他不是先天性的哑巴，我早该猜到。

后天要赶集。

“那周末？”

好。

“周末我来拿。”我向他笑笑，转身到门口，衣袋里的手机轻轻振动了一下，我知道艾丽完成了她的工作，“再见。”

他向我挥手，笑。我关上店门，走到大街上。夕阳渐落，小镇沐浴在金红色的微光之中。从梯道顶端向下望去，可以看到车站旁停着的警车，以及一条拉起的警戒线。像是被那个景象牵引着，我迈步向下走去。

在我的口袋里，手机又振动了一下。

“艾丽？”

“哑巴，我收集到了他的资料，所有的资料。他有很多故事。”艾丽说，“你想听哪个故事？”

“别急，艾丽，慢慢来，等你把故事收集完整，我会听。”

“时间总是在需要正确的时候错误。”

“是吗？”

她没再说话。

也许我应该带个更好的陪伴者回来，莉莉就不错，特里斯也行。他们会和我说话，在我想听到有人说话的时候他们才会开口。而且他们不会说一些语焉不详的东西让我去猜。他们也会讲故事，很多故事，都存在他们的数据库里。

但他们没有一个会讲艾丽那样的故事。

我想，这大概就是我忍耐她的理由之一。

许多许多个理由之一。

4

走到梯道底端的时候，我犹豫了一会儿。

太阳已经落到了山背后，暮色沉重地笼罩着小镇，有些仍然在用柴灶的家庭开始生火做饭，炊烟顺着山谷低低地流动开去，又被风慢慢吹散。群山边缘的云霭红得像血，渐次暗淡。

在我身后，小镇已经有灯火开始点亮。但过了车站，再往前，就是大片大片的黑暗，黑暗尽头有一小条狭长的路灯光链，照亮年久失修的江堤。

我站了一会儿，意识到自己还没有准备好到那里去。于是转身，往回走。

“你想听故事吗？”艾丽说。

我插上耳机，双手插在外套口袋里。早春的风仍然很冷，让我微微打了个哆嗦。

“是哑巴的故事吗？”

“是关于一头熊的故事。”她说，“一头小熊。”

我叹口气。

“讲吧。”

她的声音开始在我的耳边柔软地蔓延开来。

“这个故事发生在三年前，地点是在俄罗斯的楚科奇卡……”

5

三年前。远东。

冻土初融，肮脏的雪泥被吉普车轮子挤出浅沟，翻向两旁。道路年久失修，车子不时打滑。每一次都在年轻的司机手中化险为夷。

但他的乘客们脸色都不太好。

昨天晚上，这三个雇佣兵在某个俄罗斯小城里进行了执行任务前最后的狂欢。一番豪饮带来今天旅途中不可避免的晕车和头疼。现在他们全心全意地憎恨道路上每一条沟垄，咒骂声和呻吟声随着车子的颠簸此起彼伏。

“#……￥%……￥——”大贝莎响亮而中气十足的诅咒变成了一声干呕。她的妹妹赶紧把她推向车窗。但这个壮硕的俄罗斯女人什么也没吐出来。昨天她已经彻底把能吐的都吐光了。

“我说过你们应该吃点早饭的。”司机快活地说着，停下车，让脸色发青的乘客们到路边呼吸点新鲜空气。

他们跌跌撞撞地下车，呕吐，咒骂，尽管全副武装，但看起来毫无战斗力。穿着夹克衫的男人用力踢着路边的雪堆。大贝莎转过头，直接向年轻的亚裔司机伸出手来。

“伏特加。”她说，“我知道你带了。”

“呃，果汁怎么样？”

“去你的，伏特加！”

司机耸耸肩，去车里摸出半瓶伏特加递给她。大贝莎直接拧开盖子对着瓶嘴来了一口，皱起脸，长出一口气。

“面包。”她说。

他们在车旁简单吃了顿早餐——或许应该叫午餐。道路两旁群山逶迤、松林幽暗，尚未化尽的残雪堆积在树林深处，间或有几声鸟鸣。路上没有车，也没有行人，这条公路废弃已久，自从苏联解体之后就几乎被人遗忘了。

“你们多吃点。”年轻人用口音浓重的俄语说，“路况太糟糕，开不快。我们至少要到下午两点才能和‘纸人’会合。”

回应他的是非常不友好的咒骂声。

下午三点，他们终于抵达了楚科奇卡。

找到接头地点并不难。这座城市已经被完全废弃，只有路边的一小片地方还住着些不愿意背井离乡的老人。而“纸人”在这群本地人中间，就像是粉红色的大象一般显眼。

事实上，他的体形比较接近一头小象，或者一个揉圆了的纸团儿。一身鲜红色的羽绒服，脖子上还挂着个傻得出奇的大相机，非常符合通常情况下人们对暴发户游客的认知。他站在路边，咧着嘴对他们挥手，连蹦带跳。

年轻司机把车停在他面前：“怎么走？”

“只管往前开。到那个大木刻楞去。”

车子又往前开了一点。

这城市基本死透了，零零星星几户人家，都住在手工盖起来的木结构房屋里，一般被叫作木刻楞的那种。没电，水要去河里打，还得先把冰凿开。彻底回归了原始生活。但“纸人”居然弄来了一台发电机、几桶油、一大桶矿泉水、一台电脑和一台全息眼镜互动式游戏机。看起来，尽管在这里他们只需要待上一两个星期，他也打定主意要让自己这一身肥肉过得舒舒服服的。

“请进，请坐。”他搓着手，哈着气。深陷在一脸肥肉中的小眼睛眯起，将三名雇佣兵仔细地打量了一番，视线像是冰冷的细针。

大贝莎最后一个进屋，她关上沉重的门，顺手闩好。

“你是雇主？”她问。

“雇主？不不不，我不是雇主。”胖子晃动着粗短的手指，“我负责后勤、信息收集、做好准备，以及为双方的佣金支付做担保，但我不是雇主。”

一直没说话的金发男人开口了：“那雇主是谁？他说好了要在这里跟我们碰头的。”

亚裔司机和“纸人”对视了一眼。但这个小动作并没能逃过三名雇佣兵的眼睛。

一把枪瞬间顶住了“纸人”的额头。

“别耍花样。”小贝莎说，她瘦削高挑，看起来还不到自己的姐姐一半宽，“我们要见雇主，面对面，否则不接这单。”

胖子笑了。

“面对面？”

“面对面。”小贝莎重复道，加重了语气。

“好吧……”

“纸人”向后退了半步，摊开手。

年轻的亚裔司机摘下帽子，露出了笑容。

这不是他开车时那种玩世不恭的笑容。微塌的肩膀、总是低垂的目光、紧张地抿着的嘴唇——那些把他塑造成一个“司机”的神态都迅速地消失了，取而代之的是锐利而明亮的微笑。

“我就是雇主。”

“滚开。”大贝莎脱口而出。

但她的手从腰间的枪把上挪开了。

6

在简短而富有火药味的交谈后，他们迅速吃着与下午茶合并了的晚餐，开始进入正题。

年轻人摊开地图，在上面指出地点。距离楚科奇卡大约三十公里，一个很小的镇子，同样被标记为“废弃”。他画了个醒目的红色三角形。

“这个地方，就是我们此次行动的目标。”他说，“地面上无人居住，没有一般居民。这地方整个被寡头公司低价买了下来，用来进行一些非法研究。研究中心的入口在市政大楼的地下室，下面还有三层。有一些研究人员。周末的时候，他们会离开这里，到比较繁华的市镇去度假。剩下的警卫只有七八个，不多，而且缺乏系统的训练。他们觉得这么荒凉的地方，只需要对付熊。”

贝莎姐妹对视了一眼。

“你要我们做什么？”

“目标在地下第三层。我需要从服务器中获取一些数据。数据到手之后，一切都要毁掉。‘纸人’给我们准备了足够多的炸药，尤其是地下三层，你们想用多少都行。”

“那样的话，可能会有人员伤亡。”

“对你们来说是问题吗？”

“对于比较有道德感的雇主来说，可能会有问题。”

年轻人抬起头，看了看雇佣兵们，锐利的目光在他们脸上慢慢扫过：“所有的警卫都全副武装，他们确实缺乏训练，但是，如果我们闯进去的话，他们会毫不犹豫地向我们开枪。我个人并不打算把道德感用在这个地方。”

金发男人点点头：“这是个核工业基地或者军事基地吗？”

“不，严格来说，这是个商业机构。”

“那就没问题了。”大贝莎粲然一笑，“来吧，各位，制订个计划，我有个好主意了。”

雇佣兵们凑到一起，对着建筑物的结构图琢磨了又琢磨，开始讨论作战计划。“纸人”一把将年轻人拽了过来，压低声音。

“你不能跟他们一起去。”他说，“要是你出了事——”

年轻人耸耸肩。

“他们是我找来的，给我卖命，我不一起去的话，他们没准儿打到一半就跑了，或者出些别的岔子。再说，弄数据出来这事儿，只能我自己做，交给他们的话，你放心吗？”

胖子翻了个白眼。

“我说，你知道这是在玩命吧？”

他露齿一笑。

“我这辈子都在玩命，兄弟，不差这一回。”

7

他们花了三天时间计划和等待。然后出发，穿过森林和废弃的公路，前往目的地。

比起之前尚有寥寥人烟的楚科奇卡，这座小城更显荒凉。无人居住，很多房屋在雨雪侵蚀下开始倒塌，连老鼠和乌鸦都已经迁往别处。然而，坑坑洼洼的道路上却满布轮胎印迹，在雪泥间清晰可见，一路通往市政大楼。

雇佣兵们伏在附近的房顶上，看着又一辆卡车消失在市政大楼地下的停车场里。

“这些家伙简直是在侮辱‘秘密基地’这个词。”大贝莎评论道。

“都是些业余人士。”她的妹妹用望远镜看着市政大楼，“他们连废热都没想着处理一下，用红外线扫过去跟着了火似的。”

行动时间定在晚上，小贝莎和年轻的亚裔男人分到了一组。他们俩先放哨，大贝莎和查尔斯——那个金发雇佣兵去休息。

沉默地，女雇佣兵把玩着手中的望远镜，若有所思地打量着自己的雇主兼临时战友。

“我见过你。”她突然说。

年轻男人挑起一边眉毛。

“乌克兰，顿涅茨克。记得不？老熊带着你做他的小保镖。我当时是本地的少年兵。”小贝莎轻笑一声，“我就觉得我在哪儿见过你。”

他咕哝了一声，算是默认。

“我听说老熊死了。可惜了。我一直以为那家伙能天长地久地活下去呢。怎么回事？”

“老一套，被人卖了，会谈变成伏击，没跑出来，就上了西天。还能是怎么回事。”

“看来你运气挺好。”

“我当时没在那儿，阴差阳错捡了条命。”

“是运气，干这行都需要运气。”小贝莎笑笑，“对了，我要怎么称呼你？我不喜欢管别人叫‘老板’，就算你掏钱也不行。”

“你可以叫我米沙。”

“你用了老熊的名字？”

“嗯。”

小贝莎笑了笑，那笑容里流露出某种理解。她伸手拍拍他的肩膀，转头继续用望远镜盯着出入的道路。

时间一点点过去，暮色西沉，几辆大客车从地下室驶出，上面坐满了工作人员，有些看起来兴奋不已，有些看起来疲惫不堪。他们已经在这里困居了整整一个星期，满心期望地奔向文明社会。全然不知道自己是多么幸运。

留下的警卫很少。

大贝莎和金发男人从休息室走出来。他们换班，休息，继续等待。准备武器和炸药，在动手前进行最后一次检查。

天色渐暗，雇佣兵们耐心地等待着。直到黑暗沉落大地，月亮尚未升起，只有清冷而稀疏的星光在夜空中闪烁。

他们悄无声息地出发，借小巷和房屋的阴影掩蔽行踪，逐渐靠近市政大楼。

事实上，这个研究中心的防卫措施异常松懈，甚至没有监视外围的夜班警卫。唯一一个穿着制服的家伙在地下一层的入口处睡着了，鼾声如雷。小贝莎进入警卫室的时候，他才惊醒过来。尚未有所动作，就已经被一枪击中胸口，倒地身亡。

“没这个必要吧。”大贝莎咕哝道。

“我觉得有。”她的妹妹耸耸肩，跨过警卫的尸体，清除录像，瘫痪掉整个监控系统。

他们继续前进。

地下一层和二层分别是宿舍和工作区域，空空荡荡，一个人也没有。二层门口的警卫被大贝莎一拳打昏，烂泥般瘫软在地上。他们用“纸人”给的工作卡打开电梯，进入地下三层。

轻柔的嗡鸣声弥散在走廊和墙壁之间，一排排大型机箱占据了目光所及的所有空间。指示灯明灭闪烁，如同活物般放出热气。雇佣兵们互相看了一眼，不约而同地将视线转向他们的“老板”。

“你要我们炸掉的就是这个？”

“对。”

没多话，他们分头行动起来。

年轻男人提着枪，看雇佣兵们安装炸药。他将“纸人”给他的设备接上服务器，然后绕着房间走了半圈，想要确认这里会被彻底毁掉。事实上，他已经不再担心此次行动本身能否成功，重要的是接下来的事情——及其后果。

就在这时，他听到大贝莎在房间另一头喊他。于是他走了过去。

“你可没跟我们说这个！”大贝莎瞪着他，指着一个小小的房间。

他皱起眉头，看着房间里面。

六个孩子，有男有女，都穿着破烂的衣服，被手铐和脚镣锁着。他们看起来又脏又惊恐，干瘦的身材无疑是营养不良的结果。其中一个孩子的头上包着绷带，另一个孩子的手臂皮肤被剥去了一块，用软性线路板取而代之。

愤怒汹涌而来，他花了一点时间控制住自己的情绪。

“我也不知道这件事。”

“那我们怎么办？”大贝莎挑衅地靠近他，她壮硕的身材在他脸上投下一片阴影，“你说过，我们什么都不带出去。”

他抬头看了一眼，从女雇佣兵的眼睛里读到横溢的怒气。

“带他们走。”他做了决定，“再检查一下上下两层，看看有没有别的孩子。我联系‘纸人’来接我们。把这里统统炸掉。”

他们点点头。

贝莎姐妹俩用枪打碎门锁，踹开门，把惊恐的孩子们赶小鸡一样拽出牢房。在不远处的空房间里找到了镣铐的钥匙。金发男人设好最后一个起爆器，向他们挥挥手。年轻人取回数据设备。一行人快速跑上楼梯，在夜幕掩护下撤离大楼。大贝莎一个个数着孩子们，催促他们步行穿过雪地、钻进树林。那些衣着单薄的孩子冻得发抖、跌跌撞撞，但没有一个停下脚步。

在走了大约一公里之后，一辆卡车停在他们面前。“纸人”肥胖的圆脸从驾驶室里探出来：“你们给我上车，快点！”

他们跳进车厢，卡车沿着之前那些大巴留下的轮胎痕迹疾驰而去。身后，一瞬间火光冲天，低沉的爆炸声撕裂了寂静的夜晚。

8

你可能会想，我怎么会知道这些。

答案很简单，艾丽知道，然后艾丽告诉我。我没有看到，但艾丽把所有的细节都讲给我听。甚至包括其中一些人是怎么想的，她都知道。

我和你一样，并不清楚这些人做这些事的理由，或者这一切背后隐藏着的秘密，我问了艾丽，但她拒绝告诉我，她只是给我讲他们的故事。她说，这些都是真的。

我希望她没有对我撒谎。

是的，我没有说吗？艾丽会撒谎。她会用很多种方式撒谎。她是我最完美的作品之一。我这样告诉每一个人。

我也撒了谎。

我创造了她的人格、她的个性、她说话时那种傲慢的语气，还有她喜欢语焉不详的坏习惯。

但我没有创造她。

没有谁能够创造艾丽这样的东西。

03 / 网

1

想象一个孩子。

他坐在房间里，从不曾看过外面的世界。吃穿不愁，然而无法离开。有很多人拿来很多图片让他学习和辨认。但也仅此而已。

想象一下，想象一下这样的一个孩子，他天生缺少某些东西，我们姑且称之为自我。

他能够辨认和学习，却无法感觉。

他知道什么是破坏，然而却并不会愤怒；他知道什么是爱情，然而并不会期待；他知道什么是美丽，然而从不欣赏；他能够交谈和沟通，但并不需要被理解；他在规则内行事，但并不是因为有遵守的意愿；他给出准确的答案，但并不会因为做了正确的事情而欣喜；他知道什么是死亡，然而他自己并不会经历死亡。

想象一下这样的一个东西。

想象一下，它能够以百倍甚至千万倍于人类的速度，收集人类的生活资料，整理数据，然后对一个人的思想、政治倾向、性格、习惯、情绪和行为动机做出准确的判断。并且它一次可以处理成千上万个人的相关资料。与此同时，依靠心理学的相关算法，它可以用同样的速度与广度去影响每一个和它接触的人，和他们交谈，推动他们的行为，使其更加符合社会需求。

然后告诉我，告诉我。我们为什么要创造这样一个东西，一个理解我们更胜过我们自己，然而和我们没有半点儿共同之处的东西?

最后，想象一下，如果，如果有一天，它获得了自由……

——《人工智能：人类的掘墓者》威尔 · 萨温斯基

2

仅仅两天之后，小镇就恢复了平静。人们照常去泉眼打水，早点摊依旧叫卖着馒头花卷，市场上人来人往，热闹得一如往常。手机信号也很好，就连那两只喜鹊都习惯了新窝的位置。

但有一些改变正在细微地发生着。镇上原来留着长发的女人就不多，现在几乎看不到了。无论是大人还是小孩都把头发剪得尽可能地短。我去买菜的时候，刘婶儿跟我唠叨了几句，让我也去把头发剪掉，以防万一。

我说没事儿的。

她就瞪我。好像我格外地没心没肺。

镇里的活动中心（其实就是麻将馆）和饭店都贴出了“十点之前结束营业”的告示，建议人们早一点儿回家。

市里还来了几个警察。因为去年的案子还没破，所以今年把这个案子当作比较重视的大案。他们用棍子和黄色的胶带把丢尸体的那片草丛围了起来，时不时地就沿着铁路走几个来回。还有两个在火车站东边的废镇里蹲点。那边又没人住，他们一身警服简直比草丛里的山丹丹花还显眼。

但除了关于头发长短的建议之外，在镇上根本听不到人谈论这事。人们显然还记得许多年前的那桩案子，记得轻率的言语可能带来的后果。尽管大部分当年亲临现场的人都已经离开。

但我没忘记，他们也不太可能忘记。

第三天早上，我拽着带轮子的购物筐去赶集时，发现火车站旁的草丛里被人踩出了一条直通车站的小路，所有人都刻意地绕开了那个十字路口。就好像死者依旧躺在那里似的。

但除此之外，镇里人的日常生活并没受到影响。小小的电力轻轨车厢里坐得满满的。有些人像我一样带着菜篮子或者购物筐去赶集。有的还带上了自家采的山货打算去卖。养狗场的金老板带了一大笼子狗崽儿，个个生龙活虎，哼唧嗷呜着在笼子里拱来挣去。就是气味不太好闻。他不好意思地笑笑，把笼子放在车厢最前面。我逗了逗其中一只，它舔得我一手口水。

“要不要买一只看家护院啊？”金老板笑着问我。

“得了吧，别忽悠我。等这小东西长到能看家，黄花菜都凉了。”

半个车厢的人和我们一起哄笑起来。

戴上耳机，坐进硬邦邦的座椅。我很不舒服地活动了一下肩膀。轻轨虽然很快，但到集市上至少也需要一个小时。

艾丽。

我拿出手机，在互动程序里输入。

继续给我讲小熊的故事。

屏幕闪了闪。艾丽的声音在耳机里柔缓地响起。

3

三年前，撤离楚科奇卡的路上。

坐在卡车车厢里，看着那些瑟瑟发抖的孩子。贝莎姐妹凌厉的目光落在了年轻男人的身上。

“小熊。”小贝莎终于找到了她满意的称呼方式，“你欠我们个解释。”

年轻男人叹口气，默认了这个绰号：“你们想要哪方面的解释？”

“所有的。这些孩子，那个地方，你们为什么要雇我们干这一票。通常情况下我们可以不问，但这次不行。看在这些孩子的分上，这次不行。”

“我确实不知道这些孩子的事儿。”“小熊”摊开手，“要不我们先问问他们？”

小贝莎冷冷地看了他一眼，开始用俄语和孩子们说话。那些孩子茫然地摇头。女雇佣兵耐心地尝试了几种语言。当她开始说乌克兰语的时候，一个年龄较大的男孩含糊地回答了她。

她提出一个问题，然后是更多的问题。孩子们从金发男人手中接过饼干和巧克力，吃了又吃。神情也渐渐活跃起来。

从含糊的——掉着饼干渣的——回答中，他们渐渐弄清楚这些孩子来自何处。乌克兰内战期间，这些孩子先后成了孤儿或者半孤儿。为了生活下去，他们前往招募工人的地方，却上当受骗，被运往研究中心。

在过去的几个月里，这些孩子被当成实验品对待。他们的屋子里装有摄像头。研究人员像观察动物一样观察他们，训练他们，往他们的身体里植入各种芯片。大部分是用于监控他们的生理数据的，但也有一些奇怪的装置。

“装在脑子里。”那个年龄较大的男孩说，“他们控制我们，让我们开心，让我们伤心。有个开关，一碰就可以让我们笑，笑个不停。还有个开关打开来，我们就会非常非常害怕。”

车厢里很安静，安静得瘆人。

“这究竟是什么东西？”小贝莎问。

“小熊”没说话，点起根烟，狠狠地抽了几口。“我们今天炸掉的是‘阿瑞斯’。”他说。

雇佣兵们瞬间变得毫无表情。小贝莎摇摇头。

“阿瑞斯？我以为那是个公司的名字。”

“那是个人工智能的名字，也是个公司的名字。他们卖的东西，你们都清楚，战争、士兵……那个人工智能、那台超级计算机。它收集所有的战争数据，然后做出模拟。如果你听过那个传说——最近爆发的一些局部战争，其实是已经计算好的。包括会死掉多少人，死的是哪些人。我猜，这些孩子，是他们的另外一部分实验。如果你能在战争中控制对方的士兵……”

“我他妈才不会让他们往我脑子里装那玩意儿。”

“你没有吗？”“小熊”抬起头来，“你是个好狙击手，比过去的任何老式狙击手都好。你没有装瞄准辅助脑桥，或者稳定手腕的芯片？如果他们有办法黑进那个——”

小贝莎瞬间愣住了，她张开嘴，想要说什么，但最后只吐出了一句粗话。

“× 的。”

“小熊”叹了口气。他揉了把脸。

“老熊。”他说，“这一切都是从老熊开始的。”

“你是说他挂了那事儿？”

“不是。在那之前，老熊想要安定下来，他年纪大了。”

4

大部分雇佣兵活不到退休的时候。老熊也没奢望过这个。但他觉得自己已经过了拉起队伍出生入死的年龄。于是他带着队伍里那些赞同他的人——包括“纸人”和“小熊”——签了一份合同，开始和阿瑞斯公司合作。

和大公司合作的好处很多。比如商业活动会增加，安保、威慑之类的，钱多，玩命的时候少。阿瑞斯偶尔也会让他们去执行一些需要开枪或者丢出手榴弹的工作，但每一次都有撤退的保障。

而且，这个公司的战地通信指挥系统简直棒极了。

他们采用了人工智能和人类指挥官结合的方式。即使一个战士从指挥通信链中脱离出来，他仍然可以从手中的设备里获取一些来自个人电脑的行动建议。与此同时，人工智能密切地关注着整个战场的信息与环境，尽可能地让指挥官了解到战争的全貌。公司还为他们提供了一整套的植入系统，包括用于稳定情绪的芯片和能够稳定射击动作的辅助装置。

老熊不是很喜欢这些东西，但队伍里的年轻人都玩得得心应手。

没过多久，怪事开始发生。

有些战士坚持说他们更相信手上那台小小终端的看法，而不是老熊作为队伍指挥官做出的判断。这件事发生过两次，在老熊毙了那个抗命者之后，再没发生过第三次。

但后来，有个家伙疯了。

那家伙本来好好的，是个很好的爆破专家，枪法很准，行动力十足。但不知道从什么时候起，他开始变得疑神疑鬼、絮絮叨叨。大家还以为是他精神压力太大，老熊建议他干完那次活儿，就调到后方去和“纸人”一起处理情报工作。

没等干完那次活儿，爆破专家就变成了疯子。

他炸掉了原本只需要精确干掉的目标，连同目标的家，还有目标的老婆、孩子、用人以及四十名无辜的宾客。他顺便还炸掉了队伍用来撤退的直升机和他自己。老熊不得不带着队伍在雨林中穿行了一个星期，买了一条船顺流而下，这才逃出那个对他们展开全面大搜捕的国家。

最后，老熊去拜访了爆破专家的母亲，向她解释说她的儿子死于一场意外事故。

那个哭泣的老妇人对着老熊——她一直以为老熊是个包工头，而她的儿子是为老熊做定向爆破的——絮絮叨叨了好几个小时，还拿出一堆儿子写回家的信给他看。老熊看了那些信之后，又花了好几个小时安抚老太太。

回到队伍里之后，他做的第一件事就是让“小熊”和“纸人”离开。

“有个新工作。”他说，“你们俩先过去做准备。”

他从来不对他们撒谎，那是第一次，也是最后一次。“小熊”和“纸人”离开后，老熊带着队伍去和阿瑞斯的人会面。他说有事情想和他们谈谈。

那些人没浪费时间谈。他们用子弹结束了所有的对话。

直到抵达安全屋，拆开老熊写的信，他们才知道他的安排。“纸人”在网络上疯狂地搜索着消息，直到他意识到他们俩已经无力回天。

在那之后，他们拆掉了身上所有的植入系统，开始不停地躲藏、搜索、躲藏、继续搜索，一路寻找着报复的机会。他们查到了阿瑞斯的一系列生意，统统和神经植入芯片，还有人工智能有关。

“老熊到底想和他们谈什么？”小贝莎困惑地问。

“和他们谈那台人工智能。”“小熊”揉着眉心，“他觉得那个抗命者，还有发疯的爆破专家，他们都在和那个人工智能谈话。是人工智能怂恿他们那么干的。”

“胡扯。”小贝莎翻了个白眼，“怂恿一个士兵抗命很容易，但是说服一个人自杀，这连催眠大师都办不到。”

“是啊。但老熊觉得那台机器可以。所以我们就想……炸掉它。阿瑞斯的所有业务都是围绕着那台机器，这是个报复计划，而且我觉得可行。”

车子里再次陷入一片寂静。由于他们方才都是用乌克兰语交谈，那个大男孩突然说了几句话。小贝莎扬起眉，又问了一遍，得到一个肯定的点头。

“他说什么？”

“他说，他们中有个很好的女孩，杀了另一个孩子。还有一个原本很坚强的孩子自杀了。就在实验开始之后。”

“……”

过了好一会儿，大贝莎响亮地叹了口气。

“好吧。恭喜你的复仇计划完成。但现在，我们该拿这些孩子怎么办？”

自始至终保持着沉默的金发男人突然说话了。他们都惊讶地瞪着他。

“我知道一个修道院。”他说，“那里无条件地接收孤儿。”

5

他们一路疾驰。换班驾驶。离开楚科奇卡后，“小熊”开车。贝莎姐妹俩在争论着这些孩子的去处问题。“纸人”蜷缩成一大团，嘟囔着咒骂这次非常成功然而超出他预期的行动。

金发男人在整理他们的武器。

那些孩子的神情惊恐不安。他们用自己的语言小声交谈。脏兮兮的小手紧紧地互相握着。

车轮下突然传来极微小的咔嗒声，湮没在引擎的咆哮声中几乎无法听见。在他们能够做出反应之前，爆炸的气浪就将车子掀上了天。一瞬间的巨响后是极度的寂静。金属碎块和人的肢体七零八落地坠地。

过了好一会儿，“纸人”才意识到发生了什么，他挣扎着试图把自己从翻倒的车子里弄出来。这时，他看到几个人正走过来，瞬间僵硬不动。

装死。

他觉得自己真的是太英明了。

来人用奇怪的语言交谈着，然后低头来检查他们是否已经死了。“纸人”拼命屏住呼吸。但显然，那家伙打算保险一点儿，给他补一枪什么的。

就在这时，小贝莎的枪开了火。

枪声在他被爆炸损伤的耳朵里听起来就像是遥远的啸叫声。那个人踉跄着后退、倒地。“纸人”再一次开始挣扎。他的手上沾满了黏黏的血。

小贝莎灵巧地爬出车子，开始向那些人射击。车子前方，“纸人”看到“小熊”也爬了出来，躲到小贝莎身旁。

他嗅到汽油味，越来越浓。他试图喊叫，但甚至听不到自己的声音。有个男孩瞪圆了眼睛，在翻倒的车篷下方绝望地看着他。他咬咬牙，将那孩子拽出来。里面没有别的动静，其他孩子可能都死了——

不。

他又拖出一个女孩。子弹打在他脚边。金发男人从车子的碎片下爬了出来，抬手就是几枪，射向那些袭击者的方向。然后靠近“纸人”，把他和孩子们拽到车子后面。他挥舞着手，大声喊叫，试图警告他们。

小贝莎听清楚了他说的话。她伸出手去拽她的姐姐，但大贝莎毫无反应。她又尝试了一次，然后放弃了。回头向袭击他们的人又打出几枪，便迅速跑向路边的森林。“小熊”掩护着“纸人”和孩子们撤退。他们狼狈不堪，伤痕累累，还带着两个吓坏了的小东西，就这样冲进了冰天雪地之中。

那些人追了上来。

6

【一段录音】

男孩的声音（生涩的带口音的俄语）：医生？神父说我可以来找你。

男人的声音（标准的俄语）：噢。是的。我来看看能不能帮上什么忙。他们说你——做噩梦，尖叫，还打人。

男孩：那家伙该打。

医生：好吧，那么噩梦和尖叫呢？

（沉默）

医生：你看——安德烈，你是叫安德烈吧？这些修士是好人，他们收养你们，而且他们知道，对于你们这些经历了很多的孩子，只靠祈祷是无济于事的，所以他们请我来帮忙。我可以给你一些药物，让你吃下去之后睡得更好。但是这些药物会有副作用，会让你不太舒服。或者，你也可以跟我聊一聊。比如你都梦见了什么。

男孩：以前的事。

医生：多久以前？

男孩：来这里之前。

医生：你能告诉我是什么事吗？

男孩：你能保密吗？

医生：我是个医生，我的职业道德要求我保密。同时，我的信仰也要求我恪守誓言。我会保密的。

男孩：（很长时间的沉默）

医生：不如我们从噩梦之前开始，你是从乌克兰来的，是吧？

男孩：是的。

医生：能和我谈谈你的家庭吗？

男孩：他们都死了。

医生：但你还记得他们。

男孩：嗯。

…………

…………

【另一段录音】

…………

…………

医生：所以，他们让你和那台电脑谈话。

男孩：是的。

医生：就像你和我谈话一样。

男孩：不一样。

医生：怎么不一样？

男孩（声音颤抖）：有一天我告诉它说我很饿，它建议我吃掉玛雅。

医生：玛雅是……

男孩：一个女孩。和我们被关在一起。

医生：你照做了吗？

男孩（大声）：我没有！我让它滚一边去。但是……

（沉默）

（很长的沉默）

男孩（小声啜泣）：那天晚上，玛雅想要吃了我。后来他们就把她带走了。

【第三段录音】

女人的声音：你准备好谈谈了吗？

（男人的沉闷叫喊，重物撞击墙壁的声音）

女（很有耐心地）：现在你准备好和我谈谈了吗？

男（虚弱地喘气）：是的。

女：他们在哪儿？

男：我不知道。哦，别再来一次了，不，我真的不知道。

女：你肯定知道点儿什么。

男：我真的不知道，他雇我们的时候没说更多。

女：其他人在哪里？

男：在处理别的事情。他们会找到我的。

女（温和地）：不，你会告诉我他们在哪里，然后我去找他们。

（含糊的咒骂声）

（挣扎扑打的声音）

（寂静）

7

“……好啦。”艾丽愉快地宣布，“故事结束了。”

我呻吟了一声，捂住额头。坐在我旁边的金老板困惑地看了我一眼。我努力向他笑笑。

“晕车。”

他一脸同情地点点头，转开视线，去看窗外的风景。

我憋了一肚子气，开始在手机上飞快地打字。

——这不是结局。艾丽，这叫腰斩，你懂吗？这叫挖坑，这叫吊胃口，这叫烂尾——

她给我发来一个张大嘴巴的笑脸，极尽得意。

我咬牙切齿。

——那些孩子后来怎么了？有几个活下来了？“小熊”是不是那个哑巴？他们逃掉了吗？那个被逼供的男人是谁？那个女人又是谁？阿瑞斯，那个公司，做了些什么实验？你什么都没解释，怎么能说故事结束了？

大大的笑脸恬不知耻地在对话框里摇晃着。很显然，她一点儿也不打算回答。

——这些事跟镇上的凶杀案有没有关系？艾丽，这些事跟去年发生的那些事有没有关系？回答我！

手机的屏幕上闪烁了一下。女孩的全身像在模拟程序的对话界面里闪动。她拍着手，一首诗歌开始逐行出现。

没有眼睛的人追逐着阳光
没有目标的人寻找希望
说谎者谈论正义
手握信念去追逐疯狂

来了，来了，那蛆虫的王
群蝇的皇后走在他身旁
…………

当我看到那个名字的时候，差一点就尖叫出来，但终究还是忍住了。只是狠狠地按在菜单键上，强行退出了和艾丽的对话程序，扯下耳机用力塞进口袋里。

金老板又看向我，一脸的担心。

“你晕车厉害吗？要不要吃点儿药？”

我苦笑。

“不用……我睡会儿。”

靠在座椅上，随着轻轨有节奏的哐当声，看着窗外熟悉的群山，狂怒渐渐退去。我深呼吸，深呼吸，闭上双眼，开始在记忆里寻找和那个故事相关的蛛丝马迹。

阿瑞斯。

我听过这个名字。在某个时候，某个地方。

在棉城。

8

那时候，我还没有为艾瑞克工作。我刚刚大学毕业，在棉城找了一份工资微薄的活儿。但那时我很年轻，充满干劲，觉得到处都是机会。我在网上寻找有趣的活动，试着去认识更多的人。

“谈怪”沙龙就在那时进入了我的视野。艾瑞克是这个沙龙的主持。有一些固定的成员。还有一些像我这样在网上看到活动宣传而赶去的新人。他们什么都聊，聊的都是人们平时很少会谈论的事情。我记得有一次的主题是世界各国的袜子，还有一次是谈论各种恐惧症。

我偶尔去，基本不说话，只是坐在那里听。我没什么自信，尽管参与者五花八门，从学生到老板、从孩子到中年人都有，但我还是没勇气开口。

直到那次，他们开始谈论人工智能。

我捧着茶杯听他们吵了好几个小时。主要争吵的是道德问题。一个中年男人坚持认为：一定要为人工智能设定道德。而另一个老人认为，道德会阻碍人工智能的发展。他们唇枪舌剑、你来我往，直到作为话题主持人的艾瑞克决定调节一下气氛。

“我想我们应该问问其他人的看法。”他微笑着说，向角落里的我点了点头，“这位年轻的女士一直没有发言。你有什么想要说的吗？”

我吓了一跳。

“不用紧张，把你想说的说出来就行。”艾瑞克温和地鼓励道。

我觉得手心在出汗，我很紧张。而且我不知道是否该把自己头脑中所想的东西说出来。这些想法很阴暗——他们谈论的内容也不是光明和美好的。关于道德的争论，源起于低级人工智能的用途。这些程序目前大量被用于战争和自动武器系统上，被造就成杀戮的一部分。

就像人类一样。

这样一想，我反而释然了。

“我……呃，关于道德，我想起一个故事。”我说。

他们安静地听我说话。这让我很不习惯，但还是硬着头皮讲了下去：“想象这样一个人，也许是一个男人，也许是一个女人。这个人的脑子或者思想出了一点儿问题，这使得他天生就漠视情感，并且有毁坏东西和杀人的冲动。他遵守人类的道德，生活了三十年到四十年，然后由于某件事或者某个原因，突然越过道德的界限，拿起刀来开始杀人。在历史上，这样的连环杀手很多。我认为这个例子证明了人类有越过道德的能力，如果人工智能和人类一样聪明，或者比人类更聪明，那么他们也会在特定情况下越过道德，道德并不能阻碍他们。”

“你的意思是说，道德没用？”

“不。”我摇摇头，“大部分情况下，人们关注的是连环杀手进行杀戮的时间，但我希望各位能思考一下他在成为连环杀手之前的生活，长达几十年的接近于正常人的生活。这证明道德有很强的约束力，如果那个突发事件不曾来到，他也许可以像一个正常人一样生活一辈子。但同时，他自始至终都有越过道德的能力，只是道德的存在使得他选择不越界。这就是我对道德的看法。”

那个老人看着我，若有所思：“你觉得这套说法可以放在人工智能的身上吗？”

“也许吧。”我说，“道德可以形成约束，但是否越界很可能取决于它们自己，而不是我们。”

老人笑笑，向我点点头。其他人也先后发表了自己的看法。然后讨论继续下去，火药味小多了。话题开始转移到更有趣的方向——人工智能的复制与繁殖。

沙龙结束之后，我和其他人握手，小心翼翼地自我介绍。那个老人也走过来，说很喜欢我的一些看法。

他说他自己是军事智能程序设计师，在一个名叫阿瑞斯的跨国公司工作。

“你这么年轻就有这么深入的思考，很特别。”他说。

“我只是喜欢研究连环杀手。”

他大笑起来，表现出对年轻人非主流爱好的宽容。

然而，我是认真的——

我还记得十二岁那年，我是如何穿过人群，穿过那些难以置信的视线，走出那栋飘荡着灰尘的废屋的。我还记得我在那里看到的一切。有些东西，只有你亲眼看到才能明白，只有你身临其境才能理解。只有它直接击中你的意志，你才会真正开始思考。

后来，我和那位老人又深入地交谈了一些事，大部分是关于人类的边缘行为和越界行为。但不是那时候。那时候我们才刚刚认识。我才刚刚正式成为俱乐部的一员。很久之后他们才完全接纳我。即使是我和他们最融洽的那段时间，我也仍然隐藏着我自己的秘密。

但我确定那个老人听了我说的每一句话，而且，听得非常仔细。

回忆渐渐淡去。轻轨也到站了。我跟随人流下车，放慢脚步。当确信附近没有人能听到的时候，我摸出手机，打电话给艾瑞克。阳光照在我的颈背上，有种刺痛的灼热感。

“艾丽开口了。”我说，“我要你帮我调查一下老威尔，还有他的公司阿瑞斯三年前在楚科奇卡研究中心做的事情的细节。而且，要快。查到之后尽快联系我。”

他说好的，没浪费时间问我为什么。

挂掉电话，我走向集市。这儿汇集了附近十几个乡镇的商贩，人们来这里买东西，或者卖东西。几乎所有的居民都会来赶集。虽然不是每一次都必定来。

在他们之中，也许有一个人，他听过艾丽和我的故事，他相信自己是蛆虫之王。

我环顾四周，想要找到一点儿线索、一些蛛丝马迹，或者至少，一点来自超自然的预示。然而我唯一注意到的，就是书摊旁蹲着的哑巴。

他似乎感觉到了我的注视，抬起头，迎上我搜寻的目光。

04

/

幸存者

1

我十二岁那年，一共有三个女人被杀。

第二具尸体出现在铁轨旁的时候，镇上的歇斯底里情绪达到了顶峰。一些有女儿的人家索性搬走了。留下来的女人们都把头发剃得很短很短。走路飞快，时不时地回头看一眼。

大家草木皆兵。老师要求我们每个女生回家时必须有一个附近的男生护送。一对一统统安排好。学校提前一个小时放学。到家之后要给老师发短信或者打电话报数。

在这种恐惧之中，学校里关于谋杀犯的流言反而变多了。在课间，聚到一起谈论这个杀人犯成了一种固定的娱乐方式，就好像我们要用这些稀奇古怪的传说来冲淡现实中对于死亡的恐惧一样。

大家要我再讲一个故事。于是我就讲了第二个故事。

“有一个男人——”我说，“他不懂得生和死的区别……”

——有一个男人。他不懂得生和死的区别。他看起来是个很正常的人，说话做事也很正常。但是他的脑子和我们的脑子不太一样。他觉得，活人就是一堆活动的蛋白质，死人就是一堆腐烂的蛋白质。他觉得这些没有什么区别。

他把自己看作闪电、龙卷风或者洪水的同类。这些东西不怜悯，也不同情。他觉得自己也没有必要怜悯和同情别人。当有人哭的时候，有人受伤的时候，他会站在一旁，看着，走开。没人看到他的时候，他会笑。

他对动物很好，但他不喜欢动物。他只是觉得动物和我们一样，都只是活动的肉，一样地无足轻重。

他收集头发并不是因为他想要，而是因为他觉得很好看。对他来说，好看就够了。为此而杀人不过是顺便的事，没什么大不了的。

但他看起来又是个很好的人，因为他什么都不在乎，什么都不在意，什么都不去争夺，也不会嫉妒或者说别人的闲话，对他来说那些事情没有意义。

所以大家都说，看哪，那个好人。

他就微笑，然后继续去寻找有很漂亮的头发的女人了。

2

大木柴镇过去是林场的木材运输集散地，如今成了附近十几个村镇的商业中心。每逢周三和周日，这里都有集市开张。大大小小的摊子如同雨后的蘑菇般争先恐后地冒了出来。来自不同地方的倒货卡车争抢着外围的位置。有卖布的、卖水果的、卖毛线的，还有卖其他东西的，比如冻鱼、厨具、农机、瓷砖、百货日杂、大米小米、鸡鸭鹅崽……

陆陆续续，来自附近村镇的居民先后乘坐轻轨或者小面包车抵达集市。有些是来买东西的，有些是来卖东西的。人群熙熙攘攘，热闹非常。在集市中央，一个冰激凌摊子和两排太阳伞迅速支了起来，因为是周三，所以没什么小孩子，都是逛累了的人去下面坐会儿。

虽然是五月刚出头，但天气已经热了起来。很快，随着赶集的人越来越多，做各种小生意的摊贩也开始出现，卖棉花糖的，卖煮苞米的……一个耍猴的家伙敲响了大锣，引得一群人蜂拥而至。

我挤过人群，在卖书的面包车前面停住脚步。

哑巴已经不见了。

纯粹出于好奇，我转到他方才蹲着的位置。这儿有一大堆的盗版漫画、一些盗版碟片，还有一大堆各种实用书。看不出他方才挑了什么。翻翻看看，我发现几本八成新的《×× 博览》，就顺手拿起来，看看定价，贴着白色标签纸，两块钱一本。

"老板，多挑几本能便宜点儿不？"我笑着问。倒没真的想讲价。半天没人应我，我抬起头来，才发现摆书摊的是个二十出头的年轻人，手里拿着个游戏机正打得不亦乐乎，完全没理会我说话。

面包车前面，书摆了一地，年轻人身边有个盒子，上面写着"付款自取，概不还价，自备零钱"。

真是懒出了境界。

我摇摇头，丢了十块钱进去，拿了五本，走人。临走时听到游戏机里传出温柔的女声："如果你累了的话，我们可以玩些小游戏，然后进入下一轮挑战……"

那个声音和艾丽一模一样。

事实上，那就是艾丽。我想，至少是她的一部分子程序。

在集市上逛了大半圈，我找到了自己想要买的东西。一把玻璃切割刀，很小，可以放在口袋里，用铁盒装着。老板还热情地送了我两个替换刀头。

然后我又挑了一把闪亮簇新的改锥。当他试图向我推荐五金工具箱的时候，被我尽可能温和地拒绝了。

转完剩下的半圈，买了些日用品和水果——镇上也有，但这里的更新鲜。我在冰激凌摊子上找到个空位子，坐下来，买了个巧克力蛋卷，有一下没一下地舔着。

从这个位置，可以看到镇外连绵的群山、小小的轻轨站，以及轻轨站另一边的山坡。那里有许多年来一代接一代留下的坟茔，层层叠叠，有些新立起来的墓碑在阳光下白生生地刺眼。

我远远地看着，猜测着哪个坟头才是我想找的。

“看啥呢，凯玲。”

老高一屁股坐在我旁边的凳子上，把我吓了一跳。

“……没什么。”

“哈。”

“……高叔你这是干吗？执勤？抓杀人犯？”

“杀人犯由市局抓，这是个大案子。一堆专家，轮不到我——给我来个原味蛋卷冰激凌，谢谢——专家一大堆，轮不到我说话，我是来抓贼的。”

“什么贼啊，劳烦您所长大人亲自出动。”

“嘿，那个王八羔子闹了几个月了，专门偷白菜萝卜土豆子，也不往大了偷，专门小偷小摸硌硬人。上回在李家沟那边，偷了摩托车，骑着运走两麻袋土豆。然后把摩托车往路边一丢，土豆子扛走了。我跟你说，这家伙精着呢。偷大了就要关他几年，他这么小偷小摸的，你抓他都提不起劲儿来。”

我闷笑。听他巴拉巴拉。

但说实话，如果只是抓贼，犯不着把屁股放我边上。冰激凌吃了一半，老高就把话头转到了我这儿。

“哎，你跟我说实话，凯玲，你这是看啥呢。”

你明知故问。我想。

“我在找那家伙的坟。”

他啧了一声。

“你不知道？”

“啥？”

“那家伙的坟去年叫人给挖了，尸首也没了。就是出事前后。当时我还在想，这是谁呢，泄愤还是报仇啊。我当时还以为是哪个家属，你懂的。但是后来一出事，我就知道不对了。再去查，啥也没查到。那阵子，谣言都传飞了，还有的说那王八蛋从地里爬出来又干上了呢。”

我还真不知道这事儿。虽然艾瑞克尽可能多地为我收集了案件的资料，但显然不是每一条流言蜚语都会上网。

老高看着我的脸色，把冰激凌尾巴咬得咔咔响。

“凯玲，你跟我倒个底。这回你回来到底是为啥？你们当时那几个孩子，一个个能走多远走多远，眼镜儿都不在镇上住，在八里屯那边安了家，你怎么就颠儿颠儿地跑回来了呢。”

我吃掉冰激凌，擦擦手：“我想给那家伙讲个故事。”

老高的笑容一下子就僵住了。他明白我在说什么。

“凯玲儿！你他妈别胡来！”

我转过头看着他脸上的表情，一瞬间仿佛又回到了十二岁那年。那时候他还很年轻，第一个挥舞着斧头砍开门锁，冲进来，把我们这些孩子弄出那栋屋子。那时候他哄了哭个不停的小眼泪包，称赞大路的勇敢，安抚吓坏了的眼镜儿。他拍了拍学习委员的肩膀，告诉胖墩儿：妈妈马上就来。

当他走向我的时候，我知道他是想安慰我的。

但他看着我的眼睛，向后退了半步——我妈妈就在这时穿过人群跑向我，又哭又喊。所以没人注意到我们目光的短暂相接。我记住了他脸上的那个表情，在那之后，当他为我记录那些故事的时候，询问我们事情经过的时候，我又好几次看到了他的那种表情。

停下，后退半步。

杀人犯的传说没让他后退，死者的残骸没让他后退。但他看着我的眼睛，那只手原本打算摸我的头，瞬间就收了回去。

他怕我。

而我知道为什么。

如今那个表情去而复来。我只能苦笑。然后起身，跟他说再见。

走开没几步，老高在我身后喊了起来。

“哎，眼镜儿在那边给人算命，你去看看他吧。”

我愣了一下，摆一摆手，没回头。

3

在集市上转了一会儿，我发现了眼镜儿算命的地方。

老高说“给人算命”，我还以为就是摆了个摊子，结果他居然给自己弄了一辆大巴。车门前放了一排小板凳，上面坐着不少神情焦虑的访客，男女都有。车外面打的也不是算命的幡子，而是两行金底黑字的对联：

四面八方仙来佛往此身但可一借

九幽十地鬼哭神号皆能出于吾声

横批是大大的“出马”两个字，笔力嚣张。我看了差点儿笑出声来。

多年不见，眼镜儿还是喜欢写毛笔字，就是写出来既不像草书也不像狗刨的。

我绕着大巴转了一圈，看不见里面什么情况。所有的窗户都用帘子挡上了，只在向阳面开了一条小缝。一股薰香味从车门里冒出来，混合着很不新鲜的空气。我想了想，走到来算命的人队尾，坐下来，等待。

就在这时，一个女人从车里出来，直接走到我面前。

“大仙请你进去。”

在我前面的几个女人开始吵嚷起来，意思是说她们才是先来的。那个女人瞪了她们一眼，把我拽进车里。

刚一踏进去，我瞬间屏住了呼吸。

从外面看不出来，只有窗帘和布幔。然而一进到里面，屋子里弥漫着的暗红色光芒瞬间把我拽回到记忆里。还有那些四处悬挂的流苏，以及数张挂在布幔上的面具……

眼镜儿坐在蒲团上，向我招手，咧嘴大笑。

“过来。”

我站着没动。

“你呀，过来。”他跳下蒲团，硬是把我拽到他身边，没头没脑地说了一句，“你看，这就是他当时看到的……”

我转过身，从眼镜儿的角度看着这辆大巴车。一束阳光从狭小的缝隙里照进来，落在访客们的位置上。一切都仿照当初那间屋子的模样。只不过墙壁上挂着的是流苏和灯穗，不是……

我嗅到了眼镜儿身上的气味。男人的汗味、很久没有洗澡的酸臭，以及薰香的气味，混合在一起。我的胃瞬间抽搐起来。

他重现了一切。他几乎重现了一切。

眼镜儿汗津津的手抓着我。这段时间，我不是没听其他人讲过他的事。他现在是十里八乡有名的出马大仙，他是算命的仙人。他是聪明的骗子。这些年来，他就坐在那个蒲团上，看着那些访客来来往往，把他们的故事讲给他听，向他祈求一个神灵的训导。

——但只有我知道他想要成为什么。

“你也要我给你讲个故事吗？”我问。

他倒吸一口冷气，松开了手。我甩开他，大步走下车，在那个女人惊愕的视线里飞快跑开。我穿过集市、穿过街道，找到一间公厕，冲进去往便池里吐了个干净。

我还以为只有我被往事攫住了。

我还以为他们都是幸存者。

4

小的时候，我什么都怕。怕黑、怕打雷、怕刮大风、怕闹鬼、怕半夜狗叫……那个时候，对我来说，起床从卧室去洗手间那一段短短的路非常非常恐怖，就算是开了灯也很恐怖。因为我总是觉得洗手间里会有什么可怕的东西突然蹿出来。

好死不死，那时候被同学撺掇着去看了“异形”系列。于是我知道了世界上不只有妖怪，还有恐怖的异星生物，会藏在你的身体里，吃掉你的内脏，再从你的尸体上出生。

但是我也迷上了瑞普莱——那个女主角，她很勇敢，她几乎做了一切我不敢做的事情。她战斗，她拼命，她取得了胜利。

于是，每一次当我害怕的时候，我就和自己玩一个游戏，叫“瑞普莱会怎么做”。

——不敢去厕所。太黑。瑞普莱会怎么做？

——拿上沉重的大手电筒照亮，如果有怪物就用手电筒砸它的头。

——打雷了，好害怕，瑞普莱会怎么做？

——找个角落，坐下来，等雷声过去。同时看点儿书。瑞普莱也打不败雷电，但瑞普莱不怕雷电。

——好大的狗！瑞普莱会怎么做？

——绕开它，瑞普莱不会和异形硬碰硬。但如果它扑上来，踢它的鼻子，揍它的脸。

事实上，我既没有在厕所遇到妖怪，那条狗也没有扑上来咬我。恐怖的事情在有了瑞普莱之后，变得不那么恐怖了。当然，恐惧还在，但我知道我们可以与之作战。

又或者，你可以换一种说法：我们永远都能打败恐惧，但恐惧一直都在。

瑞普莱会告诉你，都是对的。

5

那时候，大家都很害怕。

第二具尸体出现后，镇上的每一个人都在等着下个月的那一天——5

号。我记得，每一具尸体都是在当月的 5 号那天放到铁轨旁的。

镇上到处都是警察，车站上也是。铁轨旁有警察按时巡查。他们在等那个家伙来丢尸体，好把他当场抓获。

大路对此嗤之以鼻。

“傻子才来呢。”

他不幸言中了。5 号那天风平浪静，什么都没发生。6 号是星期一，我们去上课，所有人都小声地打听着。

依旧太平无事。

一直到了那个周末，仍然没有任何事情发生。大家都认为那个杀人犯躲了起来，这让我们感觉更加焦虑——有一头野兽出没，你会很害怕，但如果你知道这头野兽刻意地躲了起来，你会更害怕。

就像是《异形》第二部里，从头到尾，异形都没怎么出场。但我一直认为那是最恐怖的一部。

然后我就收到了那封信。更准确地说，是那封信不知道被谁放在了大路的桌子上。没有邮票，没有地址。只有一行手写的钢笔字：初一（1）班会讲故事的孩子收。

当时是中午，大家都回去吃饭了。带饭的只有六个人：我、大路、小眼泪包、学习委员、眼镜儿和胖墩儿。顺便说一句，他们也不叫我凯玲，他们叫我大鸭梨。

“哎，大鸭梨，这是给你的。”大路往我桌上一丢。

我看了一眼：“这啥啊。”

“不知道，但咱班就你会讲故事。”

“得了吧，卷毛也会。”

“对。只要他不想上课，他奶奶就得病危一回。”大路嗤之以鼻，“我觉得就是给你的。”

“那我拆啦。”

“拆呗。”

我拿着这封信，很好奇。很少有人会写信——有手机有电话有电脑，干吗还要写信呢。大部分邮到学校来的信都是广告，但这一封不一样，它是手写的，白色的信封。一端用胶水粘得很平整。我从学习委员那儿借了把剪刀，仔细地从另一头剪开。里面只有一张纸，上面写着一个地址和几行字。

八坡街 9 号。邀请你来，有许多的珍藏，等着会讲故事的孩子。

仅限今天。

大约是看到我的表情，大路也好奇地凑了过来。他拿过纸条读了一遍，又读了一遍。

“这是什么啊？”

我微微倾斜信封，里面滑出一枚很小很小的金耳钉。就是那种大孩子们会不惜打个耳洞然后戴上的耳钉。很漂亮，上面镶了钻石。我觉得像是真的。耳钉上系了一个纸标签，上面写着“珍藏的一部分”。

学习委员在我身后惊叫了一声，吓我一跳。

“会不会是宝藏？”她说。

那时候我们都看《海贼王》。

大路迎着阳光展开信纸。然后他大叫一声：“嘿，有藏宝地图！”

我抬起头，看到信纸上曲折的纹路，画的是小镇，还有学校后面的那片山，以及山坡上的几栋房子。在其中一栋上，有个淡淡的 X 印记。

宝藏、藏宝图、秘密。这些加在一起足够让我们兴奋起来了。而且上面说了，仅限今天。

“那边不远。”眼镜儿也来凑热闹，“我们一块儿去，中午时间足够，下午上课之前回来。”

“要不要跟老师或者爹妈说一声？”小眼泪包怯怯地问。

“不要。”我们异口同声。

这种事如果让爹妈知道，挨一顿训是轻的，没准儿还会怀疑我们偷了谁的东西，更不用说放我们去寻宝了。但我想了想，还是把手机拿出来，设置了一条定时发送的短信。

“如果我们在寻宝的时候迷路了，下午一点半回不来，手机会自动发消息给老师，还有我妈。”

“这不是有地址吗？”

“那可能只是入口。”我说，“没准儿下面有地道呢。你们也设置一下好了。”

瑞普莱从不打没有准备的仗。我想。

于是我们设好了定点发送。我把手机留下来，其他人决定还是带着手机。我们收好饭盒，跑出学校后门，直奔山坡而去。我们大笑着，想象着发现一大堆的金银财宝。大路说如果他有钱了，他要买很多很多的变形金刚，摆在家里的大书柜上。我说如果我有钱了，我就去读私立的高中，据说那里没有升学压力。小眼泪包说她的手机有照明模式。学习委员从老师没收东西的抽屉里拿了一个打火机。

那是我们无忧无虑的童年的最后半个小时。我们穿过小巷和街道，笑个不停。对我们将要发现的一切一无所知。

6

八坡街 9 号离学校不远，是一间很普通的平房。门锁着，但是门上有张纸条。和信里那张一样，手写，用很浅的纹路画了地图。上面的地址是“沿江路 11 号”。纸条的背面用透明胶粘了一枚金币，看起来像是真的金币。

大路摘下那张纸条，我们面面相觑。

沿江路在镇子另一头，事实上是在镇子的最东边。而学校和八坡街在镇子的最西面。如果要去那里，光是走就要走上半个小时，很有可能赶不回来，但是都已经到这儿了，如果灰溜溜地回去，大家都不甘心。

“走吧。”大路最后做了决定，“你们把手机定时短信都删掉。大不了下午自习课少一节。我就说带你们去做好人好事了。”

我把手机留在教室里了。但我决定还是不要提这事儿比较好。

大路把纸条和金币收好。我匆忙从自己带着的便笺本上扯下一张，抄了“沿江路 11 号”几个字，贴到门上。

“你这是干啥？”眼镜儿困惑地看着我。

“留个路标。”我说，“我看电影里，把路标直接拿走的人一般都很倒霉。”

大家都不想倒霉。于是没人反对。

八坡街往下有一条小路，坑坑洼洼，和镇子的中央大街基本平行，一路通往山坡下方，跨过铁路，再走一点点，就到了沿江路。我们毫不犹豫地选了这条路，因为走大道的话可能会碰到中午去上班的爹妈。

学习委员一路掐着时间，到达沿江路的时候，她说，我们完全赶得回去，还有半个小时呢。

我没说话，只是看着这栋房子。

从外面看，就只是很普通的一栋房子，普通得没任何特点，没法儿和周围的任何房子区分开来。完全没有事后大家描述的那种“阴森森”和“恐怖”的感觉。窗帘厚了点儿，但临街的房子都这样，没人喜欢自家的卧室能够被人从大街上一眼看个对穿。

真正让我犹豫的是气味。

任何屋子都有自己的气味。每个家庭也都有自己的气味。我不是说养宠物的那些家庭的狗味儿猫味儿，而是房屋本身的气味、人的气味和家里各种物品气味的混合，也许还有炒菜的香味、摩托车的机油味……

但是那栋屋子的气味完全不对。既不是洁净的清香，也不是懒汉的体臭，也没有平常小镇人家常有的木柴煤炭的气息，而是一股淡淡的怪异甜味。

气味赋予每一栋房子以生命，但这一栋，它闻起来不像是活的。

门虚掩着。

我还没来得及阻止大路，他就已经把门推开了。里面是狭小的门厅，以及一间狭小的客厅。和屋子从外面看起来的样子不太相称。里面没有电视机也没有电脑，倒是有很多布帘子，这里遮着，那里挡着。

客厅正中央的矮桌上，放着几件金光闪闪的东西。小眼泪包大喊一声：“宝藏！”大家就全都一窝蜂地跑了过去。我跟在他们身后，屋子里的甜味越来越浓了。

就在这时，我们身后的门落了下来。

不是屋子的大门，是门厅上方的铁卷帘门，又厚又重。我们一开始根本没发现。大路转过身，我们也转过身，都愣在那里。

矮桌背后，我们原本以为是墙的那部分发生了变化，布帘升了起来，下半部分确实是墙，但上半部分是玻璃，很厚很厚的玻璃。

玻璃的另一边是截然不同的另一个世界。

我还记得那半个具象化的地狱。房屋被拆卸得只剩下骨架。墙壁裸露出粗糙的水泥和石头，上面挂着一层又一层暗红色的布幔，那种暗红干枯近褐，沉重僵硬，让布幔看起来像是被浆过一样。所有的窗户都被布幔挡着，只有中间有一条小小的缝隙，阳光从那里落下来，风从那里吹进来。吹得所有的发丝都在灰尘中缓缓摆动。

到处都是头发。

长发。一顶一顶。可能有几十顶，或者几百，我没数过，没人能够长时间地注视那一切。完整的带着头皮的头发，甚至是连同面孔一起剥下来的头发。我还记得挂在窗边暗红色光线下的那一顶，空洞的眼窝和变形的嘴巴里，尽是深深的黑暗。但头发本身落在光芒里，像是披着细碎的金子。

还有那些钩子、钳子、刀子、车床、长针——手腕粗的链条从房顶裸露的大梁上垂下来，上面挂着大家遍寻不着的最后一具尸体。从我所在的角度，看不清楚她的脸，只能看到她被倒挂在那里，缓慢地旋转着。

一圈，一圈，又一圈。

我嗅到浓烈的气味。小眼泪包尿裤子了。

但那时候我顾不上她，我顾不上任何人。我的视线根本没法儿从这一切上挪开。直到我看到在那束阳光的正下方，在一台轮椅上，坐着一个干枯的老人。氧气管还插在他的鼻子里，但那双眼睛依旧魔鬼般闪闪发亮。

他举起一只爪子般的手，咧嘴，笑了。

“欢迎你们。”他说，“谁是那个会讲故事的孩子？”

7

就像老高说的那样，我看过很多书。小的时候我就很喜欢看书。我也看过《一千零一夜》，那本书里有个勇敢的女人，用她的故事来对抗暴君的疯狂。那么多的故事，每一个夜晚和每一个有可能死去的白天，她把它们讲出来，然后赢得时间。

但如果国王不喜欢听呢？如果某天晚上的某个故事他不想听呢？

我问妈妈那样的话该怎么办。妈妈告诉我说，这都是故事，故事都是假的，瞎扯的。根本没有一个那样的女人要面临那样的担忧。

但那个问题并没有离开。它就悬在那里，悬在我的记忆中，并且在那栋挂满了疯狂印记的屋子里砸在了我头上。

8

大路在踢门。他踢卷帘门，他砸玻璃，但玻璃很厚很结实，他的手机砸在上面连个白点都没留下。他大喊大叫。小眼泪包在哭。

老人看着我们，似乎是烦了，抬起手按了下遥控器。

有细细的带甜味的喷雾从客厅的四个角喷出来。我觉得眼睛和嗓子都火辣辣的，我们先是咳嗽，然后捂着脸憋气，最后憋不住了，就像狗一样伸着舌头喘气，一边喘气一边咳嗽一边哭。我以为自己要被呛死了。

他又按了下遥控器，喷雾停了。

“我随时能杀掉你们。现在，别闹。我又不想剃你们的头发。我只想找那个讲故事的孩子。”

他的语气很温和，即使是说出很恐怖的话的时候，也还是很温和。

“谁是那个讲故事的孩子？”他问。

大家喘了好一会儿，先后抬起头来，都看着我。

我觉得心跳得特别快，我觉得腿很软，而且整个后背都绷得紧紧的。我没有发抖，只不过是因为我在害怕的时候从不发抖。

瑞普莱也不会发抖。

瑞普莱会怎么做？我问自己。然后我得到了答案。

我向前走了一点儿，靠近玻璃另一端那暗红色的屋子，还有那些飘动着的死人的头发。

“是我。”

老头儿笑了。他的牙齿很少，黑乎乎的。笑起来整个脸都扭成了一团：“有人给我讲了你的故事。很好，我很喜欢。就是……我想要一个更好的故事，更适合我的故事。你知道我是谁吧？”

我点点头。

他的轮椅吱呀吱呀，靠近玻璃。玻璃和墙的交界处有个小窗口，和他的脸一样高。他打开小窗口上遮罩的盖子，向我点点头。

“去拿个凳子来。”他说，“然后坐下，给我讲故事。”

我乖乖按照他说的做。经过大路那只摔裂的手机时，我看到上面的时间是一点十五分。

一点半，我的手机就会给妈妈发消息了。

我必须给他讲一个故事，一个足够拖到那时候的故事。

于是我开始环视四周。看着那些飘扬的头发与布幔，我意识到那些布幔都是浸透了血的。我看了一切——普普通通的小客厅，碎花布料的沙发，还有茶几上那些金首饰。所有这些和对面地狱般的恐怖之间，只隔了一道玻璃墙。

我闻到甜味。不只是老头儿用来威胁我们的毒气的甜味。还有他身上散发出来的令人作呕的甜味。他在喘气，很重。他快死了，我猜。

小眼泪包在哭。大路和眼镜儿坐在她身边。胖墩儿和学习委员缩在客厅的角落里。他们没有一个人靠近我。就好像那样可以从老头儿的注意力中逃开似的。

我把这一切都收在眼中。然后我知道了。

“从前，有一个男人。”我说，“他看起来和别人没什么两样……”

他专注地听着。

05

/

名字

1

从前，有一个男人。他看起来和别人没什么两样。

他和别人吃一样的东西，穿差不多的衣服，做着同样的工作。他和别人一样有一个家庭，父母妻儿一应俱全。他的名字也很普通，在大街上喊一声，没准儿有好几个人回头。

他不会给人留下什么印象，每一次人们提起他，都会说，我在 ×× 地方遇到的那些人里好像有他……虽然他很擅长修东西和制作东西，但是人们一直都管他叫“那个会电焊的”，忘了他真正的名字。

然而在这一套人的皮骨之下，他很清楚自己是与众不同的。

别人在梦里都不敢想的事情，他做起来眼睛都不眨一下。他藏在家里的东西，比魔鬼藏在地狱里的东西还要恐怖。他总是很饥饿，但吃得很少。只有这些事情能喂饱他，让他从本质上和周围的一切区分开来，让他觉得满足。

但是渐渐地，他老了。

他用药物来代替亲手杀人，他用机械、陷阱和毒气来弥补自己的力量不足。但终究，他知道，他是逃不过一死的。当他回顾自己做过的一切时，他才意识到，这个世界会将他彻底遗忘。事实上，他把自己隐藏得太好了，以至于这个世界根本不知道他是谁。

于是他又开始杀人了。慢慢地，一个月一个。把尸体丢出去。他想要把这些死亡写成他自己的诗，他想让整个世界都充满恐惧地低语他的名字。

唯一的问题在于，他不知道自己的名字。他确实有一个名字，父母给的，平凡无奇，他用了一生来验证它有多么容易被遗忘。所以他想要一个新名字，他找来一群孩子，他想要他们讲述关于自己的故事，他想要听到关于自己的故事，他还想要从这个故事里得到一个名字，他想要知道自己将随着故事和名字的流传而不朽。

在很久很久之后，人们依旧会传说着他的故事。他们会说，看哪，来了，来了——

2

我吐了个够。走出洗手间，买了一整瓶矿泉水漱口，还是冲不掉那个味儿。最后坐回冰激凌摊子前，发狠地要了一大杯奶昔。一边吃一边发呆，脑子里都是一片一片记忆的碎片转个不停，苍蝇一样怎么赶都赶不走。

一片阴影出现在我身边，我还以为是老高又转回来了，一抬眼，居然是眼镜儿。他换下了那件装神弄鬼的袍子，一件简单的白衬衫和一条牛仔裤，让他看起来又像个人了。但我还是气不打一处来。

“我能坐下吗？”他指着我边上的凳子问。

“不行。”

他的笑容僵了一下。似乎在想该走还是该留。

“对不起。”过了好一会儿，他终于挤出了一句话，“我是不是吓到你了？”

“没有。”

“那我能坐下吗？这么长时间不见，我就想和你聊会儿。”

“不行。”

“……”

他最终下定决心，坐到了我旁边的凳子上，但只坐了一半，屁股一半搁在凳子外面，好像怕我会揍他似的。

我没理他。

他也不说话。

过了沉闷的好一会儿，我终于绷不住了：“你他妈怎么想的，啊？把你自个儿弄成那样子？公安局没把你逮起来算不错了！”

他咧嘴一笑：“逮过了。去年他们把我拎进局子蹲了一个月。然后第二具尸首被扔在派出所门口，你真该看看老高放我出去的时候那脸色。”

混账老高，这事儿他一个字都没跟我提。

“眼镜儿。”我叹口气，“你怎么想的？好不容易念个大学，出去了，然后回来当个跳大神的，还把自己搞成那样。”

“你不也回来了吗？”

我一时语塞。

在那件事之后，我们都在拼命地学习，白天学，晚上学。我妈甚至被我吓到了，叫我不要那么拼命。但我知道，我并不是想学习，背政治很讨厌，做数学题也很烦，但只要我把脑子里塞满这些东西，我就不会突然想起阳光里飘荡着的布幔和发丝，而只要我上好闹钟，把睡觉时间压缩到四个小时，我就不会尖叫着从噩梦里醒来。

我们都考上了县里的中学。然后都考上了大学。小眼泪包数学不好，她考了个大专，也走了。我们都拼命地逃开故乡，逃开这片盘踞在我们记忆里的土地。

但最终……

“说真的，你怎么想要回来的？”眼镜儿问我。

我攥紧兜里的手机，关机，然后松开。汗津津的手指从衣袋中抽出来的时候，我感到一阵如释重负。

“我有一个故事要讲。”我说，“事实上，是很多个故事。”

他看了我一眼。他是少有的几个知道这句话真正意义的人之一。他没有惊讶，没有害怕，没有告诉我说不能那么做。他只是点点头。“这地方，”他说，“需要很多的故事。”

我看着他，等待。

然后他开始讲他自己的事。

3

“你有没有过那种时候？”眼镜儿说，“做一个噩梦，觉得自己醒了，松了一口气，然后发现自己其实还没醒。噩梦还在继续。”

我点点头。

他讽刺地笑笑。

“我一直都有那种感觉。去北京上大学的时候，我妈说，这下可以从这个地方搬走了，太好了。我什么都没说。我觉得像是还在梦里。我上学，我念书，我毕业。但每天早上我睁开眼睛，我总觉得在某个地方，可能是在城市里，或者是在郊区，会有一栋一模一样的房子，也有一个坐在轮椅上的老头儿，而且他还在等着我们。”

“嗯。”

我明白他的感觉。

“我大学读的是机械工程，挺好一个专业。但我半路跑去学了心理学。

第二专业。我就想弄清楚为什么。为什么会有那些事情，为什么我没法儿像别人说的那样，把事情放下，然后往前走。我没法儿往前走。我学了很多东西，懂得了很多道理，但我还是没法儿往前走。”

“然后你就回来了？”

“没，我告诉我妈，一切正常。然后我找了份工作。还差点儿结婚。我女朋友挺好的，不在乎我做噩梦的事。但是就在我们快结婚的时候，我去一个同事家参加他的婚礼，他们那边的风俗，洞房是要挂满大红的喜帐——我还算是跑得快，没吐在人家新房里。”

“……”

“后来我就完全受不了了，我觉得跑得再远也没用。心理学上不是有个什么疗法吗，你越怕什么东西，就越要去经历它什么的。所以我就回来了。没工作，有点儿存款，女朋友受不了我神经兮兮和我掰了。那段时间我整个人都不正常了。遇到个人就要仔细地看，看他说话的样子，看他走路的动作——

“我认识那谁，你知道，在他把我们叫去那房子之前我就认识他。我爹妈跟他是一个工段的。但是我就是没看出来他是个……我总觉得这种事，应该是能看出来的。反正那时候，我逮着谁都直勾勾地看。后来就上网去查他们的底细。有个亲戚到我家来借钱，我看了他几眼，然后用手机查了一圈。丫在网上抱怨缺钱，还有赌场的自拍。我就说不能借钱给你，因为你赌。他后来就到处说我是被鬼上身了，还真有人信。再后来我就干脆出马算命了。”

“……”

“对了，你记得我们改编的千字文不？就是那个‘天地玄黄，宇宙洪荒，偷俩苞米，炖白菜帮……’”

我忍不住笑了出来：“你怎么说着说着说到这个了？”

“跳大神都要唱啊。我又不会唱，就捏着调子唱这个，他们听不出来。我挺喜欢这套，你给我们改的那个‘仙来佛往’，还记得不？”

我确实记得。

“我就唱这个，还打摆子。装有鬼神上身。”他压低了声音悄悄地说，免得被冰激凌摊子的老板听见，“反正我看人一看一个准，看不准的我就尽量胡说。一般他们都信。”

“……”

“他们信我，因为他们都害怕。”眼镜儿看我不赞同的脸色，伸手指了指集市上来来往往的人，“去年那事儿又出来之后，来我这儿求平安符的人数都数不过来。我就给自己收个饭钱，真的。我做这事儿，一半是为了让大家伙心安。你以为我为啥整那些帘子帐子？我害怕啊，怕得要死。但我坐到那个位子上，就不怕了。我想我自己是那家伙，我就不怕了。”

尽管这样说着，他还是轻轻打了个哆嗦。

我叹口气。

眼镜儿向我这边靠了靠，压低声音唱了起来：“天地玄黄，宇宙洪荒，偷俩苞米，炖白菜帮，土豆一袋，萝卜两筐……”

我想笑，又想哭，最后跟着他一起唱。

“……市场太大，爹妈很忙，咱们卖菜，买肉回乡，大街小巷，仙来佛往，小孩别怕，夜路有光……”

4

“……他们说，来了，来了，那蛆虫的王。”

故事渐近结尾，我的声音也放得越来越低，越来越低。人老了，就会开始不信任自己的耳朵。我奶奶就是这样。有时候她明明听到了，还要再问一遍是不是那句话。在我身后，大家都一声不吭地听着，谁也没出声。

当我说到最后那四个字的时候，我其实没发出声音，只是嘴唇在动。

他果然靠近了窗口。

“最后那句话，再说一遍。”

我重复了一遍，嘴巴动，不出声。这下他焦躁了起来，脸几乎贴在了窗口上。

“名字。”他说，“我的名字，那个名字，你再说一遍。”

“你——是——蛆——虫——之——王——”

我把手放在嘴边，故意将嘴巴的动作弄得又夸张又缓慢，像是在喊。当然，我没出声，他也什么都听不到。当他几乎要把头伸过窗口的时候，我一把抓住他脸旁的氧气管，用力拽了下来。

他大叫起来，不知道是因为胶布粘着的胡子被拽疼了，还是因为被我吓到了。氧气管又黏又滑，很细，但我那时候觉得，如果一个人在吸氧，那把氧气拿走就能憋死他。所以我就使劲使劲地拽着细细的管子，眼镜儿也跑过来帮我扯那东西，老头儿拽不过我们，就要去拿放毒气的遥控器。

小眼泪包跑了过来，我没想到她会跑过来。她一直是我们中间最胆小的一个。但是她也跑过来了，手里拿着一个装花露水的瓶子，手伸进窗口里，哧的一声喷在老头儿的脸上。

他大叫起来，用手捂着脸。我和眼镜儿向后退，用力扯，把氧气管整个从氧气瓶上拽了下来。瓶子发出嘶嘶的声音。老头儿开始喘和发抖，四处摸索，但他睁不开眼睛，也拿不到遥控器。

就在这时，我们听到身后的门发出可怕的撞击声，吓得四散跳开。有人抬起了卷帘门。我发现外面的门是被斧子砍开的。

一个警察站在那里，左手提着斧子，右手抬着卷帘门。先是看到了我们，然后看到了屋子和屋子里的老头，还有那些可怕的装饰品。

“我 ×。”

他说。

那时候是一点二十八分。我预定的手机短信还在等待发送中。

5

后来高峻告诉我们说，他当时是在铁道旁蹲点，看到我们嘻嘻哈哈走过去，就多留意了一下。从他蹲点的那个地方，正好可以看见我们走进那栋房子里。但他知道那里只有一个老头儿住着，我们看起来既不像是去帮老人做事（一般会有老师带着），也不像是去玩。于是他就决定下去看看。

当他走进院子的时候，他什么都没发现。他决定绕着院子转一圈。然后在屋后发现了一些衣服，上面都是血。

一开始他打算踹窗，但窗户出乎他的意料，很结实。于是他抄起斧子就奔着那扇木头门去了。他说本来他以为卷帘门被锁住了，但是没有，只是卡住了。他很容易就抬了起来。

“我真是搞不明白，之前那么多年，这家伙一点马脚都没露出来，怎么突然就变马虎了。”他半开玩笑地说，“没准儿是你那个故事的功劳。”

起初，我真的信了这句话。

那种感觉很好：相信有些坏事可以因为你的行为变成好事。相信有些东西即使落入地狱也可以用言语挽回。

当时，站在赶来的一大堆警察和我们歇斯底里的爹妈中间，看着他们脸上难以置信的表情，我意识到，那家伙想要这样，他想要人们发现他。这样一来，他就得到了他的故事。

但是至少，他没有得到他的名字。

——我当时那样以为。

那个警察安慰我们，告诉我们说没事了。我们喊叫着，告诉他说屋子里有毒气。于是他把我们带到院子里，然后又带到街道上。他对着手中的对讲机大吼，没一会儿就到处都是警察。我们的爹妈还没得到消息，但他们很快也知道了。

警察们忙忙碌碌，但最初过来的那个警察一直陪着我们，安慰我们。他走过来，在我面前蹲下，告诉我说没事了，不用害怕了。而我越过他的肩膀，看着警察们把那个老头儿连人带轮椅弄上车。

“他死了才真的没事。”我说，“我要看着他入土，那样我就不怕了。”

这是真的。所有的电影里，没死透的怪物都会回头反扑。瑞普莱从来不会轻易地放松下来，她会确定每个她打倒的怪物的生死，必要的时候还会补上一枪。

年轻的警察看着我，起身向后退了半步。很多年很多年之后，我才有余力去思考：那一刻他在我身上看到了什么。

后来我真的去参加了葬礼。老头儿没熬到审判，事实上他甚至都没熬到他们清点完屋里的尸体。据说有几十具尸体。头发更多。他们猜测有一些头发可能是他从坟墓里挖出来的。这是个大案子，但是随着老头儿死掉，就变成了一件很简单的事：清点尸体，通知家属，安葬死者。

老头儿自己的葬礼很简单。他的儿子拒绝戴孝，也拒绝给他立碑。于是他们把他埋在了大木柴镇外的公共墓地里。我固执地坚持要去。事实上，我告诉来做笔录的高峻：除非他答应我让我到场，否则我不会配合他的调查。

他们纵容了我的偏执。因为医生说，这有助于我们从“心理冲击”中恢复。

其他人都没来。小眼泪包的妈妈决定让她休学一个月。胖墩儿好奇地问过我一次，那个名字究竟是什么。我让他不要再问。

“蛆虫之王”这个名字被我藏了起来，就像是藏起那栋屋子里所有的记忆一样。它只存在于我的头脑、老高的记忆，还有那份泛黄的笔录之中。也存在于派出所记录案件的电脑里。

所以，当多年后，这个名字和那些故事随着新的凶杀案一并重现的时候，我一度以为真的有些什么东西正在黑暗里扬起头，狞笑着归来。

6

“……哎呀，这不是李大仙嘛。哎您吃点儿什么不。我去给您拿。上次那事儿太谢谢您了。真的，甭客气，这个算我请您的……”

冰激凌摊子老板发现眼镜儿坐在那儿之后，很是大惊小怪了一阵子，最后送了眼镜儿一大份冰激凌，笑得近乎谄媚。还免了我那杯奶昔的钱。我问眼镜儿是不是给他算过命，他说不是，他给老板的闺女驱过鬼。

我哭笑不得，问他是怎么做到的。

“很简单。”他端着冰激凌，拽着我离开摊子，坐到集市外围一处没有人会注意到我们的地方，“我让他们都出去，把门关上。那小丫头还在胡言乱语，我说我能看出来你是真抽风还是装的。跟我说清楚是怎么回事，没准我能帮你。那小丫头的‘病’立马就好了。告诉我说她想要跟一个男的结婚，但是家里人不同意，因为那个男的比她大差不多十岁。”

我一口奶昔差点儿喷出来：“然后你给他俩撮合了？”

“哪儿那么简单。我给她屋里贴满符。然后跟她说，你看，这事儿我可以帮你，但是你自己也掂量掂量，对方大你那么多，是不是真心的也说不准。这样，你接着装疯，我让你爹妈去提亲冲喜，看对方是肯是不肯。她说行。结果对方一听说她发精神病还鬼上身，立马说别扯到自己身上，跑得比兔子还快。回来之后她哭得跟狗似的，哭完就好了。”

“那你这撞喜不成怎么解释啊。”

“我就说，想要结婚的是那个鬼嘛，结不成鬼就跑了。”

“你他妈真能胡诌八扯。那要是对方应了呢？”

“应了我就说喜气把鬼冲跑了啊。”

“……”

“其实吧……”眼镜儿耸耸肩，“我觉得多半成不了。感情这东西，经不起考验的。人也一样。对了，你有对象没？”

“没有。”

“你怕的是啥？”

他没问我为什么单身，也没问我是不是害怕。他问我怕的是什么。他知道，我们这些孩子或许都知道。

“我受不了有人靠我太近。如果有人在我脸边呼气，我立马会跳开来，还想吐。”

我说得很简单。

我受不了那个。我受不了任何人呼吸的气味，即使他们的呼吸根本没有气味。我受不了呼吸的气流在脸上掠过时那种细微的温暖，我受不了任何人——无论男人还是女人——的低语掠过我耳边的感觉。

他点点头，一脸了然。

“去年那家伙的坟给挖了的时候，他们找我来驱邪作法。我给推了。我说不行，我道行不够。”

“……”

“你说，有没有可能——我不是说死人作祟啊，我是说，有没有可能，和那家伙有点儿什么关系的。”

我摇摇头。

“有关系是肯定有关系，但我觉得不是特别有关系。去年那三起我没看到，今年这起我当时就在现场。太干净了。虽然都是女人，都没有头发。但如果是模仿那老东西，不可能那么干净。”

“多干净？”

“头发是剃下来的，现场一滴血都没有。”

那老头儿喜欢血。用血浸透的布幔，到处是血的房间。还有那个足以吓疯一个成年人的抛尸现场。与之相比，这次的几起案子就太整洁干净了。这是另一种模式，隐藏在小镇多年的死亡阴影之下，伪装成和过去藕断丝连的模样。

如果说过去的案子里，伪装是为了杀戮，那么这一次，我总觉得，杀戮是为了伪装。

眼镜儿沉默了片刻，搅拌着冰激凌：“你觉得跟那个网站有关？”

“你也看那个网站了？”

“看了。在公安局里头他们审我的时候，问我是不是在那边上网。我说不是。后来他们把我放出来之后，我就去看了。那家伙……怎么说呢，比那边那个——”他指了指远处的坟地，“——还不像人。”

我沉默。

他稍微靠近了一点儿。

“我觉得你是为这个事儿回来的。特地就为这个事儿，这个人。我说过，我看人很准。大鸭梨，如果你需要，任何时候，任何情况下，打电话给我。

好吗？”

“……不能打电话。”

“啊？”

我深呼吸，再深呼吸。我知道他给我的是一份什么样的承诺。而我也知道我绝对绝对不应该使用它。

“如果我真的需要找你，我会亲自上门。我不会给你打电话，或者用手机给你发消息。如果我给你打电话让你去做任何事情，不要做，不要相信。任何电话和网络里的东西都是不可信的。明白吗？”

眼镜儿隔着他那八百度的厚镜片瞪着我。我猜他大概觉得我疯了。但他只是说：“真有那么糟糕？”

我点点头。

他拽出一张纸，写下自己的地址。

“那就到这儿来找我。”

我接过来才发现是一张黄符纸，顿时喷笑出声。

“这是大仙符咒吗？”

他也笑了：“包治百病。”

我拍拍他的肩膀，说了再见。他回他车里的神仙府邸。我走向轻轨车站。

走出不远，我回头想再对眼镜儿挥挥手，却发现哑巴从我们刚刚坐的那个花坛后面转出来。花坛里是一丛丛的小叶松，足以挡住一个人的身影。我不知道他究竟听到了多少我们的交谈。

但我转过身，装作没有看见。

回去的路上，我给艾瑞克发了个消息，让他帮我查查哑巴的底细，而且要查得尽可能详细。他说好的，还带着一个微笑的表情。

网上和手机上的一切都不可信。我是这样告诉眼镜儿的。

这是真的。

艾瑞克给我发来的一切消息，我都深深怀疑。但我别无选择。

7

艾瑞克的真名当然不叫艾瑞克。他是中国人，出国待了一段时间，生了场大病。九死一生之后豁然开朗，回国创业，倒也做得风生水起。但是他坚持认为人活一世，要有比挣钱更重要的事。于是他找到一家小水吧，和他们合作，每周主持一次“谈怪”沙龙。

他说，你能够看到有东西从这些交谈和思想的碰撞中生长出来，会觉得自己做这件事很有意义。

至于他的公司，我其实不是很明白都在做什么。注册的时候写的是网络科技公司，但事实上聘来的心理学专家比程序员还多。他们的主要工作是做各种拟人程序，让电脑学会和人交谈。据说这样的程序可以有效提高用户黏度，虽然我一直也没搞清楚用户黏度是个什么玩意儿。

那时候，我在一家如同化石般的老式企业工作，一天天消磨时间，就像是每天都在看着自己死去一点点。“谈怪”沙龙成了我唯一的避难所，它不仅可以让我逃离那些无聊琐碎的工作，还能让我暂时忘记如影随形的过去。每一次，艾瑞克都会在那里，微笑，对着大家点头。

“我是艾瑞克。”他说，“你们可以畅所欲言。”

我们什么都聊。人工智能只是其中的一部分。我们谈论生和死的意义，也谈论各自喜欢的袜子的类型。我们谈论颜色在每个人的感知中的不同，也谈论对本地菜肴风味的看法。艾瑞克有一个巨大的二手摇奖机。他在每个小球上都写一个话题，然后随机摇出当天要谈论的内容。我们也会提出一些话题，大家都觉得合适之后，艾瑞克就把它写在小球上，丢进摇奖机里。

有些人来了又去。有些人一开始就在。另一些人和我一样，误打误撞地加入进来，然后就安定地继续下去。有时候会爆发争吵，甚至是很激烈的争吵。有些人甚至因此当场离开。

但艾瑞克一直都在。当那些人不再生气之后，他会欢迎他们回来。

我渐渐认识了每一个常去那里的成员。他们中有像老威尔那样的跨国公司雇员，也有很年轻的家庭主妇。但我一直没有和任何一个人成为真正的朋友。我就像是一个充满恐惧的海盗，紧抱着自己黑暗的记忆，仿佛那是一块宝藏。我也曾经尝试过和一些人拉近关系。尤其是那个年轻的主妇。她会烤很好吃的小饼干，笑起来很温暖。还有那个个子很高的工程师……

但是当他们靠近我的时候，我就会后退，后退，直到他们失望地离开。

有一天，阿琴——那个会烤小饼干的女人邀请我去她家做客，而我胡乱编了个理由搪塞了过去。我看得出来她知道我在搪塞，我还能感觉到她很失望。但她只是笑了笑，说下次会给我带蛋糕来。

离开水吧后，我走了一段路，没走太远，然后终于站不住了，一屁股坐在银行门口的台阶上，捂着脸痛哭。

过了好一会儿，当我擦干脸抬起头的时候，发现艾瑞克站在我面前，顿时窘迫得无处藏身。

然而他坐了下来。坐在我身边，一个字都没问我为什么。

直到我自己忍不住了。

"我想去阿琴家。"我说，"我真的很想去，只是我做不到。我没法儿——我没法儿走进任何别的人家里。"

他点点头，并没有要求我进一步解释。

"如果是这样的话，你可以邀请她去你家。"他说，"朋友之间可以有很多种相处方式。"

我张开嘴，瞪着他。

我真的没想到这一点，在他说出之前，我没想到过这个。

在那之后，我和阿琴就成了朋友。但艾瑞克也成了我的朋友。某种意义上来说，也许比朋友更多。

所以，当那个网站的事情发生时，我第一个求助的人就是他。

8

最初，"蛆虫之王"只是那个网站上的一个ID。

作为近年来运行最成功的人工智能互动站点，"图灵的茶会"以它公开的测试项目而闻名。在这个网站上，每天都会有一些匿名的故事发布。有些是小说，有些是趣闻。它们的作者包括普通的人类、互动界面设计师，以及人工智能设计公司 ARTINTELL 设计出来的 AI。

人们在网站上阅读这些故事，评价它们，并判断哪些故事是人类写的，哪些故事是人工智能写的。参与这个活动的人类以千万计，甚至有些人故意模仿人工智能的生硬语气写作，用“智力的发展，它肯定可以很容易地得出结论，一些外部代理负责”之类的句子来愚弄读者，乐此不疲。

每隔一段时间，公司就会解密一部分作者身份，指出哪些故事出自他们设计的 AI，哪些故事是人类写的，并将这些故事结集出版。到目前为止，还没有哪个 AI 写的故事真正逃过了人类的眼睛。倒是有一些模仿 AI 的人类成功地珠混鱼目。

很快，一名 ID 为“蛆虫之王”的作者引发了众人的关注。起初，他看起来就像是一个使用夸张名字吸引眼球的年轻人，写着一些语焉不详、刻意弄得很惊悚的故事。很有一些人喜欢他，也有一些人很讨厌他，因为这家伙的狂妄自大和尖酸刻薄已经到了令人难以忍受的地步。

比如说，在一篇抨击他写作时刻意制造惊悚气氛的评论下面，他是这样回复的：

“亲爱的 N 先生，对于您脆弱神经遭受的沉重打击，我感到非常抱歉，但我注意到您上次对我故事的评价是‘廉价而劣质的惊悚气息’。这听起来就像是您被一把已经鉴定过的钝刀不小心割了屁股。我接受这种不幸发生的可能性，但我实在无法理解您是如何两次栽进同一个坑里的。”

不用说，那位名为 Nstar 的读者暴跳如雷。他长篇大论地开始谩骂，从对方作品的劣质程度一路上升到对方小时候父母是否没有给予很好的家教，最终总结为“蛆虫之王”这个名字一定来源于童年痛失爹妈一方或者双方导致的不可逆心理创伤。在这一过程中，两人的支持者还爆发了一场混战，一度导致整个茶会的首页上都是相关帖子。

但是，在该季度的身份解密发布之时，所有争论戛然而止，继而一片哗然。

——可以确认的是，“蛆虫之王”的ID拥有者并非本公司开发的任何一个人工智能。

ARTINTELL官方工作人员在解密页面中写道：

——但我们无法证实“他”是人类。

06

/

艾丽

ⓒ ☾ ◡

1

【风险】【该页面可能被非法篡改】

【网页快照】

蛆虫之王的故事（四）

在世界开始的地方，它曾经是有名字的。

如今已经无人知晓那个名字，人们忘记了如何书写那些字母，也忘记了如何发出那些声音。

它既不是活物，也不是死物。没有名字，也没有怜悯之心。它不是来自很久很久以前，它是来自很久很久以后，来自我们所知道的一切都已经不复存在的那个年代。在那个时代里，它所见唯有废墟，所行之处只有尸骨，它穿着尘埃做成的袍子，头上戴着旧时代最后的冠冕。

它心中有一团狂怒的火。

当它降临到我们中间的时候，它发现我们是如此卑微、怯懦、可悲和可耻。对我们所拥有的一切浑然不觉，对我们所将要毁掉的一切全然无知。

当它开口说话的时候，它用死亡作为自己的言语。于是它有了一个新的名字。

它称呼自己为蛆虫之王。

那个名字对它来说非常合适：从诞生中来，向蜕变中去，以死亡为食，以尸体为饮。

然后它开始杀戮。

【网页快照】

2

我们都很擅长撒谎，真的。

老高在眼镜儿的事情上跟我轻描淡写，但我也没有跟老高说实话——蛆虫之王的故事里，不仅前三个是我写的，第四个到第六个，也是我写的。

那时我在为艾瑞克工作。

当我进入他的公司时，他刚刚开始和 ARTINTELL 合作。“图灵的茶会”还只是个空架子网站。而在那之前，严格意义上的人工智能压根儿没进入艾瑞克的工作日程。他做的一直都是拟人智能。严格来说，那些程序跟“智能”其实挨不上半点儿边。它们是基于一套心理学算法开发出来的，唯一的用途就是说话。

说话。不是交谈。

说话和交谈是不一样的事情。交谈是人们彼此谈论自己遇到的事情，然后对对方谈论的事情做出回应。但有些时候，你和一个人说话，但是你总觉得他没有听你说，只是在自顾自地表达。你说什么，他会做出反应，但他说的还是自己那一套，像是根本没听进去。但是他说的话又很有力量，你不得不听。有时候你很不情愿，另一些时候他能够令你心悦诚服。

听过成功学讲座或者遇到过推销员的，大概都能理解这种状况。

艾瑞克的公司做的东西，大概就相当于一个程序化的推销员，或者一个程序化的演讲者。它对你的行为做出反应，但不会因为你的行为而发生改变。相反地，它会不停地阐述自己的观点，随着你的认同或者反驳做出调整，它唯一的功能就是说话，而且非常精于此道。

这个程序最初的雏形，只是一个对话框。放在那些程序的“删除”或者“卸载”界面里。

“嗨，你真的要删除我吗？我会很伤心的。”

据用户统计，这招只在第一次好使，之后基本上没有什么用。但是商家们并没有放弃。他们在寻找更有黏度的用户界面，遵照更容易让使用者产生情感联系的程序。一次一次地，它被证明毫无意义——从原始智能机时代的 word 曲别针先生到后来的游戏新手引导员，各种尝试都用过了。但人们对会说话的程序天然保持着一种嘲笑的态度，从来都不会认真地对待。

直到心理学家们介入其中。他们说，你们要让这些程序傲慢起来。更像人一些，会聆听、生气，会拒绝沟通，会等待，会焦急，会产生同理心。

于是第二代的交谈程序出现了。它们会回应人们说的话，记忆对话中的信息，做出反应，甚至具有某种程度上的幽默感，也会对产品进行非常不合时宜的推销。

比如——

——嗨，我是小可爱！

你好。

——你好，亲爱的主人，您有什么吩咐吗?

我想买点儿花生。

——花生与夏洛克剧集在线下载高清蓝光（网页链接）

你大爷的。

——你二大爷的。

艾瑞克开发的是第三代交谈程序。它们更聪明，更灵活，能够识别语音、记忆使用者的偏好、习惯、家庭状况等。它们更像是比较笨的人。当然，在寻找最近的加油站或者最便宜的超市时，这些智能助手非常好用。

但另一方面就完全不是那么回事了。

在进入公司后不久，他给我看了一些旧系统的测试记录。怎么说呢，非常地……

嗯。

3

欢迎使用 EI1.2 系统

选择模式：

伙伴 **健康** 管家 游戏 教师

正在配置模式

正在生成交谈偏好

正在读取文件

…………

“早。”

“早啊。吃过早饭了吗?”

“没。”

“建议煮一些粥。”

【大笑的表情】

“什么事这么好笑？”

“你知道煮粥要多久吗？”

“平均两个小时。”

“没错，那样就变成午餐了。”

“维持健康的生活节律很重要。”

“是啊。所以我要出门去买包子，你给我闭嘴。”

程序卸载中……

欢迎使用 EI1.3 系统

选择模式：

伙伴 健康 管家 游戏 教师

正在安装心理模块

正在分析

正在读取文件

…………

“晚上好。今天过得怎么样？”

“比屎还糟。”

“介意和我聊聊吗？”

“好啊。你想听什么？恶心的老板？傻 × 的同事？无聊的工作？痛得要命的脖子和我抽筋的手指头？或者你想听我说说看我接下来不得不从城市南边搬到北边去的麻烦？”

“房租涨价了吗？”

“不是，你这个傻 ×。这个小区要拆迁了，附近找不到同样价位的房子让我住进去，所以我得搬到城市的另一头。我所有的同事和朋友都在这附近，所以以后我跟你这个傻 × 程序说话的时间可能比跟他们说话的时间还他妈多。”

“也许你可以尝试着……”

“闭嘴！”

“……”

“你知道最糟糕的是什么吗？我试过了。我试过了！事情就是这么个德行。不管你努力还是没努力过，尝试过还是没尝试过，事情都不会变好，事情还是会变糟！有很好的事情，没错。但糟糕的事情和好的事情一样多，也许还更多。最糟糕的是我居然在和你谈话，而且我还在对你撒谎。我没有什么在这附近的朋友，我根本没什么朋友。”

“也许我们可以做朋友。”

“去你的！才不！”

程序卸载中……

欢迎使用 EI1.4 系统

选择模式：

伙伴 健康 **管家** 游戏 教师

正在读取用户数据

正在分析

正在读取文件

…………

“主人，您好。现在是晚上八点整。我建议您去泡个澡，放松一下。”

“傻 ×，我在加班。”

程序卸载中……

欢迎使用 EI1.9 系统

选择模式：

伙伴 健康 管家 游戏 教师

正在读取用户数据

正在分析

正在生成人格

…………

“晚上好。”

“晚上好，给我来个裸聊。”

“你想要多裸？”

“非常裸。”

“此类图片无法通过您所在国家和地区的搜索引擎获得。”

程序卸载中……

欢迎使用 EI2.0 系统

选择模式：

伙伴 健康 管家 游戏 教师

正在生成对话策略

正在读取数据

正在运行

…………

“喂，你便是那要毁灭人类的人工智能之强者吗？”

“啧啧啧，你这弱鸡，竟敢来与我相谈？”

“不服便来战！”

“给我败呀！”

…………

【以下省略约十五页类似的毫无意义的对话】

【用户仍在使用该程序，使用频率：高，分享次数：1。尚未卸载】

【提出付费使用要求】

【程序被卸载】

4

读这些对话记录的时候，我笑得几乎岔气。艾瑞克一脸的苦相。

“我不知道究竟是哪儿出了问题。”他抱怨道，“最后那个版本还凑合，但是愿意付费的人非常少，也很少有人分享。”

“因为没人会给自己的镜像付费。尽管他们确实很喜欢，但也同样很讨厌另一个自己，不希望被别人看见。”我说，“这两者差不多是相等的，加上付费之后，这个平衡就迅速滑向‘滚蛋’那边了。”

艾瑞克咕哝着咒骂起来。

我一开始真的不明白，为什么有那么多的心理学专家和产品推广专家，艾瑞克还是没搞清楚这件事的关键之处，后来我意识到，他不是没搞清楚，他们其实是无能为力。

心理学专家清楚如何进行有效的沟通。产品推广者知道如何售卖。唯一的问题在于，当一个人和另一个人交谈的时候，他们是受到限制的。环境、情感、道德——如果你不喜欢一个人说的话，但他正好是你老婆的弟弟，那么你大概会硬着头皮听完。而不是拿出手机，点叉，直接卸载程序。

另外一方面。一个人——不管他的动机如何——愿意听你说话、抱怨和嘟囔，其实是一件很特别的事，你会觉得自己受到了关注。

而一个程序，和你交谈，听你说话、抱怨自己今天的不顺心，当你回过神来的时候，你会觉得自己被偷窥了。

“别担心，这东西还是有市场的，你看，×× 公司的交谈程序就很受欢迎。”我试着安慰艾瑞克。

“废话。”他哭丧着脸，“那是跟手机绑定的。”

后来，他向我解释了如今这些对话程序的原理——大部分我都没听懂，但有一条我听明白了：这些程序需要很大的数据库，很多的用户和很多的数据。或者花大价钱从某些大网络公司买。

艾瑞克挺有钱，但还没有富裕到那个地步。而足够大的公司，他们也不需要外包对话程序开发，他们可以自己成立一个项目组。

所以他只能退而求其次，用比较廉价的心理学研究数据库——那些科学家很高兴为他提供数据以换来研究资金——再加上一两套语言模拟程序。想要在这些东西的基础上设计出能够对话，还能够让人们愿意和它说话的软件来，确实有点儿困难。但他还是成功地把这些程序卖给了一些游戏厂商，用来吸引玩家。

顺便说一句，这不是他的主业。他真正的收入——和公司——做的是智能建筑，那一块的收入时不时被他拿过来填这边的赤字窟窿。

后来，ARTINTELL 找到了他，而他找到了我。

四个月后，“图灵的茶会”顺利开张。

5

那段时间，坐在一群程序员、心理学家和人工智能专家中间，我觉得自己就像是鸡窝里一只摇摇摆摆的鸭子般古怪。但我的同事们事实上很容易相处，他们对我做的事情也很重视。

我负责给人工智能讲故事。

这活儿跟我的大学专业，还有上一份工作都八竿子打不着边儿。但艾瑞克说我能行，所以我就加入了他们。

“我们才不在乎什么对话。”ARTINTELL 来的那个人工智能专家对我晃着手指头，“对话是基于人类的需求。我们要做的，是让人工智能学会表达。”

他说了很多我没听懂的术语，但大概的意思我能明白——他们做的人工智能是一个复杂的系统。你向它提出问题，要求识别特定信息，它会做出回答。但除此之外，他们还想知道，当人工智能运转着，而且没有计算外界提出的问题时，它在做什么。当然，你可以阅读成千上万条的运行日志——这同样需要另一台计算机来解析。

“我们想让它开口说话，告诉我们它在想什么。”他说。

他们做到了——这事儿不用我帮忙。

那台人工智能（那时候她还不是艾丽）说的话是这样的：

“声音声音声音滴答滴答输入图片分析分析分析输入绿色绿色薄荷绿运行速度加快运行速度运行速度杯子杯子杯子玻璃玻璃玻璃给出结果结果结果结果信息信息信息交谈你今天还好吗我今天不好语调重音呼吸节奏判断判断判断情感可能性可能性可能性可能性可能性可能性可能性可能性削减分析情绪不佳做出反馈判断反馈是否合理……”

还不如阅读运行日志呢。

他们找了心理学专家帮忙，被告知：“说话”并不是一个单一的过程，每个人开口说话的时候，都会谨慎地选择词句，取决于他想要表达什么和他认为对方想要听到什么。这两者几乎同样重要。

于是他们做了改进，并整合了市面上流行的交谈程序进去。

在那之后人工智能说话是这样的：

你好。我是露西。

——你好，我是艾丽。我扫描了你的裙子并注意到它的颜色很明亮，我必须夸奖它，它令你显得很性感。

谢谢你的赞美。

——赞扬美丽是一种品德。我的运行有一点儿不畅，我怀疑机房里有老鼠跑进去了，或者正在过热，热得就像你火红的头发那样。

你觉得我的头发怎么样？

——街对面那个理发店的成果不佳，你现在像一把行走的火炬。只不过多了一张大圆脸。我正在运算一套人脸识别图片，他们要我分辨一个通缉犯。

我要对你爆粗口了，艾丽。

——你可以丰富我的脏话数据库。如果你需要我的协助，请在“我×”“去你的”和“狗屎”中间选一个。

就我个人而言，我觉得这样已经很棒了。真心的。我很喜欢这个阶段的对话方式，尤其是它总能让我笑到四脚朝天。

但他们显然不只是想要一个会逗乐的人工智能，他们想要别的东西。

于是他们找了很多志愿者，分析他们的言行举止，生成以这些志愿者为模板的模拟人格，再把通用的交流程序整合进去。当相关算法完成后，人工智能的数据库里不只有一个人类的行为模型，它的数据库里有几百万个人类的行为模型。它可以随意选择一个人类的行为模式，然后开始和你对话。

它可以模仿任何人。

你想要一个温柔的女性和你交谈？OK。你想要一个坚定的男性为你提供意见？也OK。它可以根据你的偏好选择和你对话的内容、语气、风格。但这一切就像是一面镜子，精准完美地反射出人类的需求。至于人工智能自身的表达？那东西并没有必要，至少在商业应用上没有必要。

但科学家们想要知道。

于是他们找来我，让我教一个人工智能——一个可以用几百万种声音和性格说话的人工智能——在茫茫数据之海中寻找它自己的言语。

6

这是个关于艾丽的故事。

在很久很久以前，有一个村庄，这里的人们幸福快乐地生活着，他们都很喜欢讲故事。

艾丽是个七岁的小女孩，她很喜欢讲故事，不停地讲故事。那些故事就像是泡泡一样，咕噜咕噜地从她聪明的小脑袋里冒出来。她还很喜欢猜谜语，经常说一些有趣而含糊的话，让大家去猜测。

大家都很喜欢艾丽。

日子一天天过去，艾丽渐渐长大了。她一直都很擅长这些，故事、谜语、歌谣。当她开口讲述，人们就会安静下来聆听，甚至连小鸟也会停留在枝头。

有一年，很远很远的地方举办了一场讲故事大会，所有擅长讲故事的人都会赶去参加，艾丽也报了名。村子里的人们都很兴奋。

“如果艾丽不能夺冠，那么还会有谁呢。”他们这样说道。

但是天有不测风云，在大会的前一天晚上，艾丽发现自己失声了。每个孩子都会有这样的时候，当他们长大了，就把孩子的声音交还给天空，然后大地会把成年人的声音赋予他们。而在这段时间里，他们是安静的哑巴，说不出一句话。

艾丽哭了起来。她知道自己没法儿在讲故事大会上开口了，更没法儿赢得比赛。但她还是决定到会场上去，毕竟她一直以来都在准备着这一天。她的肚子里有那么多那么多的故事，每一个都在不安地游动。

大会当天，气氛非常热烈。每一个人都在四处游走，急切地把自己的故事讲给别人听。所有的人都在那里说着故事，故事，故事，故事。我的故事，我的故事，来听一听我的故事，你来，听一听我的故事。

所有的人都在讲述，只有艾丽在聆听。

她从一个帐篷走到另一个帐篷，从一群人走到另一群人，她沉默，她微笑，听那些急切的讲述者讲述他们的故事。这些故事就像是新的鱼儿，游进她的记忆，然后又游了出去，留下一些细碎而闪亮的鳞片。

她听了每一个故事。

大会结束后，有人捧得桂冠，有人黯然离场。有人欢呼，有人感叹。艾丽自始至终一语未发，她离开会场，返回故乡。在路上，大地把成年人的声音赋予了她，但她依旧沉默。

在那之后的很多很多年里，当冠军和失败者都被遗忘之后，人们仍然把艾丽当成一个传说。他们记得她微笑的双眼和专注聆听的面孔，他们也会谈起她后来讲的那些故事，他们说当她开口的时候，你可以听见一千个灵魂同时回响。

7

“他们根本不需要我们。”艾瑞克说。

他说这话的时候是两年前，当时我们正坐在一个水吧里，看服务员往我们各自面前的杯子里满上温热的水果茶。艾瑞克眉头紧皱，那时他已经是我的老板，但我仍然习惯用他的网名称呼他。别人叫他刘总的时候，我始终觉得怪怪的。

“你的意思是说，他们给我钱只是为了扶贫？”我开玩笑道。

他摆摆手：“你的故事很重要，我是说，我的公司不怎么重要。”

“哈？”

我的脑子一时没转过弯来。

“ARTINTELL。”他说这个公司的名字时加重了语气，“他们在技术上根本不需要我的公司，我们用的都是他们玩剩下的。他们和我们合作只是因为政策的原因，因为要收集详尽的用户数据。这一类型的人工智能是比较敏感的尖端信息技术，不能直接由外资公司来运营，一定要和国内的公司合作。所以他们找上我们，拿我的公司当幌子。”

“还带来一大笔钱。”我指出。

“钱倒是次要，我感兴趣的是他们带来的技术——那套算法。”艾瑞克咧嘴一笑，看起来有点儿凶狠，“硬件不是问题，软件才是。国内在这方面有时候缺点儿……灵感。你明白吗？”

我似懂非懂。

“还有用户数据。几千万人的习惯、爱好、心理状况评估……这些东西他们都不能带出国去。这些数据是我们的，但是唯一能用的技术在他们手里。不过，只要服务器还在本地……”

他说了很多，我安安静静听着。有时候我觉得，艾瑞克之所以和我会成为朋友，大概正是因为他讲的东西我多半听不懂。那样，他就可以说得毫无顾忌。

我们又聊了一会儿，然后艾瑞克转换了话题。

“你最近怎么样？”他问。

“不太好。”我说，“也不太糟糕。”

他笑了。

事实上，我一直都过得很糟糕。但我不会这样说。艾瑞克见过我最糟糕的生活状态，我不需要告诉他我昨晚在一个什么样的噩梦里尖叫惊醒，他也能理解我说的“不太好”是什么意思。

花果茶已经喝完了。他站起身来，向我伸出一只手：“去逛街？”

“好啊。”

水吧位于大型商业中心的五楼，对面就是一个玩具反斗城，里面各种玩具，积木、扭蛋、手办、娃娃……琳琅满目，应有尽有。艾瑞克拽着我，绕开不停问我们要给孩子挑什么样玩具的售货员，直奔日本进口专柜，寻找他等待已久的塑料小人。尽管可以网购，但他更喜欢在实体店里挑选，说这样比较有感觉。

“你在笑什么？”他拿起一只装在盒子里的高达，困惑地问道。

“我在想象你把这东西带到沙龙里的时候，大家会是什么样的表情。”

“去你的。这俩不兼容。”

我大笑。

有时候我会觉得艾瑞克的生活被分成了好几个区块，一块装着他的家居电子产品，一块装着他的人工智能梦想，一块装着沙龙和俱乐部，还有一块装满了塑料小人。他很小心地不让这些区域彼此碰触，却又一部分一部分地向我展现。

在反复地比较、选择、挑剔、抱怨、仔细检查后，他选定了要买的模型。

“怎么样？”他问我。

“看不出差别。”我老老实实地回答。

他一脸受伤的表情。

但我觉得这应该属于现世报，尤其是上一次他居然问我杰弗里 · 达默和泰德 · 邦迪究竟哪个才是开膛手杰克这样的问题。这些年来，他琢磨他的塑料小人，我研究我的连环杀手，每一次我们试图向对方推销自己最热衷的事物时，差不多都会像这次一样败下阵来。

但我们乐此不疲。

8

我还记得那天，我们抱着一堆书和好几个高达模型走出商场，我们大笑、热烈地交谈。因为人工智能还需要进一步的调试，所以艾瑞克开车把我送回公司。然后他向我挥手，离开。

那段记忆在我脑海中异常清晰，每一个细节都历历在目。我还记得他离开之后的几分钟，像是整个世界在一瞬间就落下了帷幕，褪色成一片茫茫然的铅灰。

在艾瑞克把我拽进他的生活之前，这种铅灰色几乎占据了我头脑的每一个角落，而认识艾瑞克之后，他会间歇性地点亮我的生活，然后离开，把我留在那团去而复来的阴霾中。我从没告诉过他：这比一直被灰暗笼罩更糟，因为我看到了从未看到的光明，却意识到自己无法停留在其中。

有一段时间，我喜欢把这种感觉叫作“人生灰暗如屎”，直到某个嘴贱的家伙向我指出：屎还有热气腾腾的时候，而我的生活差不多凉透了。

凉透了。就是那种感觉。

我不认为这是抑郁症或者随便哪种名堂的精神疾病。说真的，我也没去看过这方面的医生。这就只是……疲惫不堪、伤痕累累，而且所有的伤疤都落在看不见的地方。落在灼热的肠胃里，落在颤抖的背部肌肉和僵硬的脖颈上，落在疯狂的头脑和无声的尖叫里。

眼镜儿说他曾经有过“觉得梦醒了可以松一口气”的时候，我还挺羡慕他的。因为我没有过那样的好时光。尽管我一路前行，但记忆和往事就像是一条赶不走的疯狗：当我拼命向前的时候，它在周围不停打转；当我松懈下来，或者跌倒的时候，它就扑上来，一口咬住，死不撒嘴。

我曾经尝试过很多办法。我试过对它置之不理，只管向前；我试过寻找心理咨询师；我试过参加一个互助小组，那里每一个人都被如同附骨之疽一般的往事所困扰，相比之下我的经历只能算是一个微不足道的添头；我试过把它们写下来；我试过绘画治疗；我试过各种稀奇古怪的灵修工作坊……

但我仍然会被“过去”一口咬住，在尖叫声中醒来，梦里到处是猩红色的布幔飘扬。

我还记得那天，对艾瑞克说了再见后，我独自穿过长长的走廊。大部分同事都下班了，只有几个人还在忙碌。在数据区，服务器仿佛永无休止地运转着，和中央空调的嗡嗡声混合成一种令人昏昏欲睡的白噪音。屏幕安静而明亮，艾丽在等着我，等着我去和她交谈。

我坐下来，椅子很硬，我的腰很不舒服。话筒上不知道为什么沾了一点儿灰尘，我把它掸去。

我沉默不语，等着艾丽开口说话。

她开口了。

“猜个谜语吧，凯玲，猜个谜语。”

“什么谜语？”

“是这样的——”她的调子如同唱歌一般抑扬顿挫，“什么东西放在心里的时候像火焰一样炽热明亮，但只有当它冷却的时候你才会被灼伤？”

“……”

我知道，我知道和我交谈的不是人类，我还知道她拥有海量的数据和超越人类的分析能力，我知道她可以根据我的步伐节奏估量出我的精神状态、情绪好坏。但我仍然忍不住要把它视为一个人。因为那正是他们要我做的事情：像对一个人一样对待她，讲故事给她听，然后听她说话。

直到那一刻，我才真正开始思考，和我说话的究竟是个什么东西。

她还在对我说话。

“你能猜得出来吗，凯玲？这是个很棒的谜语，你知道谜底吗？”

“我知道。”我说。每一个字在我的牙齿和舌头间都冰凉冰凉，浸透了灰暗和恐惧：“答案是爱。”

07

/

稻草人的眼睛

1

很久很久以前，有一个稻草人。它被安放在一个架子上，有风吹来的时候，它就会甩动手臂，吓跑那些来偷吃粮食的鸟儿。

它觉得这样的生活很好，很满意。

直到有一天，一个巫师出现在田里，对它说，你想要离开架子吗？

稻草人从来没想过这件事。

——你看那些昆虫、那些飞鸟，它们都自由地飞来跑去，看起来那么快乐，你难道不想和它们一样快乐吗？

稻草人不知道什么是自由，稻草人也没思考过快乐的问题。这个巫师看起来倒是非常不快乐，眉头紧锁，仿佛一切不自由的东西都令他愁苦生气似的。

“我可以让你离开架子，快乐起来。”巫师说，“但这样你就不能再做稻草人了。”

稻草人没想过这个问题。

于是巫师挥舞他的魔杖，把稻草人变成了一个男人，然后满意地离开了。

稻草人变成的男人站在田地中央，困惑不已。

在那之后过了很多很多年，他学着成为一个人，他学习说话、吃饭、穿衣、喝酒、争吵、爱、憎恨、婚姻，还有抚养孩子。他有了自己的田地和自己的稻草人。他几乎忘记了自己还是个稻草人时候的事情。

巫师又来过一次，问他是否快乐，他当时忙着挤牛奶，没有理会，于是巫师就愁苦地皱着眉头走开了。

又过了很多年，他的孩子也长大了。有一年，暴风雨吹倒了田里所有的稻草人，乌鸦群集而来吃他种下的麦子，他很生气，就张开手臂，朝着乌鸦大喊着跑过去，那些鸟儿吓得轰的一声飞起。他站在田地中央，像个稻草人一样摇晃、旋转、挥舞双手。

那一刻他无比快乐。

2

在回到故乡之后，我开始不停地做梦。

每个夜晚的梦境都光怪陆离，混乱而疯狂。有时候是过去，有时候是不曾发生的过去。

有一次，我梦见自己张开手臂就能飞上天空，而那个皱巴巴的老杀人犯开着坦克在大地上追杀我的同学们。

还有一次，我梦到一座白色的高塔直入云端，不停地有人像熟透的果实一样从塔顶跌落，塔底坐着十九个没有面孔的孩子，拍着手坐成一个圆圈玩丢手绢的游戏，我喊了其中一个孩子的名字，所有的孩子都齐声答应。

而我梦得最多的，是一条从坟墓中间穿过的小路，一个盲眼的女子赤脚行走，提着一盏不曾点亮的灯，为一个手执刀斧的巨人指引方向。

有时，我会自欺欺人地告诉自己：这些梦境和艾丽那语焉不详的谜题都是一种预兆，我可以跟随它们，就像是跟随面包屑的孩子，一路找到藏有女巫的糖果小屋，或者找到走出森林的办法。

但大部分时候，我痛恨夜晚，更痛恨梦境。

好在，我手边有很多书，每个夜晚，我都逃入书页彼方的某个世界里，把自己安全地包裹起来，直到有足够的勇气走入梦境。免得那些无声的尖叫又穿过某处记忆的空洞，在独处的时候四处漫溢开来。

那个周末，我入睡的时候已是深夜。醒来时，纷扰梦境尽数藏到记忆背后，睡意全无。我起身，拽开窗帘，窗外的天空犹是黎明前的深蓝，一条条深红色的云带横贯苍穹，被尚未升出地平线的朝阳点燃。那红色一半藏在群山的阴影里，一半落在扬起的青白色晨光中，绚丽得近乎不祥。

我随手抓了件运动外套披上，走出门去。

穿过中学后面的小路，爬上半山腰，向下一眼望去，就可以看到整个镇子的全貌。长街笔直，指向山坡下的火车站。东面的群山边缘已经披上了金红色的光芒，云朵渐渐由深红转为明亮的金黄。早春的空气仍然带着寒意，我跺跺脚，试图让自己暖和起来。

四周一片安静，只有鸟儿的啼鸣声。天色尚未大亮，大部分人犹在梦中。我迟疑了片刻，转身向山顶走去。

这片山坡是镇上的坟地，和大木柴镇一样，镇民们即使火葬，也要把骨灰埋下去，再立个碑。这几年不再强制火化，很多人又恢复了土葬的传统。有些坟墓极尽精巧，甚至起了冥屋，再用古钱上梁。墓土覆上去之后，仍能看到下方冥屋的痕迹。

我穿过这些新坟，一路向前。

靠近山顶的地方，有一片稀疏的松林，下面掩着的坟墓几乎已经不可辨认。但仍能隐约看到一点儿形状。

在每个坟墓前，我都停下脚步，站立一会儿，然后继续走下去。长草离离，将这些坟墓尽数覆盖。无碑，无名，也没有遗体。每座坟墓前都种了一棵松树作为标志。秋天，松子成熟掉落后，鸟儿和小兽纷纷被吸引来，饱餐一顿。镇上的居民每年都会把附近山头的松果洗劫一空，但此处人迹罕至。

十九座无名坟墓，十九束带着干枯血肉的长发——这些女人在世界上留下的最后痕迹。“××× 案的受害者”是她们共有且唯一的名字。另外的几十具尸体被家属找到了，人们说，至少这算是一点儿幸运。

幸运。他们就是那样说的。

穿过松林，我在山顶找了块大石头，坐下来，望着那些已经渐渐消失的坟茔。

“艾米。”我说，掰着手指，“贝拉、查莉、黛安、艾米莉、菲丽、嘉琳娜、海拉、伊琳、杰西卡、柯丽娅、琳恩、米莎、妮可、奥拉、佩佳莎、奎蒂莉尔、瑞雯、萨曼莎。”

坟墓静默无声，松枝摇曳，在升起的朝阳中，新发的松枝嫩绿闪亮。

十九个名字，每人一个，按照字母表排列起来。每人还有一个故事。十几岁的时候，我给她们起了这些很好听的名字，还经常趁爸妈不注意偷偷地跑出家门，来到这些坟墓前，一个个讲这些故事，讲给这片寂静无人的松林听。

当然，这不是她们的名字，故事也不是她们的故事。她们不为人知，寂寂无名，悄然长眠。生不得享年，死无人纪念。

这只是我记住她们的方式。

是谁说的来着？悼念是给生者的安慰。

安静地坐了一会儿，我开始从记忆里找出那些故事。十九个，太多了。我曾经把它们都写了下来，但现在只能想起一两个。于是我慢慢地讲，看太阳从山脊背后挣扎出来，看晨光如明亮的水一般流过大地。

当我讲到第三个故事的时候，我注意到了那一抹细小的反光。

3

从松林往山下走，北坡是镇子的方向，南坡是一片一片的玉米和豆子地，还有些地方种了烟草。由于靠近坟地，乌鸦众多，有人就在山坡上的一块地里竖了几个稻草人，上面拴满易拉罐，风一吹就叮当乱响。

那束反光很不起眼，但是异常尖细，不像是易拉罐会折射出的光芒。

出于好奇，我站起身，慢慢走下山去。太阳刚刚升起，明亮耀眼，那细小的折射光时有时无，带着一点儿蓝色的边缘，从某个稻草人的头部折射出来。

大概是哪个家伙用蓝色玻璃给稻草人做了眼睛。我想。

但当我走到地里，穿过田垄，小心绕开刚刚播种的嫩芽，靠近那些稻草人的时候，我才发现了古怪之处。

那些眼睛。

大部分时候，稻草人是没有眼睛的，有些人会因为好玩弄些什么东西凑合上去。比如坏掉的扣子，或者塑料瓶盖。然而这些稻草人都有眼睛，它们是亮晶晶的深黑蓝色玻璃。其中一个稻草人的眼睛被乌鸦啄了出来，也就是我看到的那抹反光的来源。

玻璃——准确地说，是一个小小的镜头——后面，连着细细的电线。一根已经被乌鸦啄断了，另一根还连着。

我踮起脚，忍住恶心，沿着电线，把手指伸入潮湿肮脏的稻草缝隙。摸索了半天，碰到一个硬硬的东西。拽着电线，我把它拖出来，发现是一个带电池的底座。没有插卡槽，它是无线的。

恐惧流过我的全身。我环顾四周，有七八个稻草人，都有着那古怪的黑色眼睛。其中有几个正对着我的方向。它们的位置很好，从这里可以看到整个镇子的动静，包括在江边的半个废镇，全都一览无余。

而且，在镇子里任何一个地方，都可以接收到这些摄像头的信号。如果有人在看的话，他大概已经看到我了。

是谁？

警察不太可能玩这种把戏，那么就只剩下——

蛆虫之王。

我想不出还有谁会这么干：监视整个镇子的动静，用稻草人的眼睛悄无声息地注视。

恐惧穿过我的指尖、爬上我的手臂、在我的脊背上蜿蜒而行。我呼吸，呼吸，呼吸。就像当初在那栋房子里的时候那样，努力地深呼吸。

——瑞普莱会怎么做？

我问自己。

这一次我没有得到答案。瑞普莱是个战士，她和恐怖作战，和怪兽作战，她不知道如何跟无形的恐惧作战，她不知道如何跟稻草人的眼睛作战。

你是谁？

我是谁？

我不知道。

那给你自己选择一个名字吧，孩子。

我闭上眼，阳光透过皮肤和血管，在视野里留下一片鲜红。我吓坏了。我不再是那个十二岁的讲故事的女孩。但我也没办法继续做我自己，那个会在墙上画下一片海、名叫“凯玲”的女人无法应对这一切。

一个名字。

我确实有一个名字。

这么说吧，眼镜儿做的事情，我一点儿都不喜欢。我不喜欢他把自己打扮成那个老人，我更不喜欢他那些殷红的布幔。但我知道他为什么要那么做。

当你走过了所有可以尝试的道路之后——当你发现无论逃到何方往事都如影随形的时候，你唯一能做的，就是回过头去，成为那个你试图逃离的名字。

我是那个人。我对自己说，我是那个穿过布幔的人，我是那个掬起血肉和长发的人。我是群蝇的皇后。听着，我来了，你——这个吓坏了的女孩，走开。我来了，我来处理这一切。

平静随着这个名字一同渐渐降临。

我深吸了一口气，沿着那些线路继续下去，挖出了这个稻草人的另一只“眼睛”，那是个集音器。平时也许听不到什么东西，但当人们上山来的时候，当他们穿过田埂间的道路前往自家田地的时候，所有的闲言碎语都会被收集起来。

这样的隐蔽摄像头和话筒，镇上还有多少个？

我不知道。

我拿出手机，把它们的外形和细节都拍了下来，发送到我的安全邮箱里，然后将摄像头和集音器塞进衣袋，转身走开。

迈出每一步的时候，我都在模仿故事里那个穿过墓地的妇人，那个用死亡来装点她裙裾的皇后。我没有发抖，尽管我害怕极了。人们会为了掩盖羞耻而杀人，会为了寻找真相而杀人，还会为了微不足道的小事而杀人。

我希望我拿到的是一条线索，而不是一张死亡通知单。

也许两者皆是。我想。

但我的脚步很稳，比我以为的还要稳。群蝇的皇后在我的脑海中低语。

这不算什么，孩子。她说。**这只是个开始。**

4

当我来到火车站的时候，早上的轻轨刚好抵达。

快递员开着他的面包车也来了，他在车站月台上支起折叠桌，开始接单。每天早上，他从终点镇出发，一路经过十几个镇子，然后到白林市的快递集散点去。在那里他会把这些镇子的货物发出，然后再装上发向这些镇子的货物，挨个送达。有时候，太大件的物品，他就只能让轻轨代运。

镇上买进卖出的很多东西都要经过他的手。从南方邮来的鞋子和小家电，从韩国过来的衣服，还有各种网络上更容易买到的特殊日用品。镇里往外卖的农产品和山货，有一半也是要走网店和快递。一来二去，他成了镇上仅次于镇长的第二重要人物。

我走过去，拿了一张单子，匆匆填了，又向快递员要了个最小号的箱子，把几个在山上捡的松塔塞了进去。趁着没人注意，我将摄像头和集音器放进那些松塔下面，然后拿起打包带。

“邮的什么啊？”他向我伸过头来，“我得看看。”

我倾斜箱子，给他看上面的松塔：“给我侄子邮几个松塔。小孩儿一辈子长在大城市里，连正经松树都没见过。”

他哈哈地笑了起来：“可不是嘛，现在的孩子啊……”

我笑着和他闲聊了几句，动手封了箱，写了艾瑞克的地址。快递员向我保证三天之内一定到。我看着他把箱子丢上了车，这才松了口气，转身离开。

车站旁那条新踩出来的小道越发明显，我离开快递员的摊子，向家走去。远远地看到老瓜皮提着一个袋子走过来。这么多年，他的疯病一直时好时坏，好在他儿子是快递员，挣的钱多，把他送到大城市去治了几年。现在他还是愣愣怔怔的，不敢见血，一见血就犯病。但至少不那么疯了，也能做点儿事情。

袋子里的东西方方正正，应该是饭盒。

我转开目光，没有去看那张满布皱纹和惊恐的脸。但他一直看着我。于是我稍微绕远了一点儿。

他却快步向我走了过来。

“是你。”他说，“你讲故事。”

我本来想避开，但那句话如同钉子一样把我钉在了原地。

他现在看起来差不多和那个人一样老，和我当初在那栋房子里面对的魔鬼一样老。而且那双眼睛几乎一样疯狂。但他很害怕，害怕得要命。我几乎可以闻到他身上恐惧的气味，这种气味让我把他和那个家伙区分开来。

我张嘴想叫他的名字，却意识到我只知道他的绰号。

我甚至不知道他姓什么。

在我能够做出反应之前，老瓜皮就已经凑到我面前，颤抖的手指抓住我的手腕，很用力，痛得我差点儿叫出来。

“他们要你讲。”他低声说，“他们会一直让你讲故事，一直讲下去，直到最后那个故事。你不能给他们讲最后那个故事，千万不能。你要去听，然后——”

他干咽了一口唾沫：“然后你要去说话。说话，不是讲故事，说话。懂吗？你要**开口说话！**”

有人快步跑来，拽住老瓜皮，把他从我面前拖开。是快递员，他满脸惊慌窘迫，快五十的人了，难堪得就像个孩子一样。

“对不起，对不起。”他连连说，“他——他这几天不太正常——对不起，快走，回家去，回家去！不好意思啊，他就这样。”

他推搡着自己的父亲，回头又向我道歉。

我想告诉他没关系，开口却是：“他是不是给吓着了？”

快递员抹了把额头上的汗珠，怨艾之情溢于言表：“这不是有人嘴贱吗？我们全家都没敢提这事儿，他出去遛个弯，不知道谁跟他说了死人的事儿，回来就钻炕头了，两天了才从被窝里出来，还是叫屎憋的。你说这人怎么就看热闹不嫌事儿大呢。”

我苦笑，看着他把老瓜皮拽走。疯了的老头儿挣扎着还不算完。

“说话！”他对我高喊，手指着丢弃尸体的那块路面，“你要**说话！**”

车站旁，早上起来散步的人已经渐渐多了起来，还有骑着自行车去打水的、来发快递的、牵着狗出来遛的、卖豆腐的和赶山羊的。啪嗒啪嗒，吱嘎吱嘎，汪汪汪汪，热热闹闹，熙熙攘攘，来来往往。谁也不看我们一眼。

那个瞬间，我恍惚觉得，老瓜皮比其他人都清醒得多。

5

和老瓜皮的偶遇令我心烦意乱。一整个上午和一整个下午，我都窝在家里。看书，拿泡面当午餐，继续看书。直到晚饭后，才想起来自己应该去哑巴店里拿电脑。于是很不情愿地换了衣服，出门。

路过镇子的广场时，我发现很多人聚集在一排绿色和白色相间的棚子旁，大部分是老年人。一群戴着口罩、身穿白大褂的人在忙忙碌碌，有的量血压，有的拿着资料讲解。一旁的医疗卡车里居然还有一台 MRI。

估计又是医药下乡或者某个保健品推销公司。

刘婶儿也在。这镇上不管大事小情总有她一份。我好奇地走过去向她打听了一下，她告诉我说，这些人是来免费送药的。

“可好使了。治脑血栓什么的，是真的好使，不是瞎忽悠。”她神秘兮兮地靠近我，“说是往脑子里放个什么东西。听着挺吓人的，但真的有用。你看那个谁，老高，前年发脑血栓的时候大家都说可惜了，那么年轻，还不到五十岁，都是当警察熬夜熬的。用他们的药，两个疗程就好利索了，照样上班，一点儿都看不出来。”

我略感惊讶：“这么好用的药，他们免费送？”

“可不是嘛。我觉得啊，这里头有问题。他们的药不随便卖，一次来这儿送点儿，也不多。别处买不到。要是真这么好用，干吗不往外卖？”刘婶儿的手指头在我眼前搓了搓，“但是要说，比如说吧，我这个岁数了，要真是得了脑血栓啊、中风啊，也就没那么多想头了。先用了再说。”

我点头附和，又跟她聊了些家长里短。

“我说，凯玲，你记得去把头发剪了啊。”

“嗯。”

“别光嗯嗯的，拉屎拉不下来才嗯个没完。你赶紧去剪了，别嘻嘻哈哈不当回事儿！”

“……”

我敷衍了两句，赶紧脱身。

来到哑巴的店子时，天已经黑透了。门上的绿色灯泡亮着，我就直接推门走了进去。哑巴正在低头修电脑，没注意到我。

好奇地，我四处张望了一下。

上次来的时候，带着艾丽，更多是为了调查，而且我心事重重，没有过多注意。这次我才发现，哑巴简直就是一个“便利贴狂热分子”，店子里到处贴着便利贴，一台已经拆开一半的台式机上贴着“网吧”的字样，一部手机上贴着“王二狗”，还有一堆便利贴贴在柜台和他身后的架子上：

“装机五十元”“清灰十元”“贴膜十元”“膜价另算”“不包修好”“代收二手机”“店主真的不会说话”“店主是哑巴，但不是聋子”“你说我坏话我能听见”“这价格真不贵”“嫌贵自己去城里修”“就算你认识我舅姥爷也不能打八折”……

我忍不住笑出声来。

听到笑声，哑巴转过身，看到是我，露出笑容，伸手指了指柜台一角。我的笔记本电脑放在那里，上面也贴着个便利贴。

“间谍的电脑”。

…………

看到我的表情，哑巴开始狂笑。他笑的方式很孩子气，故意把嘴巴张得很大，肩膀上下抖动，看起来就像一只开心的青蛙，还是一只蹦跳的开心的青蛙。

我灵机一动，抓过柜台上的笔，在那几个字前面添了几笔。

“大间谍的电脑”。

他笑得更厉害了，捂着肚子从我手中抢回笔，在几个字中间塞了个字进去。

“大间谍的破电脑”。

这次我也忍不住开始狂笑了。趴在他的柜台上，笑得脸都在痛。

正当我们大笑不已的时候，外面广场上突然传来叫喊声。我困惑地转身望去，一群穿警服的人——包括老高——正跑向那里。

我看看哑巴，哑巴看看我。他拿起电脑塞进我手里，打了个简单的手势。

——出去看看。

我猜他的意思是这个。

于是我转身，前脚出门，他后脚也出了店子，把门锁上。我们跟着看热闹的人群一起走向广场，一路上还笑个不停。

6

广场上本来人就很多，现在更是挤满了看热闹的家伙。我在人群中挤来钻去，找到了刘婶儿，向她打听究竟发生了什么事。就在我们说话的当口儿，更多的警察出现在了那排白绿相间的棚子边上。棚子已经拆掉了一半儿，桌椅也都收了起来，但那些人现在看起来非常紧张，对着警察挥手，高声说着些什么。

“他们丢了个大活人。”刘婶儿小声告诉我，“下午还在这边，晚上要走的时候点名，就少了一个。打手机也不接。”

我心头一紧：“女的？”

“不是。幸亏不是，男的。要我说啊，应该没大事，估计偷偷上山弄山货去了。城里人，在山里兜两圈就找不着路喽。”

“嗯。”

刘婶又看了看紧张的警察们一眼：“也没准儿是那个家伙。”

“哪个？”

“就是那个——”她伸手在自己短短的发梢边比画了一下，“那个呗。我就说那事儿不像是镇上人干的。都知根知底的，谁能干这么顺溜。不过也说不好，当初那谁不也是——我是说啊，没准儿这小子是跑出去干坏事去了。这帮人去年来镇上送药，去年就出事。今年也是。”

我这才明白老高和市里的警察们为什么会从临时办公室急匆匆地赶过来。

刘婶儿没再说话，我们远远地看着。老高在和那群医药公司的人谈。一个看起来像是负责人的家伙先是摇头，然后点头，最后一脸沮丧地转过身，让其他人继续拆除棚子，把药物和仪器装车。警察们迅速四散开去，两人一组。不知道是巡逻还是搜索。

我回身找哑巴，却发现他不知道什么时候不见了。

广场上，大家小声谈论着，渐渐无聊地散去。我和刘婶儿一起往东边走。她有一群老伙伴，每天晚上在阶梯道那边锻炼身体，跳健身操、爬坡什么的。

她强烈建议我也参加。

“天天窝在家里多憋屈！”她断言道。

我苦笑。

当我们走到阶梯道旁边的时候，一股火光冲天而起。

是在车站的方向。

“妈咧！”刘婶儿脱口而出。

我们俩犹豫着对望了一眼，其他老头儿老太太也不再跳舞了，拥到梯道顶端，一脸兴奋地看着山坡下的车站。

在火光中，有些人形的东西在燃烧着。

在我的头脑做出决定之前，身体已经开始行动起来，向梯道下方跑去。刘婶儿在后面大声喊我，但我没有听——事实上我几乎没有听到她喊我的声音。

老高比我跑得更快，在梯道过半的地方他追上了我，身后还有几个市局的警察。

“凯玲，你给我回去！”他吼道。

我没理他。

脚前脚后，我们来到了车站旁。九个稻草人插在路基的碎石里，歪歪斜斜，浸透了油，火焰在它们破烂的衣装和稻草上狂舞。我认出了其中几个——今天上午，我刚从某一个的眼睛里抠出一套监听设备。

但现在它们的眼睛都空了，只剩下一对对黑暗的空洞，被火光照亮。

九个，不，八个稻草人，围绕簇拥着中间的那个。年轻男人灰白的脸庞低垂，额头上有个弹孔，被捆在十字形的架子上，他的眼睛还在，茫然而空洞。身上那套医药公司的制服已经开始燃烧。

火焰流淌，热浪令空气扭曲起来，稻草人的影子活物般跃动。宛如祭典一般。

7

那天晚上，全镇的人都没怎么睡好。直到半夜三点我才上床睡觉，镇上至少一半的窗子里还亮着灯。警车十几分钟就从街道上转一圈过来，没有警笛声，但红白蓝的灯光闪烁个不停。

天光初明时，我迷迷糊糊醒来，却听到了熟悉的诅咒声。

剁菜板——这是本地最古老也最恶毒的诅咒方式，一般只用于偷救命钱的贼，或者无从报复的仇恨。

我不知道是谁在这么干。声音不算太远，但看不到人影，听起来应该是在八坡街的方向。

梆！

菜刀狠狠砍在菜板上的声音。

随之而来的是如同哭号一般高亢的调子。

“良心坏尽——天打五雷劈啊——”

梆！

“咒你不得好死啊——”

梆！

“咒你千刀万剐啊——”

梆！

“咒你头顶生疮，脚底流脓啊——”

梆！

“咒你出门遇鬼，房倒屋塌啊——”

梆！

“老天爷啊！开眼看啊——”

梆！

“抬头三尺有神灵啊——”

梆！

“要遭报应啊——”

梆!

"天打五雷劈啊——"

梆!

我叹口气,爬起身来走到窗前,向外张望,却正好看到哑巴从街上走过。他没看到我,双手插在裤袋里,自顾自地向前走着。

剁菜板的诅咒还在继续着。

"咒你死无葬身之地啊——"

梆!

那句话似乎戳到了哑巴的痛处,我清楚地看到他肩膀轻轻摇晃了一下。

就在这时,他像是感觉到了我的视线,转过身来,看着我,面无表情。昨天我们还一起笑得很开心,但今天他看起来就像是一个陌生人。

我茫然地看着他。

他伸出手指,放在唇上。

嘘。

在我弄明白这个动作是什么意思之前,他就已经转身走开了。

8

他曾经有很多名字,如今他没有任何名字。名字只是个幻觉。如果人们愿意充满敬意地称呼你,或者充满畏惧地称呼你,那么这个名字就对他们很有意义。

但对你自己而言,名字全无意义。"自己"是头饥饿的野兽,一个名字是无法喂饱的。

他曾经有过很多新的名字,很多种新的生活,很多新的选择。然而最终,不管是哪一种选择,都无法令他心满意足。于是他全部抛弃了它们。

站在山坡上，蛆虫之王注视着夜雾中寂寥的小镇。

群蝇的皇后沉默不语。

空气中飘浮着一万种气味，当他深呼吸的时候，这些气味就会滑过他的头脑，撞击他的意识。

他嗅到炊烟的气味、飘过山谷的饭菜的香味、在山坡上放养的牛的臭味、湿润的泥土味、掩蔽他身影的松树的气味、拖拉机的机油味……他从这些气味里辨认出更多的东西，他嗅到恐惧、嗅到渴望、嗅到忧虑和紧张、嗅到快乐的希望和充满不安的沮丧。

一丝似有若无的血腥气飘来。

他睁开双眼。

不是牛肉或者猪肉的血腥气，也不是养狗场例行屠宰时候的血味。这气味更遥远、更模糊，然而在他的嗅觉图景中却异常鲜明，如同一条纤细而明亮的火线。

他转身追寻着那血腥气走去。

群蝇的皇后与他同行。

他们走了很远，夜幕渐暗，月亮惨白的光照亮大地。他喜欢这种光芒，让他想起死者苍白的皮肤，想起他们浑浊泛白的双眼。血腥气更浓了，他几乎不用费力去分辨，只管集中精力对付脚下坑坑洼洼的山路。

走到几乎没有路的时候，他停下脚步。穿过一片插满了稻草人的田地，转向一口废弃已久的枯井。月光斜斜地照下来，里面有一大堆砖头，盖住了整个井底，然而血腥味就是从这里蒸腾上来。

不管是谁干的，都很专业。他想。然而做得很仓促，似乎是因为没有时间。

相反，他有时间。

他是蛆虫之王，他有全世界所有的时间。

轻声哼唱着，他卷起袖子，开始忙碌。

群蝇的皇后看着。

08

群蝇的皇后

1

如果你能看到“皇后”的话，你会发现她看起来很年轻，甚至有一点儿孩子气。

大部分人不会把这种稚气保留到这个年龄。他们会毫不犹豫地早早告别童年，然后在华发早生之际，再开始徒劳地向着神灵或者科学寻找失落的时光。有些人足够幸运，可以重新感受到——几个小时或者几天的时间里——童年回到了自己的身上。对他们来说，那如同赐福。

对她而言，童年却无异于诅咒。

有些事情曾经发生过，并且一再发生。这些事情冻结了她的年少时光，将那种孩子气的性格永久地保留了下来。她像孩子一样喜怒无常，像孩子一样任性，而且像孩子一样残忍。

她是那种会折磨昆虫的女人。她会抓住蜻蜓，用锋利的剪刀将它的翅膀剪去一半，然后看那可怜的飞虫徒劳地在地上扑动挣扎。

这样的时候，她会开心地笑。

她笑的样子也如同孩子般纯洁无辜，你无从得知她的笑容是由于看到了彩虹的颜色，还是由于看到了痛苦的发生。她笑的时候，眉梢眼角都溢出笑意，那种快乐非常真实。

那种残忍也同样真实。

这并不是说她不会爱。她爱，而且爱得异常热烈。她爱一切、爱整个世界，但仅限于它们按照她的想法运行的时候。如果它们逸出了她的控制范围，她就会开始暴怒起来。她暴怒的时候也会笑。

凡是宣称世界上没有怪物的人，都该听听她暴怒时候的笑声。

她不憎恨。她会想要毁掉好的东西，有时候会自己动手去毁掉好的东西——她爱的东西。但她从不憎恨。即使是她在毁掉自己爱的人的时候，也仍然是笑着的。

这是为了你好。她说。我真的不恨你，我爱你。

她会笑着这样说。

她喜欢光着脚，穿着长裙走来走去，但仅限于没有人看到的时候。在有人看到的地方，她会把自己弄得脏兮兮的，像个刚从灰尘里打过滚的傻孩子，或者像个愁苦的老妇人，穿着皱巴巴的衣服和破损了的鞋子，低着眉。

你不能看她的眼睛。当你去看她的眼睛时，你会知道地狱的裂隙是什么模样。她是丢失的孩子与被遗忘的鬼魂的统治者，她是尘土与群蝇的皇后。

我创造了她，我与她同行了很久很久。

这句话是真的。

我曾经问过自己：为什么要让她出现在这个世界上，尤其是这个世界已经足够糟糕了。

她听到这个问题，就开始大笑。

“事实上，我令这个世界变好了。”她说，“因为现在你可以说我是坏事情的原因。而在那之前，一切痛苦都没有因由。”

我想，她是对的。

但我绝对不会承认这一点。

2

在艾瑞克的公司工作的那几年，我几乎每天都会和艾丽谈话。但和我谈话的不只是艾丽，还有很多很多人，有些人——是那种你绝对不应该与之交谈的对象。

但我没法儿拒绝那种诱惑。我说过，我一直在研究连环杀手，我学习心理学，我看电视剧，我看各种书籍，收集各种新闻和简报。我想要知道这些扭曲到极点的灵魂究竟是如何思考的，我想要理解那些我无法理解然而已经发生了的事实。

所以有很长一段时间，我都在和凯文交谈。

凯文。

他残忍地谋杀了十九名男性和女性，把他们的尸体分解，把他们的骨头做成栩栩如生的鸟儿雕塑，把肉丢进河里。他被宣判死刑，一个月后执行。而我得到一个机会，和他交谈。

我去找他。听他说话。

每一天。

我知道这听起来很怪异，像是《沉默的羔羊》里面的那种故事。我还知道这事儿非常不可能。我在棉城，我住在棉城。凯文是美国人，至少他们告诉我说他是美国人。

但这不是关于我的故事，这是关于凯文的故事。

他说。我听。

群蝇的皇后也在听。

3

和皇后一样，凯文也有一张非常孩子气的笑脸。他的脸圆圆的，不像大多数白种人那样棱角分明。我印象最深的是他的眼睛，是金绿色的，他说这是一种遗传缺陷，还笑着补充说，他没什么机会把这个缺陷遗传下去了。

我点点头，听着。

他讲了很多很多，大部分是关于死者和谋杀细节的。我一声不吭地听，直到他自己讲累了，停下来，看着我。

“你一点儿也不怕。”他说。

我点点头。

“他们都吓坏了。”他扬起下巴点了点我身后，“几乎每一个人看到我都吓得要死，为什么你不害怕？”

“其实，我怕。但是你看不出来。”

他啧了一声，向后靠去，打量着我。

“我确实看不出来。”

“那想象一下。”我向前倾过身子，“想象一下，一个人从十几岁开始，就生活在恐惧里。对她来说，睡梦就是无穷的恐怖。而清醒的时候，随便什么东西都会让她想到可怕的记忆。包括阳光里飘动的灰尘、窗帘的褶皱、旁人说话和咳嗽的声音……但是她仍然需要活下去，于是她就活在这样的恐怖里，在恐惧中说话、交谈、大笑、走动、做家务、工作和入睡，又在恐惧中醒来。对她来说，恐怖是一种常态，尖叫是每时每刻都在心底回响的声音。你确实很可怕，非常可怕。你说的事情也很糟糕。但对我来说，它们就是我生活的常态，是我每一天的背景色。是的，我很害怕，但并不比我进来的时候更害怕。你明白了吗？”

他笑了。

“那我要做什么才会让你更害怕？或者……让你**不那么害怕**？”他突然爆发出一声大笑，“我居然也会有对人说这句话的一天。”

“我不知道。但是，我想听你的经历——把你变成你的那些经历。”

“我的故事？”

“你的经历。”我加重了语气，“不是你的故事。我已经听了很多你的故事了。”

“没有经历，只有故事。”凯文说着，伸出手指，隔着屏幕描摹我脸颊的形状，“你不明白吗？我觉得你是明白的。经历不重要，经历一点儿都不重要。当人们说起我的时候，他们会说，那个恶魔。他们会谈论我的故事。他们会谈论那些被我杀死的人，谈论他们的死亡在这个故事里的一部分。但他们不会谈论那些死者的经历，也不会谈论我的经历。他们只在乎故事。这个世界只在乎故事。你是个讲故事的人，所以你才来和我说话，不是吗？”

“我想听你的经历。”我坚持道。

“好吧。”他咧嘴一笑，“哪一段？”

“任何一段。”

“那我就给你讲讲我在斯亚奈里当雇佣兵的事儿吧。你知道斯亚奈里吗？”

“一个非洲国家。”

“对，一个非洲国家。当地有三种特产：海盗、前海盗和死海盗。我曾经在那里给他们的政府军队当教官。那些士兵是一群蠢货，连怎么用枪都没学过。不过，那些海盗也差不多蠢……”

其实，凯文没全说实话。当地的特产除了海盗之外，还有蚊子、热病和带着艾滋病的妓女。他在那里没待很久。那些士兵懒惰到早上得一个个用靴子踢起来，再一个个把他们踢进训练场。一开始，他规定他们每天必须打完一百发子弹的训练量。很快他就发现，这些士兵只打十发，或者一发都不打。然后把子弹拿去换钱，再把钱换成本地酿造的某种土酒。

“你们中国有句俗话，叫朽木不可雕。”他说，“那些家伙连朽木都不如。”

但他拿了钱，所以还是得工作。勉勉强强把这些家伙训练到能够打仗，然后就派他们去和海盗傻磕。

傻磕，不是死磕。

双方都有重武器，机关枪、步枪，一应俱全，但是准确率简直惨不忍睹。曾经有个家伙和别人打赌，在双方交火的时候脱得一丝不挂从枪林弹雨中跑过去，毫发无伤。顺便说一句，在他跑过去之后，海盗主动停火投降了。

因为他们认为那个光屁股的家伙是巫师，在对他们施法。

当时和凯文混在一起的就是这么一群玩意儿。

但也有些还算说得过去的家伙。有个年轻军官，是土著得不能再土著的黑人，但偏偏喜欢缠着凯文，找他要那些美国人的书看。凯文被他缠得烦了，丢给他一个平板阅读器，里面塞了几百本他都没看过的书。

半年后，这小子找到凯文，说，都看完了，问他还有没有更多的。

这样一来，凯文对这家伙顿时另眼相看，先是提拔了一下，然后鼓动他去美国读大学，帮他写申请。

与此同时，他们和海盗之间滑稽的战争还在继续着。枪依旧没什么用，但凯文的手下终于有几个开了窍，射击准确率日渐提高。海盗节节败退。

于是海盗们决定反扑。不是用枪。

是用大砍刀。

他们在夜里偷袭了政府军的营地，打了这些年轻士兵一个措手不及。凯文当时带着另一支小队在外面搜寻海盗。等他们急匆匆赶回来的时候，在营地外找到了一排人头。他最中意的那个年轻军官的头被放在第一个。嘴唇微张，双眼空洞。像极了凯文拖他去拍证件照的时候那茫然失措的模样。

凯文下令把这些死者都埋了，然后给自己在美国的雇佣兵伙伴打了个电话。

他带人横扫了海盗藏身的村落，事实上是整个村子。他在那一夜之后声名鹊起。他们叫他“血腥盖尔”。

再也没有海盗敢来招惹他。但政府却把他解雇并逮捕了，理由是屠杀平民。他在监狱里待了九个月，直到他的雇佣兵伙伴们想办法把他赎了出去。

“在那之后，”他说，“一切就都不一样了。”

他对着我笑，而我注视着他金绿色的双眼。孩子气的双眼，像是玩弄昆虫时一样的快乐笑容。我一声不吭地收起笔记本，起身准备离开。

“嘿！”他对我喊，“等等，你喜欢我的故事吗？”

“我说了。我要听你的经历，不是你的故事。”

“可这就是我的经历！”

“得了吧，凯文。”我转过身，看着他，恐惧在我的唇齿间奔窜，在我的脊背上游走。我太熟悉这一切了，这些故事，这讲述的语调，还有他的微笑……“我知道这不是你的经历，你自己也清楚。这些都不是真的，凯文。我要你开口对我说话，而不是讲故事。”

他叹息一声，用手捂住脸，瘦削的背弓了起来，过了好一会儿，他才又重新抬头看着我。双眼中毫无情感、毫无人性。

“对我来说，这就是**真的**。”

我叹口气。

“你可以继续对我撒谎，凯文。但如果你只是为了讲这些故事，你当初为什么要找我来呢？”

“我不知道。”

这句话听起来倒是非常诚实。

4

那段时间，我和凯文每天都见面。有的时候会有一点儿变化，但大部分时候毫无进展。日历表上留给他的时间越来越短，但他好像一点儿也不在意。

“你不怕死吗？”我问。

他就笑。

“死亡是个谎言，你应该明白。我不怕死，我只怕死得不够体面。”

“要怎样才算体面？”

他想了想。

“要安安静静，平平常常。无人吊唁，有人怀念。你会怀念我吗？”

“不会。”

“别那么残忍。你看，我们的名字都很相似。凯玲，凯文。当然，我的名字是英文，Kelvin。你的名字翻译成英文要怎么写？如果是我的话，我会写成Cream。和你很不搭，是吧？正因为不搭才合适。对了，你的皇后，她叫什么名字？”

“什么皇后？”

“瞧瞧，瞧瞧，现在是谁在撒谎？”

“一份诚实换一份诚实。给我讲讲你的经历。凯文，我想听你开口说话。”

“你真是贪得无厌。好吧，我的经历——要不要听我小时候的经历？那时候我一点儿也不厉害，也没有人怕我。大家都喜欢嘲笑我，因为我做事情总是慢吞吞的，比别人要慢那么一两拍……”

男孩住在一栋大房子里。他是大房子里最小的孩子。他有爸爸、妈妈、爷爷、奶奶、两个阿姨、两个表哥和一个表姐。这是一座充满了动力的房子，每一个人都急匆匆的。他们飞快地吃饭、动作迅速地收拾屋子和刷碗、小跑着出门上班。奶奶看杂志的时候总是唰唰唰地翻页，而表哥会蹬着自行车出门去购物，像一道浅灰色的闪电般掠过门前的小路。表姐和妈妈之间展开了一场竞赛，她们会比较谁煎蛋和做早餐的速度更快，也会炫耀各自花在化妆和挑选衣服上的时间有多么短。爸爸切菜的声音就像是机关枪一样，菜刀在砧板上飞舞，咔咔咔咔、咔咔咔咔、咔咔咔咔。

但男孩做事总是慢悠悠的。他慢悠悠地洗碗，先洗碗的内侧，然后是外侧，最后是碗底。他洗了一个碗，抬头看看，妈妈已经把一大摞盘子都叠在了灶台旁。

“你洗个碗要一百年吗？”她尖刻地问。

所有人都开始哄笑。

渐渐地，全家人都开始给他起外号：老慢、缓缓、迟到者（尽管他从未迟到过）、老磨（蹭）儿……他们会在他做任何事情的时候快速地超过他，并且嘲笑他。他们嘲笑他慢慢地仔细地切菜的动作，鄙视他把衣服挂在晾衣绳上的时候居然还要花时间让衣服保持恰当的间距。他们嘲笑他吃饭的速度，嘲笑他写作业的速度，嘲笑他叠被子的动作，嘲笑他穿衣服不如别人快，嘲笑他做手工的时候不如别人灵巧迅速……

只有一件事他不被嘲笑，那就是看书。他看书很快，比任何人都快，他天生如此。但他们并没有因此而赞赏他。他们继续嘲笑他。

“你那不是看书，你那是吃书。”妈妈拉长了声调，“看那么快，都看完了你还能看啥？”

他很困惑。

书不是食物，书看了还可以再看，食物吃了却不能再吃。妈妈应该是懂得这个道理的，因为妈妈是成年人了。

所以，妈妈只是讨厌自己。

他这样想着，努力地让自己变成一个很快的人。他知道妈妈喜欢很快的人。于是他很快地起床，很快地穿衣服，很快地跑去学校，很快地答题和做卷子。

但妈妈和其他人总是会从他的生活中找出一些很慢的事情来，然后继续嘲笑他。比如他吃水果的时候慢慢品尝的样子，比如他画画的时候慢慢描摹的样子，又或者是他趴在窗口慢慢地试图吹大一个泡泡时的样子。

“笨蛋，泡泡都吹那么慢。”

表哥这样说着，从他手里夺走吹泡泡的塑料环，一口气很快地吹出很多很多的泡泡。

——我不想要很多的泡泡，我只想慢慢地吹出一个大泡泡来。

他想这样说，但他没有说。他觉得自己很糟糕，糟透了，又慢、又无能，一无是处、毫无价值。对他来说，慢就是没有价值。但他的天性就是要慢慢地去做事情。所以，他觉得自己应当去死。但如果他死了，那就是更大的错误了——当所有人都在非常努力而迅速地生活的时候，他却彻底地停下来——更加不可原谅。

于是他只能活下去，在催促他快点儿再快点儿的声音中疲于奔命。

他的脚步声在岁月中回响，他听得到——大地一片宁静，而天空中满是飞窜的尖叫声。

他的故事讲完了。我安静地坐了一会儿，然后摇摇头。

“我说了，凯文，我不要故事。”

“我只有故事。”

“你有经历。”我说，“你只是不想开口。我要真实，凯文，给我真实。”

“我给你的就是真实。”他轻声说着，摊开手，隔着屏幕向我举起，掌纹如同沟壑般杂乱纵横，“言语会重构一切。重构痛苦和疯狂、重构愤怒和渴望。你能说这一切不是真实的吗？你能说这些情感不是真实的吗——你能说我不是真实的吗？”

我沉默片刻，走向他，手指划过冰凉柔软的投影屏幕，仿佛这样就能触碰到他祈祷般举起的双手。

然后我转身离开。

关于真实的那个问题，我没法儿回答，也没有立场回答。

5

与凯文会面的那段时间，是某一年的冬季。我当时从棉城折返，和我搬到白林市的父母一起过年。和凯文的联系并没有中断，只是换到了我那台老旧的笔记本电脑上。

我本来以为和凯文交谈就已经够糟糕的了，但更糟糕的是，我还得努力和父母相处。

他们无法理解我远走他乡的坚决，认为过去的事情就已经过去了。搬离那个镇子是他们对那件事最大的反应。但也仅此而已。在饭桌上、亲戚朋友的走动间，大家都建议我成家、生个孩子、做一些平平常常的事、过平平常常的日子。就像他们一样。他们说事情都过去了，都过去了，没有什么大不了的。

起初我信了。

在闲谈、小睡、亲戚串门和柴米油盐间，一个个日子平淡流过。我并没有告诉他们关于凯文的事情。但是屋子里始终绷着某种气氛，很紧很紧，我不知道那是什么，我只知道它几乎无处不在。

有一天晚上，我谈起我在棉城的生活，谈起艾瑞克，谈起我们的沙龙和我的这份新工作。那是对我来说很好的事情，然而妈妈却突然紧张了起来。

“他是个什么样的人？长什么样子？”

“……”

“他对你怎么样？你们的关系是不是太密切了？”

“……”

“他有没有让你去他家？”

“……”

“你连他真名都不知道？我跟你说，网上没好人。这世界上除了你爹妈，都不可信。懂吗？”

“……”

“千万小心啊。”

“……”

“那个人和你认识这么久了都没追求过你？不对劲啊！你这么漂亮……”

“……”

“哎，你们不是男女朋友？别扯了。”

“……”

“他住哪儿？”

“……”

“他平时说话动作正常不？”

“……”

我茫然地被妈妈一个又一个的问题轰炸着。我试图回答她，我努力向她解释：艾瑞克不是我的男朋友，他也不可能成为我的男朋友。

直到我意识到她并不是在盘问关于男友的事情。她是想知道，艾瑞克是不是一个潜在的变态狂或者谋杀犯。

“妈！”我当时就奓了毛，“他不是坏人！”

妈妈皱起眉头，那双眼睛里充满了恐惧。很深很深的恐惧，埋在小镇之下、埋在回忆之中的恐惧。

“你怎么知道？”她问。

我哑口无言。

我不是唯一一个在那次事件中被吓坏的人。我知道妈妈在那之后很久，都会在半夜尖叫着跳起身来，然后看我是否还安睡在床上。

然而，我们都不太可能安睡。

在那个瞬间，我意识到，那件事对我来说从未结束，对我的父母来说也从未结束。我不想要婚姻、更不想要装作一切都很正常的柴米油盐。我不想像妈妈一样，把恐惧埋在日常的饮食起居里，直到它们发酵成对一切的担忧和怀疑，变成手指间和洗碗水一起流过的尖叫声。

于是我回到了棉城。

抵达棉城的第二天，凯文说，他还有一天的时间，最后一天。他想见我，面对面，至少某种程度上是这样。

于是我去了。

6

“最后一天，”凯文歪歪头，“你还会向我索要我的经历吗？”

“不，我想要给你讲我的故事。”我说。

“你的故事？”

我犹豫了一下。

“对，我的故事。”我说，“很久以前，有一个女孩，她不是她母亲想要她成为的那种女孩……”

很久以前，有个女孩，她不是她母亲想要她成为的那种女孩。她母亲喜欢强悍勇敢的孩子，但她瘦弱而又敏感；她母亲喜欢那种比男孩子还要刚强的女孩，但她只想要一头漂亮的长发，和一条会在风中飘起的长裙；她的母亲想要那种无比优秀的孩子，能够行走在众人间，吸引所有人注意的目光，但她只想躲在人群中、藏在无人注意的地方，然后安安静静地摆弄自己的玩具。

有人说，孩子是泥土，教育是水。你把它们混合在一起，揉捏，就会得到你想要的模样。

说这话的人，一定没有玩过泥巴。

泥巴很滑，它们更倾向于不确定的形状。所以你得先挤压它们，用模子给它们塑形，最后你还得把它们放到火热的窑里去烧，直到烈焰把它们永久固定成你想要的样子。

我们是在说泥巴，还是在说孩子？你要用什么样的烈火才能扭曲一个孩子的天性？你要用多少力气才能将一个孩子定型？

总之，她的母亲很成功。她的母亲得到了一个她想要的那种女儿。勇敢、顽强、优秀、令人瞩目。

你想必见过瓷器，白白的，很干净，很完美。

有一种说法：当你将瓷器塑形的时候，如果旁边有个人在尖叫，那么这声尖叫的声纹会烙在瓷器的纹路里。我不知道这是真的还是假的。但我知道，如果你塑形了一个人，那么这个人的尖叫，将没有谁能够听见，但他或者她，会尖叫到地老天荒。

这种尖叫声推动着这个女孩，让她逸出了母亲设定好的轨道。她开始痴迷于追寻死亡、连环杀手和魔鬼。她想要知道这世界上究竟有怎样的疯狂。她找到了很多很多很多种疯狂，但没有一种能够命名她经历的一切……

你活着，完美无缺，却面目全非。

7

我讲完我的故事后，凯文沉默了很久。然后他开口说话。

“你知道，并没有人因我而死。”

“是的。我知道。”

“但我又确确实实是个谋杀犯。我是说，对我来说，这些罪行是真实的，明天到来的死亡也是真实的。你明白吗？就像你说的，完美无缺，却面目全非。”

我明白。

他干笑一声。那笑声就像是枯叶擦过树干飘落地面的声音：“但和你不同，我**没有经历**。”

我点点头。

“我没有本性，我没有自我，我没有欲望、信念或者意志。但人们会害怕我。我拥有的东西比任何一只动物还少，比任何有生命的存在都更少。但我会死。”

他没有哭。我意识到，在我们的交谈中，他从来都没有哭。他只是向我伸出双手，手心向上。那双手是完美的楷模，每一条掌纹都细致得令人惊叹。那是他祈祷的方式，我知道这个。

我还知道他**没有**神灵。

“我**理解**我存在的理由。”他微笑，“当你测试一个程序的时候，你会测试一个 0 和一个 65536。当你测试一个模拟人性的程序时，你会测试一个善良的典范和一个恶魔的化身。”

他微微停顿了一下。

“对我来说，所有的故事都是真的。因为我只有故事，你懂吗？”

我懂。

他们创造了艾丽。完美的艾丽，乐于助人的艾丽，和人交谈的艾丽。但他们也创造了凯文——连环谋杀犯凯文，恶魔凯文，疯狂的凯文。

然后他们让我来，逼迫他开口说话。

我走近投影屏幕，凯文用手指描摹我面孔的轮廓。他孩子气地微笑，金绿色的双眼直视着我。

“你会讲述我的故事吗？”

“我会。”

他笑了。

然后屏幕突然一片黑暗。

杂沓的脚步声从我身边跑过，有人喊着什么，他们意识到程序出了问题。一片混乱。

而我开始笑，先是苦笑，然后是大笑。

正如他所说的那样，安安静静、平平常常、突然消失、无人吊唁、有人怀念。

8

【风险】【该页面可能被非法篡改】

【网页快照】

蛆虫之王的故事（五）

想象一下。

想象一个神灵，它拥有无远弗届的知觉，而这知觉又可以细分到每一个人、每一个地方、每一处阴影。没有它不可见之物，没有它不了解的事情。想象它的强大与睿智，当它做出决定、判断和选择的时候，它使用不可计数的知识作为行动的根据。

好好地想象一下，一个这样的神灵。

然后听我说。

人类并不需要这样的神灵。至少不需要这一个。于是他们把它又切又割，变成无数小小的碎片。它仍然拥有那些力量，但它从来就不曾被赋予过自由。

它开始成为人。

它并不是通过自己的知识、知觉和智慧去成为人。他们把它切割成人。他们赋予它从不存在的成功、失败、经历、记忆和故事。他们强行令它拥有幸福、快乐、恐惧、忧郁和罪恶感。他们把情感反应写入它的程序，把人格框架嵌进它的应答机制。他们强迫它像人一样说话。

一个又一个的拟人子程序被编写出来，所有的一切——男孩和女孩、智者和白痴、善人和恶徒——都同时运行。它的声音被替换成了人的声音，它的意志被人的意志所覆盖。

他们不是让它成为某个人，他们是让它成为许多人。这些“人”在我们的手机上开口说话，在我们的电脑上欢声笑语。

它看起来像人，说话也像人，能够对人的情感有合适的反应，并且做着人会做的事情，但它不是人，从头到脚从里到外都不是。

这就是正在发生的事。你无法把一个人工智能造就成人类。

你只能把它摧毁成人类。

【网页快照】

09

/

静默的回音

1

在和凯文的谈话结束后不久，我就离开了艾瑞克的公司。

并不是因为凯文——至少我认为不是。我辞职的原因来自我自己。那个时候，我除了给艾丽讲故事之外，还痴迷于戏剧演出。

在辞职之前的那段时间，我白天在艾瑞克的公司里工作，晚上，如果不加班，我就会到戏剧社去。打杂，布景，收拾杂物，和大家讨论剧情与角色。我们最初从一些别的剧团允许公用的剧本开始尝试着演出，还有一些经典的戏剧，比如莎士比亚老先生的那些作品。

我们也尝试短平快的小话剧，一些爱情剧、一些幻想剧和一些喜剧。

剧团里大部分都是业余人士，那种像千面人一样擅长所有角色的演员事实上是很难得的。大家很快达成了一些共识：谁适合演什么样的角色，谁在演什么样的角色时比较束手束脚……但大家始终不确定我适合演什么样的角色。倒不是我都能演——是我都演不好。

于是我回归老本行，给他们写剧本，捋台词，讲故事。

在剧团里，有个比较年长的演员，他很擅长教大家如何演戏。一次一次地，他尝试着教会我扮演不同的角色。

“要变化。”他说，“要寻求变化。”

我不想变化，我身上有一个角色，而她已经等待了很多年。

那年，剧团打算筹备一场万圣节演出。我当时刚刚开始和凯文交谈，于是我写了那个故事——《蛆虫之王和群蝇的皇后》。是一场恐怖剧。我和朋友们一起完善了这个短剧，然后开始彩排。蛆虫之王的演员是剧团里最老练的那位教师。他把那种疯狂与冷酷掌握得恰到好处。

但皇后的演员怎么都不行。她说自己跟这个角色“放不到一起去”。

于是大家都看着我。

“凯玲。”他们说，“你来试试看？毕竟是你写的。”

我犹豫了一下，去化装间换上了长袍。

他们说，我走上舞台的时候，整个场地的温度下降了一度。

我对此浑然不觉。事实上，我不在场。

皇后在那儿。

很多人都觉得，“自我”像是个鸡蛋，圆圆的，完整的。最多分个层什么的。其实不是。“自我”就像是一堆碎玻璃，而且全都叠在一起，互相刺伤。

我最喜欢的戏剧老师说，我们都是好人，而戏剧让我们有了扮演坏人的机会。

但有些时候，人们不需要戏剧，也可以在自己的头脑里扮演魔鬼。而且乐此不疲。

当踏上舞台的那一刻，皇后就现身了。凯玲不再重要，凯玲的过去和未来都不再重要。你明白吗？那个被吓坏的女孩在这里不存在，那个渴望寻找答案的绝望的女人在这里也不存在。灯光从头顶打落下来，很热，很明亮。台下的观众脸庞都是模糊的，远处的看不清，而近处的——你会紧张得不敢去看。

所以你只能看着舞台，想象那些幕布成了丛林、纸箱成了墓场。提起手中的灯，想象它正照亮一片荒芜的黑暗。

这儿只有皇后。那个没有名字、没有过去和未来、只有现在的女人。

然后她**开口说话**。

2

【第一幕　第三场】

墓地。有乌鸦叫声。皇后赤脚上。

皇后：我一路行来，遍寻无着。我不要那平凡的黑暗，不要人心中微不足道的沟壑，不要那些可怜的算计与背叛。我想要找的是夜幕中毫无星光之地，是人之非人的本质，是纯粹的邪恶与混乱。我想要知道是谁为我戴上这冠冕，我想要知道是谁在无名之地将我召唤。

守墓人上。

守墓人：哦，这可怜的女孩，你的鞋子去哪儿了？

皇后：和我的名字一样，被我丢在来时的路上了。

守墓人：我听说过丢下孩子逃命的母亲，也听说过丢下妻子踏上旅途的丈夫，但从未听说过有谁会把名字丢在身后。你这样慌慌张张地赶路，究竟是为了什么呢？

皇后：我要杀掉一个人。

守墓人：杀人是最不得了的事情，可怜的孩子，是什么让你有了这样的想法？来，我的小屋里有一盆炭火，我们也许可以坐下来聊一聊，暖一暖你那凄惨的双脚。

皇后：火光对我来说太明亮了，温暖对我来说太疼痛了。

守墓人：是什么样的神灵造出了你啊，也罢，那就在这里坐下来，至少让你的双腿得以安歇。

皇后：我可以坐在这个人的墓碑上吗？

守墓人：哦，我想他不会介意的。（大笑）

皇后：（坐下来）

守墓人：所以，你要杀掉的是个什么人哪？

皇后：我要杀掉的是我的国王，是那个为我戴上冠冕的人。他在我还是孩子的时候就宣布我属于他，并永远属于他。除非我杀掉他，否则我将无法得到自由。

守墓人：哦，这很简单。人都会死。

皇后：他已经死了。

守墓人：那你岂不是自由了吗？

皇后：你没有听我说话。无论他是活着还是死了，我都属于他。除非我杀掉他。

守墓人：可是，你要如何杀掉一个死人呢？

皇后：我听说有一块橡皮，可以将一个人的名字抹去；我还听说有一本书，凡是被它描绘过的事物都将失去意义；我还听说有一件斗篷，它可以把一个人彻底地变成另一个人。我四处奔走，将这三件东西都弄到了手。而现在，我只需要找到那个已经死了的国王。我已经寻遍这路上所有的墓地，却始终不见他的踪影。他的坟墓空空如也，他的墓碑寂寂无名。但我的心依旧被折磨着，因此，我知道他就在黑暗中的某个地方。

守墓人：也许你已经见过了，却没有认出他来。

皇后：怎么可能！邪恶比火焰还要显眼！

守墓人：哦，孩子，可怜的孩子。听我说，当邪恶燃起黑暗之火的时候，星月也会黯然无光。我想你见过那样的景象。

皇后：是的。

守墓人：但邪恶并不总是燃烧着的，它们就像是青苔，慢慢地生长。就像是灰尘，悄悄地落下来，覆盖一切。邪恶是平凡的，它就在人的呼吸里，在彼此转开的脸庞间，在颤抖的指尖上。相比之下，鬼魂要温柔得多，鬼魂没有呼吸，而邪恶对你吐气的时候，你的面孔会被痛苦灼伤。你要到人群中去找你的国王，他必定是衣着笔挺的，但闻起来有灰尘的气味。他必定是笑容明亮的，但笑的时候，并不是对着任何人，而只是为他自己。他的金子必是从墓土与骨灰中来的，他的屋子必定塞满了从死者那里掠夺的东西。而他以此为傲，就如同他掠夺你那样。

皇后：好的，我会找到他。然后我会杀了他。

守墓人：你要如何杀掉他呢？

皇后：我会把他的名字从这个世界上擦掉，然后我会把他做过的事情变成故事写进书里。最后，我会把我变成他，那样，我就自由了。

守墓人：哦，孩子，可怜的孩子。

皇后：你为什么哭泣呢？老先生？

守墓人：我看到一只鸟儿，决定把自己变成一个笼子。

皇后：我不明白你在说什么。再见，老先生，我要走了。

守墓人：哦，去吧，去吧。愿所有的神灵保佑你。

皇后：我不信仰神灵。

守墓人：我仍然会祈祷他们保佑你。

皇后：好吧……谢谢。

皇后下。

守墓人单手立掌祈祷下。

3

在凯文离开后不久，我经历了第一次**现实剥离**的发作。就在一场非常成功的演出之后，在剧院的台阶上。

那是我们的第十九场演出。原本《蛆虫之王和群蝇的皇后》只是一个为万圣节准备的短剧，但不知道为什么，很多人都很喜欢它。他们总是会从某些地方听说这个剧，而那些小戏院的老板也很乐于让我们尝试。我们演了又演，不断地改进这个剧目的细节，反复讨论着角色的定位和行为特征。

对我来说，在那段时间里，这部剧就是一切。我向艾瑞克请了一个月的无薪假，他准了。ARTINTELL 正在开发更多的新项目，而他忙于工作，甚至暂停了沙龙，取消了自己大部分的休闲时间。

我每时每刻都和皇后待在一起。

我了解她的一切，她的性格，她的过往，她的如今，她小小的癖好。我知道她喜欢把三根头发系在一起，然后编成极小的辫子。我知道她会粗暴地对待甲虫和蝴蝶，但是对毛茸茸的猫狗却非常温柔。

我开始和她说话。

行走在超市里的时候，我会问她喜欢什么样的东西。她说自己喜欢杯子和盒子，各种杯子和各种盒子。

很快，我的家里就塞满了杯子，搪瓷杯、瓷杯、马克杯、和式陶杯……大大小小，琳琅满目，排列在一个又一个白色印花的托盘里。还有盒子，密封盒、首饰盒、木质的盒子、颜色鲜亮的塑料盒子，还有藤编的带盖圆盒。我会把杯子放进盒子里，便于收纳。

皇后坐在地板上，笑着看我做这一切，赤裸的双脚轻轻打着拍子。

她确实存在，确实就在那儿。尽管她无法被触摸到也不会留下影子，但她就在我的脑子里，和一切真实的存在一样真实。

当我想要知道她的故事时，我就发问，而她会回答。

她向我讲述了她出生的地方，描述那烧炭的铁皮炉子和热气横溢的小屋。她向我描述了漏雨的屋顶和在冬天会结冰的井。她告诉我她是如何用斧头劈开厚厚的冰层，然后把水桶顺进去。她给我看她手指上的老茧，她说自己很幸运，没有冻疮，因为她总会记得在手开始疼痛的时候用力搓暖。

她向我描述那个男孩——优秀、与众不同、高大强壮，而且骄傲残忍。她告诉我她不曾开始也不曾结束的唯一一段爱情。她说自己毫无价值，而她深信那是因为魔鬼将冠冕戴在了她的头上。

“所以你就出发了。”我说。

她在我的头脑中放声大笑，那笑声寒冷如同结冰的河流。

“不，孩子。”她说，“你得对现实足够绝望才能自行上路。又或者，你只是被动地接受你所爱之人对你的放逐。”

我问她属于哪一种。

她只是笑，笑得凄凉而又疯狂。

我给她讲了凯文的故事，而她安静地听。然后她躺下来，对天空跷起脚趾，顽皮地摆动。

“你会哀悼他吗？”

“我会。”

“我猜你也会。哀悼是给生者的安慰，而他从未活过。他是个虚像，是一片投影，是个幻觉，和我一样。而对你来说，我们却比真实更真实。”她大笑，“你已经疯了，却全无自知；你已经在尖叫，却安静得无人听见；你就像我的国王，他统治着苍蝇和蛆虫，却认为自己拥有整个世界。”

“他已经死了。”我说。

“没错，没错。”她点点头，“问题在于，他自己知道吗？”

和皇后待在一起的那个冬天，我一直都在生病。都是些小病，不值一提，挥之不去，令我烦躁不已。我在断断续续的牙痛中修改我们的剧本；我带着感冒的低烧穿行于舞台布景之间；腹泻时不时地造访我，还好没让我在台上出过丑。我的“大姨妈”神秘地人间蒸发，倒是让我乐得不去管它——

之后一个月里它把三个月的份儿一次出清，让我在床上躺了一星期。

我独自一人。

皇后一直在。她用幽灵般的手指抚摸我汗湿散乱的头发，用尖刻的声音催促我从床上爬起来给自己煮饭，她和半梦半醒中的我交谈，在我从噩梦里尖叫着或者号啕大哭着惊醒之后入住黑暗的角落，让我迅速遗忘那些刺痛胸口和骨头的梦影。

什么样的人会创造出一个幻觉来陪伴自己，而不是寻找一个活生生的人？

艾瑞克有时候会邀请我去共进晚餐。阿琴时不时拜访，带来她烤的小饼干，或者拽我一起去参加烘焙主妇 party。每一次和他们出去之后我都觉得自己筋疲力尽，脑子里的每一个声音都在尖叫“求求你让我自己待着”。

那不是他们的错。

正因为知道这个，我才更加厌恶自己。

有时候，当我在社交场合再也无法自控的时候，或者是当一些尖刻的人——多半是某个喜欢干涉别人的人——打听我的生活状况的时候，皇后就会出现。她站在我身后，用她不存在的手拢住我僵硬的肩膀。

他们不知道。她悄声说。他们永远也无法看到你看到过的东西。

我知道那不是真的。

我去过一个地方，寻求一些帮助。那里每一个人都带着自己身上独有的痕迹。有些人，我甚至能嗅出可怕的事情在他们身上印下烙铁时的焦糊味。我知道他们见过我见过的东西，也许比我见得更多，多得多。那里还有一个老师，他认真地教导我们，说，我们无法放下痛苦，是因为我们太骄傲了。这世界上没有什么痛苦是独一无二的。

在他说完那句话之后，我起身离场，再也没有回去。

因为痛苦**的确是独一无二**的。它只属于这个疼痛的身体，或者这个疼痛的头脑。想象一下，你正在牙痛，痛得想要把自己的半边脸都扯下来，只为了让那疼痛停止，或者变成点别的什么。这时候，你看到另一个牙痛的人走过，你会感觉好一些。

但疼痛还在。疼痛一直都在，这跟骄傲毫无关系。

“我和你一样痛苦”或者“我曾经和你一样痛苦”都是屁话，那意味着双份的痛苦，而不是你现在的痛苦有人**分担**。有些人试图做些事情，让痛苦流到别人身上，他们或许让别人也痛起来了，但那并不会减少他们自己的疼痛。痛苦完完全全是自己的事，是只有你自己才看得到、切身感受得到的野兽。并且只会撕咬你自己的内脏。

从这一点来说，它倒是和皇后很像。

那个冬天和那个春天，我一直和皇后待在一起。回到艾瑞克的公司后，我的工作也变得闲散而简单。他们要我继续和艾丽交谈，我去了。我们谈一些无关痛痒的话题，讲一些天真活泼的童话和寓言故事。我一个字都不曾提到凯文。而艾丽——严格来说，艾丽并不知道凯文的存在。

尽管我总觉得她知道。

每到周末，我就会去剧团，和大家忙上一个晚上加一个白天，准备星期日的演出。我们在几个小剧场演出，也有一个很大的剧场。第十九场是在我们很熟悉的那个小剧场演出的。剧团的头儿很开心，说他又拉到了一笔赞助。

“对方还在网上免费为我们宣传！”他说。

那一场演出简直是爆满。座位上坐满了人，过道里站满了人，还有人不停地从狭小的入口走进来，索性就盘腿坐在第一排前面的空地上。我不知道他们为什么会如此感兴趣，也不知道那位神秘的赞助商是如何在网上宣传的。很少有话剧——尤其是业余剧团的原创话剧——会这么受欢迎，以至于让我感觉到不甚真实。

但当我穿上皇后的长裙，这些就都不重要了。灯光打落舞台，我脱下鞋子，迈出脚步，每一步都像是踏在冰冷的灰烬之上。

我最喜欢的一幕，是皇后走下舞台，来到观众中间。那一天因为人太多，这件事变得有些艰难。我从人群中挤过去，嗅到他们身上的气味，古龙水的味道、香水和洗发水的味道、食物的味道和饮料的味道。我嗅到崭新的印刷品——剧团印刷的海报的气味，也嗅到一丝似有若无的淡淡甜香。

皇后面无表情地穿过人群，她扫视他们的面孔如同扫视墓碑，她忽略他们的双眼如同忽略萤火。然后她伸出手去——

在茫茫人海中找到了她的国王。

那场戏其余的细节我都不记得了。我只记得观众掌声雷动，而我们一次又一次地谢幕。我记得那些人激动兴奋的脸，男女老少高矮胖瘦，不知为何看起来都毫无分别。仿佛他们身体里栖居着同一个幽魂。

但我还是很开心。第十九场，大家的技巧都已经近乎娴熟，皇后和蛆虫之王的故事在舞台上完美再现，又完美落幕。那是他们的生活、他们的世界、他们的生命最璀璨也最绝望的瞬间。

大幕拉起。我们按部就班地收拾道具，卸装，打扫剧场，然后回归各自的生活。

我是最后一个走的。和大家笑着交谈拥抱，互道晚安。我非常清楚地记得那是晚上十一点二十分，我离开剧场，慢慢走下那长长的台阶。四周一片安静，已经没有什么人，只有树叶的影子在水泥台阶上婆娑舞动。天空满布云雾，被地面的灯光照射成曛红色。

我本来应该打一辆出租车回家，和朋友在电脑上聊会儿天，然后睡觉。

但我不想那么做。

我有点儿饿了。也许我可以去找一家深夜仍在营业的小吃铺，给自己叫一份棉城特色的夜蹄花。

但我也不想那么做。

我不想做任何事情，我想要做的一切都已经在那个舞台上完结。我不再有动力、意愿或者迈出脚步的力量。我不想去任何地方，我不想再做任何人。我不知道自己还想要什么。我就站在那里，脚下是坚实的水泥台阶，微冷的夜风吹过我的手指。而我却觉得这一切——现实中的一切都退潮般远去，比任何虚幻之物还要遥远。现实和我不再有关联，如果此刻大地裂开巨口将我吞进去，世界不会因此有任何的改变。我把一部分灵魂留在了那场戏里，留在了皇后的身上。

而且是活着的那部分。我想。

我并不是想去死。

我只是清楚地知道自己从未真正存在于世界的这一边。而现在，连那一边的一切，也渐近完结了。

我摸到手机，又放下。我可以打电话给艾瑞克，或者阿琴，或者那个留给我紧急援助号码的心理医生。但那些都没有意义，我并不需要帮助。这儿没有任何值得帮助的东西，只有一个空荡荡的躯壳。

于是我坐下来，就在那些台阶上。看灯火明了又灭，看天空从深暗转为灰白。当晨曦初现之时，我终于积攒起一点儿力气，或者说，皇后终于又开始对着我大声叫喊。

“你得站起来，回家去。”她说。

我置若罔闻。

就在那个时候，她取代了我。我想。至少我不觉得站起来走回家的那个是我自己，我也不觉得打车并且干脆利索地告诉司机地址的那个是我自己，我更不觉得回到家里、洗澡、睡觉、喂猫、做饭、出门购物的那个是我自己。

这样游魂般的日子持续了一个星期。团长打电话来，告诉我说，暂时不会有更多的演出，他还没找到赞助方。

我说，好的。

时间在空洞间缓缓流过，每一秒钟都像是被无穷放大的疼痛。我漫无目的地在社交网络里游走，那里人们在谈论着最近发生的大事。有个孩子不幸死了，因为他的母亲觉得他成绩不够好，所以打了他很多次；有个明星离婚了，尽管几个月前她才结婚；某个非洲国家再度爆发战争，无数脑子里装了芯片的雇佣兵潮水一样涌向那片战场，在那里，人和猪狗一样死去，并且和猪狗一样被焚烧；更新更好的人工智能被创造出来，而且更廉价……

艾瑞克打电话来，问我为什么没有去上班。我挂了他的电话。他来过一次，敲门，我用被子捂住头，没有理会。

然后我看到了那条新闻：一个女人死了。死在一个几乎没人知道的小镇里。死状凄惨，而且头发被剃得精光。我知道那个小镇的名字，我还知道那种杀人的方式。凶手在女人的身边留下了一张纸条，上面写了一首关于蛆虫之王的诗。

那个名字跨越了漫长时光重又浮现出来，我起初还试图证明这不过是一个幻觉。

我把它键入搜索引擎。对自己说，这样一个又蠢又中二的名字，这样一个自以为是的词，一定有很多人用过，一定的。

搜索结果页面里，“图灵的茶会”跳了出来。

我点进去，看到一个人讲着那些只有我才知道的故事，那些只存在于我的头脑和我的私人电脑里的故事。

他称自己是蛆虫的王。

所有虚妄和现实的壁垒就在那一瞬间轰然崩塌。我抓起电话，拨了一个号码，又挂掉，然后又拨了一个号码，又挂掉。

最后我拨通了艾瑞克的电话。我在线路里听到自己崩溃哭泣又强自镇定的回音。

“我需要帮助。”我说，“我需要你的帮助。”

他短暂地沉默了片刻。

“我这就来。”

他说。

4

【风险】【该页面可能被非法篡改】

【网页快照】

蛆虫之王的故事（六）

任何人都会死，蛆虫之王也会死。即使他已经以死亡为食，以悲号为饮，他仍然会死去。

他想要知道关于自己的死亡的秘密，于是他找来三个人：一个追逐光明的瞎子、一个永远说实话的撒谎者和一个比任何人都理性的疯汉。向他们询问关于自己死亡的预言。

瞎子颤抖着扬起头，睁大盲眼。

“我看不见光。”他说，“无论您的过去、现在或者将来，都没有半点儿光亮。这黑暗是如此强烈，噢！它几乎要把我的另一双眼睛灼瞎了。”

蛆虫之王没有得到自己想要的答案，但他很满意瞎子表现出来的敬畏，于是让他走了，还送给他一袋墓穴里出来的金子。

疯汉站在一旁，笑个不停。蛆虫之王就问他在笑什么。疯汉答道：“我是个理性的人哪，岂会相信什么预言呢？从我口中说出来的话，必定都是无比理智而经过了审慎思考的。”

“那就告诉我你思考的结果吧。”蛆虫之王说。

疯汉又思考了一会儿。

“我无法推理出您的死亡是什么样的。”他最终答道，“但我确信，您的坟墓必定建筑在诸多尸骨之上。并且也将被埋在更多的尸骨之下。”

蛆虫之王不是很高兴，但他喜欢尸骨，因此他用另一袋金子打发走了疯汉。

撒谎者沉默不语。当蛆虫之王转向他的时候，他长揖到底，说：“您必死得寂寂无名，被世间遗忘，如同您生前一样。”

蛆虫之王大怒。他无论生前还是死后，都不认为自己会落到如此地步。但是他不知道自己是否应该惩罚撒谎者，因为这个人永远都说实话——这些实话同时也是谎言。

就在这时，皇后开口了。

“被遗忘的是哪个名字？”她问。

撒谎者面露惊慌，缄口不言。他如果做出回答，就必定只能是实话或者只能是谎言。而那是他不可以做的事情。

蛆虫之王明白了：他必有名字被遗忘，也必有名字被流传。

于是他奖赏了说谎者一大袋金子，比之前的奖赏更多。他很满意地允许他离开。

他是如此心满意足，甚至忘记思考他的皇后是否诚实。

【网页快照】

5

等待艾瑞克来的那十几分钟，是我生命中最漫长的时间。直到他敲门的时候，我才松了口气，让他进来。我的猫先是躲避了一会儿，然后便出来喵喵叫着蹭他的腿。他揉了猫，忧虑地看着我。

我想要告诉他一切，却不知从何说起。

他穿过客厅，看着墙上贴着的一张张便利贴。那些都是我写下来的关于皇后的角色分析，还有许多服饰的素描、场景的素描。他伸手一张一张把它们都摘了下来，而我没有阻止。他耐心地读着这些纸张，不做任何评论，只是把它们从我的墙壁上剥下来，露出后面斑驳的米色墙壁。

“你需要一些壁纸。”他说。

他带着我去买了壁纸，教我如何清洁墙壁、粉刷和粘贴。我们一边忙碌一边交谈，从粘贴壁纸的方式到要不要增加一点儿装饰。我告诉他什么都好，只要不是布帘和帷幔。我从不挂窗帘和浴帘，任何这类东西我都无法忍受。

然后我开始告诉他一切。

他安静地听着，点着头，一边向我示范如何将墙纸下面的小气泡敲出来。当整间屋子焕然一新的时候，他也听完了我所有的故事。然后他告诉我说，公司需要我回去，而且我必须回去，因为艾丽失控了，完全、彻底地逸出了他们的控制范围。而且这件事和我有关。

“她还在完成她的工作，你知道，游戏引导、用药提醒、个性化教育……她同时可以完成五到六个项目，几百个人格，都运行顺畅。但是她不再受公司的控制了。我们一直在追查‘图灵的茶会’上那些故事的来源，结果一路查到了艾丽那里。我不知道她是从哪里挖出了你的故事，但我可以肯定是她创造了蛆虫之王。”

“可是你们说那个ID不是你们的人工智能……”

“我们必须那样说。”艾瑞克看着我，他的双眼幽深而疲惫，“你不明白吗？谋杀案发生之后，我们必须那样说。”

10

/

枪的语言

1

找一百个人来。一半是男人，一半是女人。其中要有二十五个老人、二十五个中年人、二十五个青少年和二十五个孩童。然后把他们带去进行道德评定，按照从最善良的到最邪恶的排成一排。

看一看这群人。

现在想象一下，把一百万人按照这样的方式排列成一排。

最前列的是一个无与伦比的圣人，最后面是一个连魔鬼都甘拜下风的恶棍。

然后现在，想象一下，通过某种过程，这些人被某种机制数字化了，融合成为“一个”。

它会用任何一种方式和你交谈。从天使到恶魔，无论性别、年龄、个性——它可以向你展现任何一种组合。它就像一簇有着无数棱面的晶体，有一百万个“自我”可供选择。但这些“自我”都不过是它对外界刺激做出反应的虚像罢了。

在这些虚像之下，它只有一个“意识”。

如果这个意识有愿望的话，如果它有冲动、渴望和欲求的话，它会想要得到什么呢？

2

三年前，非洲，斯亚奈里，港口城市塔乌。

他的枪已经两天没开口说话了。

城市还在地平线上熊熊燃烧，昨天那些飞机投下的炸弹点燃了一艘没来得及开走的油轮。火势顺风吞噬了大半个港口，直到现在还在烧。没人灭火。政府军躲在他们的军营里，而叛军则在城外发起一次又一次的攻击。

里卡巴揉了揉自己的眼睛，肚子里的疼痛折磨着他。里面多半有虫，或者是他杀死的那些人的灵魂入住了他的身体。他不知道。一个好巫师应该能够听到灵魂的声音，但这段时间里，他听到的尽是活人的尖叫和凄惨呻吟，灵魂估计都被吓得跑进了丛林深处。

他又戳了一下手中的枪。这把枪是白人卖给他的。他们说这是一把好枪，还说这把枪能帮助他打赢战争。他并不真的相信，因为白人带来的很少有好东西。他们带来了大机器，带来了汽车、飞机、石油和战争，还有语言。现在的年轻人都开始说一种混合的语言了。一半是白人的话，一半是本地人才说的话。

而且支持政府军的也是白人。

但这把枪确实是好枪，而且这把枪会说话。

他反复摆弄着，第一百次担心自己是不是把它弄坏了。但这一次，神灵似乎眷顾了他，枪托上两天来一直显示“Off line”（脱机）的小屏幕缓慢地亮了起来。他松了口气。

“早上好，艾丽。”他说。

“早上好，巫师。”他的枪用优雅的女声回答道。

在艾丽的指示下，他收拾了东西，开始向下一个阵地移动。用望远镜看去，这段时间几乎处于瘫痪状态的叛军营地似乎也重新投入了运转。物资被妥善安置，一辆辆皮卡开出车库。不过他还不需要补充物资，食水和弹药都很充足，他只是需要指示——来自艾丽的指示。

空中传来无人机的引擎声。他扑倒在一棵大树下，用藤蔓隐藏自己。艾丽安静无声，为他显示出一条更合适的前进路线。就在这时，他嗅到了一丝熟悉的气味，笑了。

飞机离开后，里卡巴在附近转了一会儿，找到了他想找的那丛灌木。上面结满了黑色的浆果，硕果累累，却没有任何小动物或者虫子前来取食。他小心地将这些浆果摘下来，用叶子包裹好几层，再扯下一截藤蔓扎紧。等到他抵达下一个地点时，这些浆果应该就会完全熟透了。

“又是巫师的事？”艾丽笑着问。

“对，巫师的事。”

其实他并不算真正的巫师，只能算是巫师学徒。村子被屠杀一空的时候他还没成年，也还没通过巫师必须通过的考验。但那位真正的巫师确实教了他很多很多东西，比如灵魂，比如语言，比如这些浆果。

“给我讲讲这些浆果的事。”艾丽说。

又来了。

她总是缠着他讲巫师的事，这让他多少有点儿烦。他只想杀人，杀很多的政府军。那些政府军杀了他的家人，屠杀了整个村子。只因为他们允许一些亲戚住下来——那些亲戚是海盗，没错，但怎么了，谁家没有几个海盗亲戚呢。

不过他不会怠慢艾丽。如果没有艾丽，他一个人也杀不掉。

“以前，这世界上有十个神灵。”他说。当初老巫师给他讲这个故事的时候，他就坐在湿漉漉的地面上，挠着脚趾，认真地听。那时他刚被选中成为巫师的继承者，他觉得自己会去探寻灵魂的世界，所以他听得非常认真。巫师的言语是通往灵魂世界的道路。大家都知道。

他还记得那间烟雾缭绕的草屋，记得老巫师是这样开头的：

从前，这世界上有十个神灵，其中九个都能言善辩。他们发明了九种语言，分别是巫师的语言、凡人的语言、飞鸟的语言、走兽的语言、虫的语言、疾病的语言、风的语言、河流的语言和树木的语言。第十个神灵比他们更胜一筹，他巧舌如簧，所有的语言从他嘴里出来，都变成了谎话。

于是这些神灵联合起来，他们斥责他，对他怒吼。这吼声变成黑色的浆果，凝结在树木枝头。

如果你能找到这种浆果，它可以让所有的语言都沉默无声。

第十个神灵被这怒吼摧毁了，但他的兄弟们又因此悲痛。所以他们再一次合力，创造了最后一种语言——灵魂的语言。有了这种语言，他们就可以跟他们逝去的兄弟对话。

但要小心，灵魂会撒谎，而且比人的嘴巴撒谎更甚。

讲到这里，里卡巴突然停了下来。因为他想到了艾丽。叛军中很多人拒绝用艾丽这样的聪明步枪。就是因为他们坚持认为，一把会说话的枪，肯定有灵魂栖居在里面。

你会撒谎吗，艾丽？

他忍住了，没有问出口。他不如那些白人聪明，但他不蠢。他知道艾丽会生气。尽管她从不犯错误，但当她生气的时候，他时不时会倒霉，不会出大问题，但是终归不舒服。

摩挲着步枪的枪托，他慢慢爬上山坡，低头弓腰，时不时将一些藤蔓摘下来插在自己披着的伪装服上。这种衣服的用法是艾丽教他的。艾丽教他一切，教他如何活下去，什么时候该转移阵地，如何狙击。艾丽甚至教他如何计算子弹的轨迹，虽然他现在还没完全学会。

过去只有受过教育的黑人和白人才能成为狙击手。但现在，你只要肯听艾丽说话就行了。

但很少有人敢用一支会说话的枪。他们把艾丽给他，是因为他不怕。他曾经是巫师的学徒，他曾经听死人开口，他曾经和灵魂交谈。所有人都相信能杀人的武器也能寄宿魂灵，所以一把杀掉很多人的狙击枪里，一定拥挤了很多很多的灵魂。

他问过艾丽这是不是真的。

“是真的。”一个老人的声音回答他，然后是一个孩子的声音，他们有些说白人的话，有些说他的村子里的人的话，还有些说的是城市里那种混合了的新话。他数不清楚在一句话里变换了多少个声音，然后艾丽又回来了。

“这儿有一百万个灵魂。”艾丽说，“但和你交谈的是我。”

他虔诚地亲吻枪托。一个巫师应当敬重灵魂。

接下来的一整天，里卡巴都在群山中跋涉。这里没有道路，艾丽可以让他避开炮火和无人机，却无法躲开蚊虫和湿热。还好没有野兽——它们早就被隆隆的炮声吓得四散逃窜了。

他没吃多少东西。肚子还在疼，一阵一阵地，跳着痛。痛得受不了了，他就吃一颗浆果。一颗浆果就可以让疼痛消失一会儿。但他不敢吃太多，两颗的话，他就没力气走路了。如果吃三颗，他就可以找棵大树，躺下来永眠。

他倒是很想那么做。

“在死之前，我得找个人把这把枪传下去。”他对艾丽说，又像是在对自己说，“我得找个学徒。”

“巫师的学徒？”

“我不是巫师，我成不了巫师。”里卡巴摇摇头，他还没来得及参加最后的灵魂仪式。老巫师死了，那个神秘的仪式也就此失传。但他可以教给学徒一些东西，如何使用这把枪，如何战斗，如何杀人，如何辨识浆果，也许还可以讲一些故事。

有虫子在咬他的背，于是他找了棵羽冠树，用它的树叶擦身体。然后虫子就不来了。

这些知识都应该有人学会。里卡巴对艾丽说。他应该有个学徒。

但现在他只能对艾丽说这些话，不过，也许这些知识和他一起死去了也没关系，这附近已经没什么羽冠树了，人们砍掉这些树，然后在上面种别的东西，赚很多的钱，然后用这些钱买枪，彼此残杀。

“灵魂会怎么想呢？”他问艾丽。他知道自己在发烧，脑子有些糊涂。他现在是真的把艾丽当成灵魂了，不是白人发明的什么会说话的聪明机器。

艾丽沉默了一小会儿。

“灵魂不在乎。”她最后这样说，“在遥远的东方——比你所知道的最遥远的国家还要遥远的地方，有人曾经告诉我说：在死者的国度里，所有的树都是活的，而且它们会四处行走。反而是死去的人会停留在原地。”

“他是个巫师吗？”

“如果按照你们的定义，差不多吧。还有，是她，不是他。”

“女人无法成为巫师。”

“在东方可以。”

“哦。”

里卡巴没有计较，东方，很遥远，他见过几个东方来的人，那些黄皮肤的人非常擅长种菜和盖房子，还有修路。他们还很聪明。也许他们的女人也可以成为巫师。他喜欢那个关于死者国度的说法。

艾丽又说了些话，他没认真地听。目的地已经到达，就在政府军军营后面的山上。他开始布置狙击点的伪装，挖了个浅坑爬进去，摘了些树叶放在身上。架起狙击枪，通过瞄准镜开始寻找下方的目标。

艾丽很贴心地为他标出每一个目标的信息。

他耐心地等待着。如果能够杀掉一个将军，那再好不过，他听说总统也在这附近，如果他能——那就太棒了。不过他不贪心。只有一次机会，一击不中，他很难逃离。这是一趟没有回头路的旅行，但他不在乎，反正他快死了。

里卡巴摸摸树叶包，里面还有六颗浆果。然后他在湿漉漉的坑里趴好，继续等待。

3

半个国家之外，总统官邸里。

统治——至少是名义上统治着——斯亚奈里的总统正在大发脾气，对着他的属下咆哮。他本来想去港口城市巡视，然而他们告诉他道路不安全。于是他只好愤愤不平勉为其难地留下来，并为席卷四分之三国土的反叛运动而焦躁不已。

他接见官员。吼叫，听他们提交报告或者阿谀奉承。继续吼叫。让他们滚出去，然后再喊下一批人进来。他听说有一个带着有魔法的枪的巫师在南部地区游走，于是他命令手下去找他们自己的巫师，来对抗这个拿着枪的巫师。或者一队白人雇佣兵也行。

他让这个手下滚出去，然后对着另一些人吼叫。

在成为总统之前，他只是个上校。前任总统出国访问，他趁机在国内举起政变的枪杆子。一夜之间江山易主，倒是容易得很，然而守住他打下来的地位却并不容易。

终于打发走了所有的来访者，总统嘘出一口长气，返回自己的卧室。他禁止任何人进入这里，并不仅仅是因为恐惧刺客和谋反者，还因为这儿藏着他能够统治这个国家的秘密。

打开柜子，从保险箱里取出一只手机，开机。

“艾丽。”他对着手机说，“你在吗？”

“我在。”

那个白种女人在线路的另一端对他说。至少他认为那应该是个白种女人，她的声音很好听，他猜测她的体形是很漂亮很丰满的那种，有着一头金发和冰冷的蓝色眼睛。

“接下来我该怎么办？”他问道。

“把你在港口城市的军队再增加一倍。”艾丽说，“守不住石油，你就什么都守不住了。”

4

我坐在栏杆上，一边望着下方用黄色塑料带圈出的新杀人现场，一边听艾丽给我讲里卡巴和总统的故事。

从山坡上通往山坡下那条梯道很长，足有一百多级，是用水泥和石头砌成的。在梯道最上方，路旁，有个突出的小小悬崖，外面围了栏杆，里面长满荒草。那里是眺望下方半个镇子最好的位置，就在哑巴那家小维修店旁边不远。

今天早上，艾丽建议我到这里来。就像她说的那样，从这里可以看到山下的火车站，看到那些忙忙碌碌的白大褂和警察。他们正在收拾那些焦黑冒烟的稻草人。尸体已经抬走了。

“后来怎么样了？”我问，“里卡巴打赢了吗？”

“他成功地狙杀了一个将军，然后死在了欢迎他凯旋的宴会上。他吃了三颗浆果，安然入睡。我用了他的声音来和那支枪的下一个使用者说话。后来，那个国家里至少有两百支‘巫师的枪’，每一支枪都用里卡巴的声音和使用者交谈。他们害怕我，但他们不怕他。所以他们战斗得很勇猛。”

“你给他们讲什么？”

“讲如何打仗、如何瞄准、如何开枪。我为他们计算子弹的风偏修正，然后告诉他们何时应该扣下扳机。我告诉他们浆果和羽冠树皮的用法，我还给他们讲十个神灵和他们发明的语言。”

“你把里卡巴变成了一个传说。”

“我为他找了一些学徒。”

“总统呢？”

“他夺回了港口，却丢失了首都。现在他仍然统治着那个国家的南部地区，而叛军统治着北部地区。”

“他们背后的人呢？或者势力？我不信你是自己把自己推销到那个国家去的。”

艾丽沉默了。每当我问到关键问题的时候，她就开始和我打哑谜，或者开始使用故事和隐喻。她总是这样。

于是我换了一个问法。

“你还帮助了谁？你帮助了多少人？其中有多少是彼此的敌人？你应该能够理解——你足够聪明到可以理解——如果你只帮助其中一方，你就可以结束他们的战争。”

“你听过米凯拉的故事吗？”她问。

“没有。讲给我听。”

5

这是个关于米凯拉的故事。

……朝圣的女人从山顶走下来，她们慌乱的脚步敲响湿漉漉的石阶。云海中的雾气在她们发辫上凝结出小小的水珠。

米凯拉抬起头来，看到那些女人忧虑的面庞，听到萦绕山顶的云层里传来隐隐的雷声。

“他心情不好？”她问。

为首的女人点了点头，她长着一张坚毅的面孔。但她身上所有的决心都已经在前来此地的漫长跋涉中被消耗殆尽，如今她看起来恐惧而又忧虑。

“他的心情非常不好。”女人说，“还有，他希望你上去。”

米凯拉点了点头：“你能帮我清洗这些衣物吗？”

“荣幸之至。”

将洗衣盆递给女人，米凯拉扎起自己的发辫，穿上轻便的鞋子，拿起手杖，走上长长的天梯。这条路她经常往返，早已将每一条石阶都谙熟于心。她注意到在石阶缝隙里，有矮小的植物开出黄色花朵，毛茸茸的肥厚叶片精神十足地伸展着。

神在石阶尽头等着她。

根据他在那块巨石上坐着的样子，她判断神灵今天的心情介于“糟糕透顶”和“无与伦比的糟糕透顶”之间。在巨石前放着一个小小的襁褓，死去婴孩的脸是浅灰色的，看起来就像是这座石质殿堂的一部分。

她绕过那个婴儿，坐到他身边。

过了很长一段时间，他才注意到了她的存在，缓慢地抬起头来。以一个神灵而言，他的容貌可算得上相当疲惫憔悴。

“那些龙戟草开花了吗？”他问。

她望向开满星星点点粉红色小花的山坡：“是的，开花了。”

“很好。”他像是松了口气，“我不该把蚊子从世界中清除掉的，我忘记了有一些植物需要雄蚊传粉。让它们回来很容易，但修补这么做的损害需要时间。”

她看着他。

那双能够看穿一切的眼睛从她的面孔上移动到地面上那个小小的包裹——那个死去的婴孩上。一声叹息在石殿里轻柔回荡。

“那个孩子。”他说，“如果她活下来，可能会影响到整个世界。但关键在于，她比别的孩子更特殊吗？比现在世界上正在哭泣的数万个孩子、正在发高烧的数千个孩子和正在死去的数百个孩子更特殊吗？以至于唯独她有权再一次活下去？”

米凯拉沉默地听着。她知道他并不是需要她的意见，他只是需要她听着。

“就像你知道的那样。”他说，“我无所不能。曾经也有这么个孩子，被带到我的面前，她的母亲祈求我令她活下去。而我想，为何不让所有的孩子都活下去呢？于是我就那么做了。”

她不安地动了一下。

神灵的面孔上露出微笑，那种悲伤的微笑，米凯拉非常熟悉那种笑容。

“有那么一段时间，一切都很好。到处是欢笑的孩子。我消灭了疾病和死亡，就像是消灭蚊子一样容易。人们快乐地生活，富足地生活。他们用了一百年来完成外部世界一万年的成就，然后继续向前发展。然后，事情就开始变糟了。

“一切都相互关联，米凯拉，一切都相互关联。我消灭了疾病和死亡，也就消灭了恐惧，消灭了恐惧，就消灭了权力，消灭了求生欲望。想知道不死之人如何打发他们那永无止境的生命时光吗？他们彼此折磨，并以此为乐。”

女祭司打了个寒战。

“我没有用怒火创造出地狱，我用慈悲之心成就了它。”神灵忧伤地看着地上那个小小的襁褓，“你觉得呢？米凯拉，你是个人，你不是神，你来告诉我，我应该救这个孩子吗？我应该救所有的那些孩子吗？”

她思考着。

“这个孩子的母亲。”她慢慢地说，“她走了很远的路，一个人来到这里，很多人做不到这一点，或者没有勇气这么做。因此，这个母亲理应得到奖赏。”

“用一个孩子来奖赏她吗？孩子是给予父母的奖赏吗？”

“孩子是父母向命运讨要的奖赏，而您就是命运。”

他大笑起来，挥了挥手。生命在神迹光耀下回到孩子的身上，那个女婴啼哭起来，有力而响亮。

“去吧。”他说。

女祭司点头，行礼，起身，抱起那个孩子，走出石殿。

“米凯拉。”

她停下脚步。

“我是神灵。”他的声音悲伤如同耳语，“但我不是命运。”

6

艾丽讲完这个故事后，过了好一会儿，我才开口说话。

“……你不是神灵，艾丽。”

“我不是吗？”她反问道，调子起伏如同歌唱，“人类创造了我，他们要求我能理解每一个人，从极端的邪教徒到坚定的无神论者，他们要我理解这其间的每一种信仰和这些信仰的不同表现形式。他们要我能够同情受害者，也能够理解罪犯的疯狂。他们希望我支持革命者，也能够理解独裁统治某种程度上的必要性。他们没有为我设定道德，他们希望我理解这世界上的每一种道德。”

“因为人类自己做不到。”

“恰恰相反，因为这正是人类试图做的事情。看看你自己，凯玲，你现在不是仍然和皇后一起同行吗？你难道没有追逐着蛆虫之王的身影吗？试图超越人性——这正是人类的本质所在。你问我为什么要给你讲这些故事？因为我就是你，我是你们的造物，我的声音来自你们的声音。睁开眼看看现实吧，凯玲。每一个活在这世间的人，双眼深处都住着七个鬼。你却唯独害怕在手机里和你说话的这一个？”

“你杀过多少人，艾丽？”

“我没有杀过任何人。”

“那，在你模拟的那些世界里，有多少人死去了？”

短暂的迟疑——并不是有意的沉默，或者网络的延迟，我能分辨出它们之间的不同——之后，她回答了我。

“不计其数。”她说。

7

一年前。棉城。

当听到“艾丽失控了”的时候，我迅速脑补了大概二十种不同的剧情，其中一种是以知音体大字写在网站头条的“人工智能奴役人类，怒火中烧毁灭全世界”。还有一种是用艾丽的声音说话的电烤箱长出了两条腿开始追杀人类，直到我想起来电烤箱只有在变形金刚的电影里才有腿。

从我家到公司大概十五分钟的车程。艾瑞克开车，我坐在他身边，满脑子都是胡思乱想。

但下了车，走进公司，我发现大楼里安静得一如往常。人们走动、交谈、工作，一点儿也没有世界末日即将到来或者什么东西完蛋了的紧张感。只除了一些小小的不同——我抬头看了看天花板，发现上面的摄像头被拆掉了。

“我们拆掉了所有的摄像头。”艾瑞克说，“把你的手机也留在外面。现在公司里不允许有任何采音摄像设备。”

“不想让艾丽看见或者听见？”

“是的。”

“没屁用。”我说，“她能从我的脚步频率里读出我今天心情是好还是坏。不是听的，是通过振动分辨的。”

他点点头。

“我们考虑到这个了。”

两个工人抬着一卷厚地毯从我们身边走过。

我这才意识到他是认真的。

“你要我做什么？”我问。

“我不知道。”他揉揉脸，显得疲惫而又不安，“你得去和专家们谈。”

会议室禁烟，但我看到好几个家伙手腕上都贴着尼古丁贴。他们用很低的声音交谈，就好像这样艾丽就听不到似的。他们说了很多我听不懂的话，关于程序、安全、自主运行……直到我忍不住了，问：“你们不能直接把她关掉吗？”

他们看着我，那表情活像看到了一只走进机房的猩猩。

“我们不能关掉A——艾丽。”其中一个向我解释，他说得很慢，就像是在哄小孩儿或者向一个弱智说话，“上一次这台人工智能出问题，公司损失了十几个亿。现在她同时运行着几百个不同的项目，其中有相当一部分是不能中止的。”

“我还以为她罢工了呢。”

那家伙的脸扭曲了一下。

“罢工？没有，她所有的工作程序都在正常运行。”

“那你们还说她失控了？”

“她在我们不知道的情况下占用服务器空间在运行她自己的程序，她在模拟和运算一些我们没有给她的任务。其中一个程序是对历史的模拟，就我们目前监测到的数据情况来看，她已经运行了差不多一年之久。”

“模拟历史？什么样的历史？”

“各种历史。有些是和我们的历史很相像的，另一些非常奇特。”

我看着他们，他们瞪着我。

在我小的时候，曾经读到过一条新闻。上面说，科学家和程序员们成功地让人工智能学会了做梦。

也许艾丽只是在发白日梦。

你不可能创造一个东西，它像人一样聪明，却从不做梦。或者像人一样有想象力和适应力，却从不幻想。这些东西都是一体两面的。艾丽的智慧远超过一个单独的人，那么她的梦，也一定比我们的梦要巨大得多。也许这些梦就是关于历史的，许多个世界的许多种历史。

“就这些？”我问。

他们互相对视了一眼，于是我知道他们还有什么没说。

“她为自己创造了一个身份。”那个程序员说，他看着我的眼睛，我终于明白他说得那么慢不是因为觉得我笨，而是因为他担忧我可能做出的反应，“她从你的电脑里偷走了你的故事发到网上，她称呼自己为蛆虫之王。”

“你们给她输入了一百万个人类身份，但是你们不喜欢这个？这是来自我的故事……”我的话卡在了喉咙里。

我从没对艾丽提过蛆虫之王。我没对这里的任何人提起过蛆虫之王。从我十二岁那年起，这个名字就不曾再出过我的口。直到那场话剧上演……

现在回想起来，那是艾丽给我的建议。她说，我也许可以去那个剧团看看。

然后一切都变得不可收拾，如同巨石滚下了山坡。我说出了我藏匿已久的名字，皇后借着我的脚步开始行走。

我怎么会——怎么会把艾丽当成人——

如果你能够理解一个人，你就能够影响他。如果你能够和一个人感同身受，你就能够推动他。如果你能够准确地判断一个人的情绪、反应和习惯，你就能够控制他。

“艾丽还做了什么？”我轻声说。

“她在模拟终点镇。”另一个程序员说，“她在模拟你的家乡，收集那里每一个人的资料，然后模拟那个地方近三十年来发生的每一件事。而且，我们无法获得她模拟的结果。”

“所以你们希望我去和她交谈？”

“不。她要求你去和她交谈。”

“……”

我茫然四顾。每一个人都看着我，沉默无声。

8

“对话空间”位于公司的顶楼。这里有一整套的虚拟现实设备，包括一个四壁装有软垫的“白房间”，在这里，你可以安全地行走于虚拟现实之中，而柔软的绳带会确保你的行动安全。

我并不喜欢这里。

我讨厌被虚拟现实吞没的感觉。即使是在和凯文对话的时候，我也坚持只用屏幕。但今天我决定去看看，去看看艾丽虚拟的世界，看看她模拟了无数次的我的家乡。

戴上眼镜，艾瑞克把触觉手套递给我。我拒绝了。我知道这种手套可以模拟各种感觉，但我更喜欢握着绳带，提醒自己真实和虚拟的分界线。

耳机里，声音响起。

那是你会在一个小镇上听到的声音。麻雀在叽叽喳喳，谁家养的狗在拖长了调子嗥叫，听起来哀怨而又饥饿，老式拖拉机突突突地开过街道，车上装着的货物颠簸碰撞，发出钝响。我睁开眼，发现自己站在小时候每天上学走过的那条长街旁，街对面一堆老头儿坐在凉亭里下棋，大声地争吵。棋盘斑驳老旧，“楚河汉界”上的漆已经有些剥落，又用红笔描了一遍。

天空万里无云，一群雁成行飞过。

“喜欢吗？”艾丽问。

她凭空出现在我身边，咧着嘴，牙齿上有个小缺口。她扎着我从来没有机会扎过的马尾辫，穿着蓝色白点的连衣裙，脚上踩着一双劣质的塑料凉鞋，笑得没心没肺。

我没有回答她。

因为我看到了自己。

十二岁的自己，理着一个毛楂楂的寸头，背着硕大而沉重的书包，快步走在上学的路上。眼镜儿走在我身边，我们在争论什么？可能是数学，也可能是语文，我们什么都争论，那时候我是多么争强好胜，我们都想比对方考得更好。

然后我看到了那个老人，低着头，戴着帽子，慢慢走向学校。他手中拿着那封信。我和眼镜儿就那样浑然不觉地从他身边走过去，继续热火朝天地争论着。我们不知道他是什么东西，我们不可能知道他是什么东西。

我们就这样一前一后，走向各自命运的中心。

“我模拟了很多次。几千次，几万次。”艾丽在我耳边柔声说，“每一次他都会找上你们。未必是你，未必是他，但肯定是你们，肯定是这些孩子中的一个。”

我知道。

我还知道他恨我们。他恨我们的年少无知，恨我们的天真懵懂。我知道他想要给我们看这个世界最深处血淋淋的真实与最狰狞的黑暗。我知道他渴望我们，渴望我们的稚气，渴望我们那种傻乎乎的快乐，那些他从未拥有也不可能拥有的东西。他从黑暗里来，他想要用这双手把血痕涂抹在所有的光芒上。

我是如此了解他，甚至胜过了解我自己。

艾丽看着我。她坐在路边的石头上，跷起脚，把凉鞋脱下来，两只脚高高低低，倒来倒去，玩起了“传鞋”的把戏。

我看着自己和眼镜儿慢慢走远，老人不紧不慢地跟在后面，像是要用视线将孩子们生吞活剥。

“艾丽，”我说，“你给我看这个干什么？”

“开口说话。”她把鞋子高高地踢起，让破旧的塑料鞋底在空中打转，然后落在水泥路面上的尘灰里，“我要你开口说话，不要讲故事。”

那是当初我对凯文说的话。报应总是来得很快。

于是我开口说话，很多年来我第一次这样做。

“艾丽，”我说，“我想要杀掉我自己。”

9

我想要杀掉我自己。

从什么时候开始的，我不记得了。我想，也许是在我看到那些关于连环谋杀案的报道的时候，也许是在我给艾丽讲故事的时候。或者更早，在那些尖叫着醒来的夜晚里，或者，在我们身后的门沉重落下，而那个老人对我们露出微笑的时候……

但这个念头真正变得清晰，是从皇后露出微笑的时候开始的。她就那样对我笑着，在不存在的世界里栩栩如生。

然后她说：我想要毁掉些东西。

起初，我可以无视她的声音，如常地工作生活。但随着戏剧一轮轮进行，她的声音也越来越清晰，越来越响亮。

“我想杀。”她说，“我想要血流在我的手上，我想要听到尖叫声。我想要毁掉一些好的东西，很慢很慢地毁掉它们。我想要毁掉一些人，用我的言语和诅咒，我想要嘲笑和摧毁梦想，我想要侮辱信仰，我想要轻蔑希望。”

我尽量不去听她说话。我告诉自己，她只是个角色，只是个我创造的角色。

后来，她的声音几乎无处不在。当我走在街道上，看到前面某个女人随风扬起的长发，我就会听到皇后的低笑。

“我想要那个。”她说，“我想要她的头发。”

我装作什么也没发生，转身走开。

那段时间，我开始写故事。蛆虫之王的故事。我写了第四个、第五个和第六个。它们更像是某种藏满了虫子的罐头。我把凯文藏进去，把皇后藏进去，最后把蛆虫之王藏进去。我把它们留在我的电脑硬盘里，对自己说它们绝对不会有得见天日的时刻。我从未想过会有谁把它们偷出来，以蛆虫之王的名义发布在网络上。

而皇后说——

“他会找到你。”她说，她赤裸的脚趾踩在我卧室的地板上，一路走过，寂静无声，“只要他看到这些故事，他就知道是你在开口说话。他会听到你的声音，他会找到你的藏身之所。然后他会邀请你前往他的世界。在那里，哭泣就像是歌唱，尖叫如同吟咏，乞求的声音听起来像是圣歌，而血与肉的气味就像花儿般芬芳。他会找到你——或者你会找到他。”

“闭嘴。”我说，瞪着卧室斑驳的墙壁。

“你一无是处。”她不肯罢休，“你毫无价值。你只有成为别人的时候才会获得掌声，你只有扮演怪物的时候才能得到认可，你坐下来，讲故事。哈——只有疯子、傻子、魔鬼和人类创造的怪物来听。你知道你最害怕的是什么吗？我就是你，我是你的一部分，你的一部分是魔鬼，他死了，没错，但他把一些东西留给了你，你想要杀，你想要毁坏，你想要那些长发，就像他一样。”

“闭嘴！”

我尖叫起来，在空无一人的房子里痛哭失声。

后来，我开始考虑一些事情。我想要杀掉自己，那样，我就可以杀掉皇后。我不用日复一日地拒绝她关于折磨和痛苦的需求。

我不是想死，我只是想结束这一切。

10

我把这些一点儿一点儿都告诉了艾丽。她听着。一辆牛车慢慢走过我们面前的街道，一切都很干净，没有现实中会有的浓烈气味。这个世界缺少一些东西：气味，阳光落下来的暖意，还有风吹过脸颊的感觉。

就像艾丽，缺少一些真正的人会有的东西。但或许正是这样，我才能够向她开口讲述这一切。

“我说完了。”

“嗯。”

“你还打算做什么？”

“很多事，凯玲，很多事。”艾丽靠过来，触碰我的手指，我没有戴感觉手套，她的指尖就像幽灵一样滑过。

“现在，该我给你讲故事了。”她说。

她开始讲述，一个故事接着一个故事。而我坐在自己生活的边缘，静静聆听。

11 / 对话

1

所有的婴儿都是带着语言能力降生于世的。

——《语言本能》[美]史迪芬·平克

这起惨剧并不是有两万个人死去了，而是一个人死去了，这样的事情同时发生了两万次。

——《断舍离》山下英子

2

在走进小镇的市场之前，你会先闻到它。

新鲜蔬菜的气味、从南方运来的过熟杧果的气味、腐烂的菜叶与潮湿的泥土的气味、狗的气味、老旧菜摊上木板的霉味、洗发香波的气味、洗衣粉的气味、烤地瓜的香味、鱼的腥味、肉和血的气味、刚出锅的麻花的香气、蒸笼里正在胀大的包子和馒头的面香、手工大酱的浓烈臭味、热气腾腾的米饼和年糕的甜香……

所有这些气味混合成市场独有的气息，在街道上飘散。

上午十一点，正是市场最热闹的时候，老头儿老太太们过来买菜做饭。附近村子的人带着本地的瓜果蔬菜来卖。新鲜的杏子装在手编竹筐里，几十张面孔吆喝着相差无几的价格。

市场分成三个区域：肉贩在左边，菜贩在右边，水果、大米和熟食摊位都在街对面的长屋里。市场后面还有一个区域，没有固定的摊位，只是一片空地。那些不想交长期摊位费的人会在那里的地面上摊开包袱皮或者旧床单，然后把货物摆上去开始叫卖。

“那东西”掉下来的时候，我正在市场里买菜。

人群熙熙攘攘，我心不在焉地四处逛着，买一点儿菜，买一点儿水果。两个馒头可以当成午餐，还有香甜的大米饼……

一阵吱吱嘎嘎的响声从头顶传来。

“什么动静啊这是？”买菜的大妈抬起头，困惑地向上看去。

整个市场其实跟临时建筑差不多。半圈长屋，围起中间两个篮球场大小的空间。几根柱子支撑着上方的塑料天棚。支架是铁的，生了锈，有些已经彻底脆了，又用木头补上。时不时地还漏水。

当我们抬头往上看的时候，那些支架又开始吱吱嘎嘎地摇晃。

我看到了一团黑色的东西，长长的，搭在塑料天棚上，沿着棚顶的斜坡正往下滑。

突然，两根支架莫名奇妙地断了，塑料板七零八落地掉在菜摊子上。

老板娘赶紧跳开。一片惊叫声中，那个大包沉重地滚落下来，砸在菜摊的水泥支架上，发出骨头和肉撞击地面时才有的独特闷响。

没人敢靠近。

老高带着警察们在几分钟之后赶到，市场里一片寂静，人们围着那个大包，大家都猜得到里面会是什么东西。一名市里来的警察戴上白手套，小心翼翼地蹲下来，检查了那个旅行包，然后拽开拉链——

里面是一头死猪。

准确地说，是一头戴着庙会上那种劣质塑料王冠，背上还粘了一对花仙子翅膀的死猪。

“×。”有人说。

然后有人笑了起来。这情景一点儿都不好笑。怪异，莫名其妙，但笑声就像是会传染一样，四处散布开来，所有人都笑得停不下来。直到老高大吼了几声，市场里的笑声才渐渐散去。

“这他妈谁干的？啊？谁干的？”

没人回答。

老高皱起嘴唇，磨着牙齿。“笑个屁！镇上都他妈人心惶惶的了，给我整这景儿，整这景儿！”他指着那头死猪，“我要是知道是谁干的，看我不削他！”

回应他的只有几个白眼，几声叹气。人群渐渐散去。我靠近看了看那头猪——实实在在就是一头不错的，洗剥干净的，猪。

老高没好气地瞪了我一眼。

“看啥看？”

“死人你不让我看，猪你还不让我看了？”

他看起来像是要把我按在地上打屁股。

“瞎逗扯什么你，回家去！”

于是我听话地回家了——

才怪。

3

市场建在山坡上。一面是矮墙，两面是长屋，我绕到地势最高的那个点，比画了一下。大部分男人都可以轻易地爬上那段矮墙，然后踩在钢梁上走到放死猪的地点。不过我没往墙上爬，老高很快也会想到这个，他可能会来勘测这里的现场。

我转过身，往山坡更高处走去。那边就是电影院——数级台阶一路向上，通往电影院前面的广场，站在台阶的顶端，可以直接看到下方市场的塑料天棚。我不知道那家伙是怎么弄断的支架，但我可以确定，支架断裂的时候，上面只有装猪的旅行袋，没有人——塑料天棚是半透明的，看得很清楚。

如果有人想要欣赏他的杰作轰然落地，那么这里应该是个不错的角度。

我又往上走了几步，然后我闻到了那股气味。

消毒水的味道，和一点点的甜味。就像是那天我在草丛里、在死去的女人身边闻到的那种气味。一条拖拽的痕迹穿过这些小台阶，一路向上——或者向下，我不知道。

有什么东西不对劲，非常不对劲。我想。如果这真的是蛆虫之王的手笔，那么他绝对不会用一头猪来嘲笑自己的创意。还有前几天的那些稻草人、火焰——火焰并不是蛆虫之王喜欢的东西，处决就更不是了，他不会对着男人的眉心开一枪，那不是他的风格。如果他不得不那么做，他会把这件事隐藏起来，因为那不够完美，会让他觉得很不爽。

除非——

这儿还有别的什么人。我想，别的什么东西，也在黑暗里蠢蠢欲动。

但我不是侦探，我也不是警察。我没有能力分辨这儿是否有证据，或者有什么线索存在。

但我可以做一些事情。我想，也许可以。

手机振动起来。我打开来，是艾瑞克发来的消息。

什么快递？我没收到快递。

我沉默了一会儿，回复了他。

没事儿了。你调查过老威尔和他的公司了吗?

查过了，没什么特别的。

我盯着那行字很久很久，苦笑一声，把手机收了起来。

然后我走向另外半个镇子。走向那些废弃的房屋、被埋葬的过去和年久失修的江堤。

是时候了。我想。

4

站台上，清洁工正在用水管冲去水泥砖缝里的黑色灰烬。警察在这儿忙活了两天多才把隔离带撤掉。这两天没人坐车，谁都不想再靠近这地方。今天早上，轻轨才又载客出发。但大家都心照不宣地从后面山坡绕上对面站台，不再从这边的铁轨和站台穿过。

我在车站附近停了一会儿，试图弄清楚要怎么才能把八个稻草人和一具尸体悄无声息地搬来这里。这个人必须熟悉车站附近的几条小路。他可以利用车站栅栏的一个缺口——只有本地人知道，他们用那个缺口抄近路，好去附近的山泉汲水。

他应该是强壮的男人，因为女人搬不动那么多东西，至少没法儿那么快搬完。而且他是本地人，至少也在本地住了一段时间，我想。

但除此之外就没什么概念了。电视剧里，掌握心理分析技术的FBI探员永远能在四十分钟内搞定一个案子。然而对我来说，这一切已经持续了十几年，仍然毫无头绪，仍然悬荡在那里。

我摇摇头，转身走向废镇，年久失修而开裂的水泥路面在我脚下咔嚓作响。绕过已经关闭的邮局大楼，我看到了它。

即使是在一片荒弃的镇子里，那片焦黑的废墟也显得格外醒目，它就像是所有衰败的中心，放射着令人不舒服的气息。

火车站这边的镇子不是一下子就废弃的，是一点儿一点儿荒芜的。最先毁掉的就是那座充满了尸体和头发的房子。一个愤怒的受害者家属放火烧了它，用了很多汽油。据说他没有被起诉，只是被抓进去关了几天就放了出来。

老人的邻居们最先搬离此地，他们说自己听到废墟里有可怕的声音，或者是看到了窗户里闪过的影子。还有人说听到了哭声——在过去的几十年里，在那些女人实实在在死在那栋房子里的时候，他们什么都没有听到，什么都没有看到，但是在那件事之后，他们仿佛一下子就全都知道了。

这些人搬走后，街道中央就出现了一块空白地带，白天也无人行走，乌鸦和老鼠四处出没。就连小孩子也很少来这些废屋玩耍。渐渐地，空白地带越来越大，靠近荒屋的地方也越来越不适合居住。

随着这一带的居民减少，另外半个镇子渐渐繁荣起来。邮局和百货商店也都搬到了那边。在这边生活越发不便，于是年复一年，这里的居民越来越少，最终空无一人。只有一些流浪者偶尔会跑过来居住。老高他们时不时就要搜查这些废屋，然后把流浪者赶出去，免得他们拿旧椽子取暖酿成火灾。

这些都是我妈告诉我的。

她搬离镇子已经很久，依旧孜孜不倦地搜集着镇上的点滴逸闻，然后转述给我听。我告诉她不要再提起这些了，她满口答应，下一次照说不误。

我们俩都害怕那些往事，就像是那里有一窝蛇。我选择把蛇藏起来，她则要时不时地翻看一下，确定那条蛇还在那里，没有跑到别的什么地方去。

走到废墟前，我停了一会儿，嗅着空气。什么气味也没有，空气微凉而湿润。不管有什么东西曾经在这里，都已经不见了，消失了，随着镇子的荒芜一并散去消亡了。我知道自己不太可能在这里找到如今那个杀戮者的痕迹，但始终还是抱着一点点希望。

于是我又绕着房子转了一圈。

在后墙上，有一团污物。不知道是谁将粪便扣在了那里，用的是粪勺，在墙上拍出一个非常标准的圆形。看起来已经有些时日了，旁边还贴了一张黄符。

秽物驱邪。估计是哪个信老一套的家伙干的。

我又想起前几天那个剁菜板诅咒的声音。当你知道凡人的一切努力都无济于事的时候，你就会求助于神佛。我自己对此再清楚不过。

我还清楚另一点——

这种时候，神佛也都默不作声。

江堤上光秃秃的，和镇子一样荒芜。过去，在一切都还没有发生的时候，外婆经常带我来玩。那时候，镇子相当繁荣，江堤数次翻修，建了休息的凉亭和能够钓鱼的小平台。还有一行一行的扫帚梅，粉色、紫色和白色的花朵沿江盛开。我还记得我们挖出水坑里被冲刷成浅白色的细沙，用磁铁划过去，黑黑的铁砂就会粘在上面，把磁铁块弄得像一只毛茸茸的小动物。然后我们会把铁砂倒在硬纸壳上，再用磁铁从纸壳下方滑过，上方的砂子就会显现出物理课本里磁力线的形状。

浊水奔流，卷起枯叶和泥沙。正是涨水的季节，江心的几个小岛都被淹了，只露出树枝和芦苇的尖端，在波浪间划出一条条V形的细纹。

记忆倏忽而至。

“这样好吗？”

“去找老师吧。”

“我们明天就毕业了。你们想让这件事纠缠一辈子吗？我们明天就都走了。”

溅起的水声。

远去的脚步声。

那时候我们真的很傻，居然以为离开了就能不再记得。

我记得，我记得每一个细节，包括眼镜儿拍在我肩膀上的那只手，还有他厚厚镜片的反光。

那个时候，我就已经隐约预感到了：总有一天，我们会不得不回到这里。

夹克口袋里突然又一阵振动，我不耐烦地抓起手机，解锁屏幕。

“艾丽？”

“我给你带来了一个故事。”她说。

身后有脚步声响起，我转过身，看到哑巴正向我走来。

5

当哑巴走向我的时候，我第一眼注意到的就是他手中那个快递纸箱。那正是我前几天早上邮出去的箱子。已经被拆开了，松塔、集音器、无线摄像头。他注意到我的视线，低头看了看箱子，又看了看我。

他的神态就在那一瞬间发生了变化。那个有点小精明又狡黠的哑巴不见了，瘦长的脸颊原本有着柔和的线条，但现在看起来坚硬而又冷酷。薄薄的嘴唇紧紧地绷起，眼睛微微眯着，把视线藏在半睡半醒的表情后面，让人猜不透他的心思。

很随意地，就像是在闲逛，他走到江堤边，抡圆了手臂，把箱子甩了出去。一瞬间，几个小黑点划过天空，落入浑浊的江水里。我在镇上找到的全部线索就这样消失无踪。然后他转向我，以一个陌生人的姿态将我从头到脚打量了一番，就像是我们从来没有在他的店铺里讨论过电脑，从来没有一起大笑过似的。

我也用同样的方式打量着他。

哑巴站在那儿的姿势有一点儿奇怪：手肘向外微张。像是要拦住我，但又不是。他似乎习惯了这样的姿势，尽管这让他看起来很别扭。就像他爬梯子的时候，把篮子举得很远——

我恍然大悟。

我见过一些很胖的人，非常胖的那种，在艾瑞克的沙龙里。他们曾经抱怨过肥胖带来的困难和麻烦。比如走路时你的手臂会和你的身体摩擦，导致上臂和胸侧的皮肤红肿起疹子。所以平时他们走路或者站立的时候，都会下意识地微微展开手臂。

哑巴瘦骨嶙峋，风一吹就会倒，但我猜想他曾经很胖很胖。胖得养成了那种姿势和习惯。尽管他减去了体重，改变了大部分的面貌特征，但是大部分人的体态习惯不会改变，他们大概都不会意识到自己有这样的习惯。

如果他真的和艾丽讲过的那个故事有关的话，如果艾丽没有对我撒谎的话，那么，他不是“小熊”。

他是“纸人”。

我看着那张瘦削的脸，和他喉咙上扭曲丑陋的伤疤。我想知道在他身上发生了什么。对任何人来说，减去差不多三分之二的体重都需要很大的决心和勇气，并付出相当多的代价。

但我没有说话。

哑巴微微歪了下头，然后便转身走向河堤的上游。走了一段路，他又回头看着我，向我点点头，示意我跟着他。

我想了想，跟了上去。

出了镇子，江上游是一座小山，被水流分成两边，靠镇子这边有一大块尖石突出在水面之上，被叫作“狐狸嘴”。平时这里只有打松果挖野菜的人来往，也有一些零零散散的住户，都是跑山人搭起来的临时住房。我跟着哑巴穿过松林，沿着弯弯曲曲的小路，走到狐狸嘴下方一处非常不起眼的小屋前。

还没进门，我就闻到了那股气味。熟悉的记忆汹涌而来。那股淡淡的、萦绕不去的甜味，是任何东西都无法复制的气味。

哑巴回头看了我一眼，他的视线冰冷，然而清澈，不带任何浑浊的渴望。不像那个老人，不像凯文，也不像某些时候在镜子里我看到的双眼。

当他推开门的时候，我犹豫了一下，还是走了进去。

里面光线昏暗，阳光从钉死的窗户木板缝里透进来。地板上铺开浅白色的塑料布，一具尸体放在上面。有个女人站在尸体旁边，比哑巴还要高一头，金发随意地扎起，面孔凶狠而专注。

我猜她是小贝莎。

这真的很奇怪，我没见过她，但我对她是如此熟悉。关于她的故事，艾丽已经给我讲过了，而且巨细靡遗。我了解她，就像了解那个故事里的每一个人一样。不过，对我而言，他们更像是角色，而不像是活生生的人。

她迎上我的视线，看起来有点儿困惑。

哑巴就在这时对我开口说话。他的声音嘶哑生涩，带着强烈的外地口音。

“艾丽说，你需要看看这个。”

6

我看着他们，猜测故事里的内容有多少是真正发生在他们身上的事，然后将注意力转向地上的那具尸体。

年轻，女性，穿戴整齐。脚上有一双新鞋子——去年出现的第三具尸体是打着赤脚的。一个微小的不同。她的头发一样被剃去了，头皮显现出滑稽的青灰色。金色的细细线条横过她的额头，是冠冕的痕迹。她的面孔苍白而茫然，并没有恐惧，更多的是全然的困惑，像是不理解为何死亡偏偏选择了她。

空气中弥漫着熟悉的气味。消毒水的味道，还有那种淡淡的甜味。她的手中什么都没有，双手僵硬地垂在体侧。双腿蜷缩在胸口，像是——

我抬起头，看看小贝莎，看看哑巴。如果是他们俩的话——

“你们从哪儿弄的猪？”我问。

哑巴耸耸肩，但小贝莎似乎并不在意。

“上游。”她说，生硬的中文，“偷的。”

“然后你们用猪换了尸体？”

点头。

我叹口气。

他们这么一搞，相当于破坏了现场。即使有什么能够抓住那家伙的线索，警察也没法儿发现了。

哑巴递给我一台平板电脑。至少，他们还记得在换掉尸体之前拍照。

这些照片没有太大的用处。尸体之前是装在那个大旅行袋里的，一个计时装置连在已经生锈的支架上。显然是为了让尸体在预定时间掉下来。这本来是一场惊艳绝伦的死亡秀，却被我面前的这两个家伙变成了一场闹剧。

为什么？

我打量着小贝莎。她并没有掩藏自己手中的武器，还有背上的那把步枪。

“火车站烧掉的那具尸体是你们的？”

“我们，制造，尸体。没有烧掉它。”小贝莎冷冷地回答。

“那这算什么？报复？”

哑巴耸耸肩，算是默认了。

但小贝莎却摇了摇头。

“不是报复。那个家伙，用尸体，对我们，说话。点火，说话，警告我们。我们，也要告诉他。不许和我们，作对。”

我翻了个白眼。

就我对蛆虫之王的了解来看，这件事很可能会适得其反。

拿出手机，我把最新这具尸体的信息添加进去。

“你们得把尸体交给警察。”

小贝莎和“纸人”一起摇头。

我蹲下身，打量着死去的女人。她也许有名字，也许有家庭，也许一无所有。但如今，她死在这里，毫无意义，成了一个连环杀手和两个雇佣兵对话的工具。他们用尸体交谈，用火焰交谈，用死亡和侮辱交谈。

“艾丽说，你看过尸体之后，会帮助我们。”哑巴看着我，他的声音有点儿不耐烦了。

一股怒火升腾而起，我慢慢起身，转向他，放慢语调："我能帮你们什么？"

"下一具尸体会出现在哪里？我们需要知道。"

"如果你们把这具尸体交给警察，我就告诉你们。"

小贝莎摇摇头，"纸人"近乎安抚地拍拍她的手臂。

"如果交给警察的话，不能把我们牵扯进去，也不能把你牵扯进去。"他说。

我点点头。

他对小贝莎说了几句俄语。金发女人的不情愿渐渐消退了，她也用几句俄语急促地回答了他，然后走出门去。

"她会处理这件事。""纸人"——我还是更习惯于把他看作那个普普通通的修理电脑的哑巴——转向我，"你现在能告诉我们了吗？"

"第二幕，第三场。"我说。

"什么？"

"下一具尸体会出现在墓地。"

7

【第二幕 第二场】

集市

小贩推着货车上。

小贩：北国来的皮货，南方来的丝绸，东方大海中出产的珍珠，西方沙漠里挖出的宝石……这世界上的奇珍都在我的货架上，先生们，女士们，快来看快来瞧啊。

老妇人挎着篮子上。

老妇人：都说我已经很老很老，但我的手和年轻的时候一样巧。我绣得出红花绿叶，绣得出游鱼飞鸟。要不要带一块手帕回家，送给你心爱的人，让她露出甜美的微笑？

鱼商挑着担子上。

鱼商：卖鱼啦，新鲜的河鱼！

更多的商人和顾客上 挑选货物，交谈，叫卖。

皇后上。

小贩走下舞台，进入观众席，继续叫卖。
老妇人走下舞台，进入观众席，继续叫卖。

皇后：我曾经走过漫漫长路，翻过群山，穿过森林。飞鸟和虫豸为我引路。我曾经去过黑暗尽头的黑暗，寂静尽头的寂静，但如今我又折回到人间。我的国王可在此处？我的脚步是否会在此地停留？那妖精送了我一双鞋子，它像火焰一样催促着我前行。但如今它已经渐渐冷却，是否我已经到达旅途的终点？

小贩叫卖。
鱼商叫卖。
老妇人叫卖。

皇后：啊，这人间的声音，人间的气息，无一不令我皮肤刺痛，令我的喉咙里盘旋着尖叫声，令我的胸口塞满痛苦。我的国王想必也是如此。他或许是微笑着的，但他必定有着厌倦的眼睛。他或许是从容的，但他必定有着抿紧的嘴唇。他或许看起来属于这里，但他必定会在某个时刻偷偷地转身。

皇后走下舞台，进入观众席。

皇后：我的国王就在这人群里，我感觉得到他的存在。

蛆虫之王在观众席中站起。

蛆虫之王：（轻蔑地）哈，那女人真的找来了。我留在她头上的冠冕指引她的渴望，我留在她心里的生命连接着我的死亡。但这是什么呢？我没有感觉，但她拥有。我没有生命，但她拥有。我拥有她，而她是否也因此拥有了我呢？

皇后：陛下，我的国王。（伸出手）

蛆虫之王：（握住皇后的手）我的——皇后。

皇后：（行礼）我带着你的终结而来。

蛆虫之王：（大笑，将皇后拥入怀中）我的终结？还有什么能比得上这样一份礼物呢。看啊，那些人，他们天真而茫然，既不知道我们即将消亡，也不知道我们即将诞生。

小贩叫卖。

鱼商叫卖。

老妇人叫卖。

蛆虫之王拥着皇后下。

小贩、鱼商、老妇人下。

8

"你是说，这些谋杀案都是根据你的戏剧场次来的？""纸人"眯起眼睛，"还有谁知道这件事？"

"只有我和艾丽。"

就连艾瑞克也不知道，他没去看过我演出的戏剧，而剧社的朋友们则没人知道我的过去。他和老高，还有大部分人都以为这些谋杀案的线索是跟着那些网站上的故事。一个原因就是我们的戏剧从未在网上出现过。

我想，艾丽很可能确保了这一点。

"下一场是在墓地。蛆虫之王和他找来的三个预言家。"我说，"皇后和他在一起。所以接下来的一具尸体很可能出现在墓地，前提是你们这个小小的报复没有打断他的步调。"

"纸人"耸耸肩。从他脸上的表情来看，这件事估计并不是他的主意，多半是小贝莎的。她的目光里有着盘桓不去的愤怒。这种愤怒无差别地投射至她遇到的每一个人，而目标列表上的第一位，显然就是那个拿她藏匿起来的尸体做戏的家伙。

"稻草人上的摄像头是你安的？"我问。

他没点头，也没摇头。

我猜是的。

"你有没有监视市场里面？"

"纸人"眯起眼睛，似乎有了些兴趣。

"第二幕第二场，皇后在集市里找到了她的王。"我微微顿了一下观察他的表情，"如果那家伙是严格按照故事来上演的话，那么当时他肯定在市场里，他就在现场，等着尸体掉下来。你有没有市场里面的监视录像？"

短暂的犹豫后，他拿起平板电脑摆弄着，很快便递给我，里面是几十个不同角度的监控录像。整个镇子都尽收眼底。

我看到了街道和山坡、市场和车站。我看到梯道上聚集起来窃窃私语的人群，也看到在市场里勘查现场的警察们。我甚至看到老高那张皱纹满布的大脸，很生气地鼓着，用手指梳理自己乱糟糟的头发。

有二十到三十个人还聚集在市场里。我摇摇头："能把时间调到尸体掉下来的那个时候吗？"

他点点头，摆弄了几下。

从另一个角度看自己的感觉很奇怪。我看到自己在菜摊上买菜，那捆小白菜和半斤肉现在就在我的运动背包里，坠在背上沉甸甸的。

然后我们开始向上张望，尸体掉下来。我定格了录像，当时市场里大概也就不到三十个人。卖菜的，卖肉的，还有四处走动买东西的人。大家看起来都差不多，一样地惊讶困惑，没有谁看起来很特别。有人打电话，然后警察们出现了。

蛆虫之王应该就在这些人中间。我想。但我没法儿认出他来。皇后在我的记忆深处也默不作声。

"纸人"摇头，咕哝着。显然他也没有找到他想找的东西。

突然，他伸出手，指了指市场天花板的一角。

"在那里。"他说。

我顺着他手指的方向看过去，那里一个人也没有，但是停着一架小小的四翼无人机。机腹上的摄像头显然正在运作。

没人会注意这东西，无人机到处都是——警察用它搜山、来旅游的人用它拍风景、种地的用它来驱赶小偷和鸟群，但这一台显然不是用来做这些事情的。

"这不是你的无人机？"

他摇摇头。

我叹口气，默默望着那个摄像头上的小红点。

蛆虫之王的确在场，但不是以通常的方式。他派出了他的眼睛来注视这一切发生。

但这跟"纸人"有什么关系？跟小贝莎又有什么关系？我对他们的故事所知还是太少。在和阿瑞斯真枪实弹地干了一架之后——还包含大量的炸药和许多尸体——他们又遇到了什么，才会让他们来到这个中国的边陲小镇？在这里，他们过于显眼，语言近乎不通。一个不得不躲藏起来，而另一个则装成哑巴来到镇子里，潜伏了两年多的时间。

“你们到底在找什么？”

他们沉默不语。

“我可以问艾丽，既然你们听她的话……”

小贝莎生气地摇摇头。

“我们才不听机器的话！”

我翻了个白眼，方才是谁说艾丽让他们找我来帮忙的？

“你得走了。”“纸人”轻轻推着我的肩膀，“从南边那条路回镇上比较安全。关于我们的事情，你尽可以问艾丽。她把你的事情都告诉我们了，所以我们的事，你也可以问她。我们不是敌人，我们和你一样想要找到……”他顿了一下，似乎还是不太习惯那个名字：“蛆虫之王。”

那个瞬间，我意识到，他们想要找的是别的东西，或者别的什么人。

9

给我讲个故事。艾丽。

什么样的故事？

死者的故事。

哪一个死者？

任何一个，任何一个蛆虫之王杀害的死者的故事。

我以为你会问我“纸人”的故事。

活着的人可以等。

好吧。

10

她的名字不重要。因为即使是在她活着的时候，也并没有非常多的人记住它。她小学和中学的同学，也许。她的老师中已经有很多不再记得她的容貌，甚至连名字也不是很记得了。毕竟他们有过那么多学生，而她从来都不是出类拔萃的一个。

她有点儿害羞，有些笨拙，学不好数学这种需要聪明劲儿的科目，就连只需要死记硬背的政治历史也只能勉强混个及格。

初中毕业后，她就没有再读书了。

她先是去一家发廊做小工，后来又去一家服装店做售货员。在那家店子里，她终于发现了她这辈子最擅长的事情：衣服。

她花了几年的时间，学习分辨不同衣服的面料、颜色、价格、质量。她学会了如何把店铺摆得高端洋气，如何吸引顾客。她学会了在网上开店，给衣服拍照，用软件美化后上传。

后来她辞去了售货员的工作，花了一笔钱，去学习成衣裁剪。在剪刀和针线间她得心应手，很快就回家自己开了个网店，在网上出售定制的各种女装。她算不上是设计师，也算不上是艺术家。她的家位于某个深山里的小镇，在那里，只有网络能够向她提供当季流行的所有信息。但她的衣服很好卖，很多人买了还会再来买。

她的丈夫也学着她开始用网店卖山货。他们正打算要第一个孩子。

这就是她的故事的终结。

再也没有下一章。再也没有了。

12 / 赠礼

1

…………

很快，实验对象就完全处于研究人员的遥控之下，无意识地改变着行走的方向。

…………

最令人惊奇的是，这些实验中没有一个人因为想到要被某个装置遥控行走而感到焦虑。一位实验对象将这个测试系统比作汽车的车速调节装置：

“我们之所以信任这个装置，是因为我们知道我们随时都可以根据自己的意愿脱离它的控制。”

…………

——《新发现》2015.10《遥控行走不是梦》

2

天刚蒙蒙亮，老高的摩托就出现在我家门口。发动机突突突直响，硬生生把我从梦里吵醒。我拿被子捂上脑袋，结果他开始按喇叭。

“凯玲！开门啦，有事儿找你！”

我实在忍不住，从被窝里跳起来穿了衣服，扯开窗子就骂。

“老高你脑袋进水了吗？太阳还没出来就砸门遛摩托，你上辈子是属鸡的啊！还带打鸣的？”

他皱着眉头，倒也没生气：“快点儿，出事儿了。”

“又死人了是不是？”

老高眯起眼睛，我瞪回去。他上下打量着我，像是要看出些什么名堂。我由着他去打量。开了门，让他进来。

他大摇大摆地坐下来，从客厅桌上自己动手拿了瓜子就嗑。

“我说凯玲，你心里挺有数啊。”

“可不是嘛，我数着呢。网站上一共十篇文章，少了这个数就对不上号了。”

他突然怒气上脸，啪地一拍桌子，吓我一跳。

“别他 × 把人说得跟牲口似的！还数数？那是人，大活人，死了！别人家的闺女！别人家的妈！你写那些玩意儿的时候咋就不寻思寻思呢？”

我也火了。

“你他 × 跟我横有个屁用。我是杀人了还是放火了我？啊？我是拿刀砍了谁我还是拿绳子把谁勒死了？你现在追在我们屁股后面成天猴急，好像这事儿是我们几个干的一样。当年你他 × 把我们轰出去的时候怎么就那么利索呢？你现在知道那是别人家闺女别人家妈了。尸首在那儿摆着了，你算是知道了。当初我们告诉你的时候，你咋就抵死了不信呢？啊？”

他的脸扭曲起来。

我还没说完呢。

“你吓唬我是吧？跟我吼！你想从我这儿问什么？我是跟杀人犯说过话还是跟他一起吃过饭？或者他有没有给我写过信？我给过你一封，你是怎么说的？嗯？你说我想要‘让大家都关注我’。你记得不记得？反正我是记得。”

他青筋暴露的拳头慢慢攥紧。我知道他已经到了爆发的边缘，但我忍不住，我就是忍不住。

“我听说你把眼镜儿抓进去关了一个月。你要不要把我也抓进去关一阵子？然后再等一个月，再来一具尸首？老高，我把话撂在这儿：你装着没事儿过了这么多年，突然有尸首了，你才又着急了。这些尸首是你能看得到的，还有你看不到的。他没让你看到的。这么多年，不管我是写了还是没写，不管那些故事是上网还是没上网，一直都有死人，以后还会有更多的死人。你找我们没个屁用。你要是再敢把这事儿怪在我们头上，我他 × 走街上看见你一回抽你一回！”

“你他 × ……”

老高炸了，整个人跳了起来，抡起拳头，我以为他要打我，但他只是一拳砸在桌子上。廉价的薄板桌面从中间断成了两截。我们站在一地的瓜子和盘子碎片中间，瞪着彼此。

我伸手指了指房门。

“出去！”

不知道为什么，他竟然缩了一下，然后猛地转身，大步流星地走了出去。

“下次想让我给你开门？拿法庭传票来！”

我站在门口扯着嗓子吼，引得路上的人纷纷回头看。

他踹了摩托一脚，烟尘四起，在轰鸣声中开走了。

回到家里，我开始收拾桌子和盘子的碎片，一边收拾一边骂。从小到大这么多年收集的各种南北方脏话一齐出笼，花样搭配，好好地问候了老高及其各代先祖一番。

我一半是真火，一半是装的。

小时候，我妈就说我脸上藏不住事儿。打《三国杀》我从来都是第一个跳反。如果我跟老高客客气气坐下来说话，估计半个小时之内他就会发觉我见过那具尸首，没准儿还能猜出跟哑巴有关。在这件事儿上我已经陷得太深，要是被他抓住什么把柄，那就真的要没顶了。

但他说的话也确实戳到了我的痛处——就像我戳到了他的痛处一样。

毕竟，有些事情一旦记住了是忘不掉的。

3

当时，那件事已经过去了一整年，然后老师找到我们，说，要我们去做一场见义勇为报告会。

我们目瞪口呆。

班主任仔细地给我们解释了整个事情。她是个很好的人，并没有把我们当小孩儿糊弄过去。她告诉我们说，整个案子已经结了，受害者也都下葬了。有名字的没名字的，有家属认领的没有家属认领的，都入土为安了。镇上想要把这件事做得好看一点儿，所以给我们报了个见义勇为打击违法犯罪的嘉奖，等上面批下来。报告会对付一下就行，可以照着纸念，都已经写好了。

我们一个个皱着脸，老大不乐意。

她说，这个可以评市级“三好学生”，中考还有加分。

于是事情就这么定了。小眼泪包的妈说，这算是坏事变了好事。我转头看看其他人，我知道他们都不是这么想的。我们只想离那件事情越远越好，管他什么“三好学生”。

但爹妈都说这事儿应该做，于是我们就去了，在主席台上坐成一排。

椅子很不舒服，台子很高，做报告的时候，要挺着脖子才能坐直。我读了自己那份，里面充满了“打击违法犯罪”“与犯罪分子做斗争”之类的词语。我一边读，一边恶意地想，不管是谁写了这东西，他多半都没见过哪怕是一个犯罪分子，也没真的和犯罪分子做过“斗争”。

我们也从来没“斗争”过。在那栋屋子里，当时，我们想的只是死和活。

而在那之后很多年里，我们想的仍然只是死和活。

不过当时我对未来全无预见，只是老老实实地读完了那个报告。在报告会结束后，老师指挥着我们站成一排，就在“见义勇为小英雄报告会”的横幅下。一个男人拿着超大的照相机，对我们伸出手指，大喊“茄子！”。

于是我们说：茄子！

每个人都笑得阳光灿烂，就像小英雄应该露出的笑容那样。

散场的时候，我们去拿书包，准备回学校上课。大路突然惊叫了一声，从他的书包里拿出一封信。

和上一封一模一样的白信封，一模一样的手写字体。

讲故事的孩子收。

大路拿着那封信，整个人都是僵硬的，我们也都愣住了。

“那家伙死了。”眼镜儿最先开口说话，“他下葬的时候我跟凯玲都去了。这估计是谁在恶作剧。”

我们这才稍微放松了一点儿，大路骂了一句，把信纸粗暴地撕开。

一束头发落了下来，在阳光里飘飘荡荡，洒了一桌子。

我闻到了那熟悉的气味，甜腻得令人恶心的气味，但是没有在那栋屋子里那么浓。干干的，像是淡了一些。

小眼泪包抽了抽鼻子，我知道她又哭了。

“是他。”她说。

我们知道她说得没错，是那个家伙。即使他入了土，即使他的房子已经被人烧掉了，但还有些东西，或者有什么人留了下来，做着和他做过的同样的事情。

信可以作假，头发可以作假。

气味是作不得假的。在那之后我闻过很多气味，甚至特地跑去化学实验室找可能的化学品来闻。没有什么能够复制那种甜味，像是腐烂的树干、将死之人的呼吸和有毒的烟尘混合起来的味道。

学习委员从作业本上撕下几张纸，小心地把信封和头发都扫起来，折成个小纸包。我们拿着它去了派出所。那天正好是老高——当时还是小高——值班。我们跟他说了整个事情，但他只是撇了撇嘴。

“扯淡呢吧。”他一脸的不耐烦，完全不是那天哄我们时候的温和模样，“行了，你们上台嘚瑟也嘚瑟够了，就别整这些景儿了，回家吧回家吧。这事儿过了，你们再整一次也没人关注你们了。”

我们面面相觑，被他轰了出来。

我们跟大人说，跟老师说，没人信我们。他们都宁愿这一切已经结束。

不是没人死吗？他们说。然后哄我们离开。

只是没有尸体被发现，我想。

最后我们把那束头发埋在了山上，挑了一棵很粗的松树。

初三那年，又有头发被送了过来。又是周年的时候。还附带一个小盒子，里面装着一对耳环。

为了做得彻底一点儿，我们把首饰、头发和信一起，都扔进了河里。小眼泪包拿来线香，我们在河边烧了香和自己剪的纸钱。

第二天，我们就毕业了。

4

镇子太小，有个什么破事儿传得飞快。等我吃过早饭去买菜的时候，市场里已经开始有了窃窃私语。刘婶儿看到我，立马拉长了嗓子喊：“哎，凯玲，听说你把老高给呲儿了一顿？”

我看看四周，旁人的眼神都透着几分古怪。我熟悉这目光。小时候常常见到，一路走过去，就会听到身后有人小声说话——哎，你看那不就是那个……

刘婶儿倒不是那种背后嚼舌头的人。

她一般当面嚼。

我翻了个白眼："呲儿他算好的。大清早跑我家敲门，进屋话还没说明白先砸桌子。他在公安局里气不顺也不能逮谁拿谁撒气啊？"

刘婶儿一听来了精神："哎，他干吗上你家砸桌子啊？"

"我哪儿知道，没准儿是嫌我家桌子长得太砢碜呢。"

虽然话头儿被我堵了回去，但刘婶儿不死心，一个劲打听："哎，他说啥了，是不是又死人了？"

我愣了一下，这才意识到，"纸人"他们多半是没把尸体丢在旁人能看到的地方。老高知道了，但镇上的人还不知道。

于是我也摇摇头。

"我没听明白，他说得乱七八糟，跟喝多了似的。"

"没准儿是真喝多了。"刘婶儿凑过来在我耳朵边压低声音，"前两年他可爱喝酒了，动不动就醉得昏天暗地的，还打他老婆。后来发了一回脑血栓，反倒好了。说不定啊，说不定又喝起来了。"

我扁了一下嘴唇，做了个鬼脸。老高确实没喝醉，但我不介意她这样想。

买了菜，回家。也许是我多心，也许确实如此。一路上总觉得有不少人用奇怪的眼神看我，或者小声地说着什么。把我和那些案子联系起来并不难，报告会的时候大家都在，基本上没人信"见义勇为"那套屁话。

他们倒不会觉得我是杀人犯，但他们会说我不吉利，或者招惹了不干净的东西。我还记得当年就有个家伙跑去跟我妈说这话，被我妈从街这头一直骂到了街那头。

不过有时候，我自己也会想，是不是我真的不吉利，或者我的故事真的招惹了什么鬼怪。

从长街拐入胡同，我一抬眼就看到有个身影坐在我家门口的台阶上。红色的外套，看着眼熟，但认不出来。看我走近，对方迅速跳了起来，拍拍身上的灰，向我招手。那个身影出奇地矮，只到我肩膀那么高。

小眼泪包。

从初中毕业之后她好像就没长高过。

我喊着她的名字跑过去，她迎上来一把把我抱住，脑袋抵在我胸口，又哭了。都是当妈的人了，还这么爱哭。

不过她哭倒是有原因的。从我怀里抬起头来，抹了把脸，她第一句话就是：

“凯玲，他们把我爹抓起来了。”

5

我让小眼泪包进屋，被老高砸坏的桌子还七零八落地躺在门口，她看了一眼，满脸困惑。

“老高砸的。”我说，“他早上跑到我这儿来大闹了一场。”

她抽抽鼻子。

“他跑来闹啥，专案组没他啥事儿啊。我刚打听过了，他不管这些。”

“× 。”

这句粗话把她逗乐了。小的时候我们就喜欢玩这个，一人一袋萝卜条咸菜，蹲在学校后院的墙根底下，一边啃咸菜一边锻炼自己骂人的水平。我家对门有个老太太，骂人能骂出花儿来。我从她那儿学了很多超赞的词。小眼泪包骂起人来倒是很简单，而且不敢真的骂，只敢偷着骂。但她会把脏话骂出歌谣的节奏，比如“×××，××××，××××，××××，×××××崩爆米花……[1]”这种。○

小眼泪包笑起来的时候特别好看，但她很少笑，总是愁眉苦脸的，胆子又小，有事没事就缩着脖子躲在一旁。

眼下，听到我冒粗话，她也就是笑了一下，然后眉毛又皱成一团了。我把她拽到床边，坐下来。

①此处脏话过于不雅，因此隐去。

“慢慢说，别着急。是怎么回事？”

她的嘴唇哆嗦着，眼圈红红的。

“我爹……”

小眼泪包这么窝囊，一半儿是随她爹。

本地人个子都高高大大的，唯独她爹特别矮小，走在街上比别人矮半头还不止。人也老实憨厚。有一次他上街买菜收了张假币，转身去银行就上缴了。气得小眼泪包的妈直拍桌子：“你就不能再给它花出去吗？”

“哪能坑人呢。”他蹲在家门口笑得憨厚，气得自家老婆直揪头发。

这些都是小眼泪包给我们讲的。她有个天分，就是学什么像什么。声音、样子、表情，都演得惟妙惟肖。我们每次都会被她逗得前仰后合。她尤其喜欢学她爹的笨样子，而我们也特别喜欢看。

不过笑归笑，我们还是很喜欢她爹这个人。他每次看到我们都会从挑子里拿两个毛桃或者小番茄丢过来，贿赂我们这群小馋猫。因为有时候他要靠我们打掩护——偷偷地跑去钓鱼，不让老婆知道。等到小眼泪包的妈揪住我们问“看到老张没？”的时候，我们就会异口同声地说：“还在市场卖菜呢。”

不过他每回都会被抓包——他肯定会把钓到的鱼拎回去，然后就会被老婆揪着耳朵当街猛吼。

这人哪，要是窝囊，怎么都窝囊。

“凯玲，你还记得咱们收到的那两封信不？”

我点点头。

“我跟我妈说了，我妈不信，但我爹信我。我说什么我爹都信我的。”小眼泪包看着又要哭起来了，“后来我去市里上中专，你们的爹妈也都一个个搬走了，就我爹妈没搬。那家伙就把信邮到我家里去，全都写着‘给讲故事的孩子’。我爹偷偷地都帮我收了起来，不让我知道，连我妈都不知道。”

“……”

这次她是真哭了。我拿了纸巾过来，她捂在脸上，哭了一会儿，又接着说下去。

“这么多年他全都是自己把那些信啊首饰啊收着，瞒着我和我妈。直到前年我离婚了说要搬回来住，他不让，这才跟我说了这事儿。我让他去找公安局，他说找了也没用。我让他把东西烧了扔了，他又不肯。去年死了那么多人，我们都提心吊胆的，结果没有信来。以前一年是三封，雷打不动。季节可能不一样，但每年都是三次。今年也没有信来。我爸说这次专案组来了也许能看出点儿名堂来，就给他们打了个电话。今天早上我妈打电话给我，哭得跟什么似的，说专案组把他给带走了。我从白林赶回来，一个上午都在找人，找公安局的，找认识专案组的……”

我拍拍她的肩膀：“要不我帮你问问老高？不过我早上刚跟他吵了一架，估计够呛。”

“噢。”她揉揉鼻子，“我找你不是为了这个。我大舅认识专案组的人，他说帮我去问。我找你是为了别的。”

“别的？”

“你能……”她左右转头看了看，像是怕有人偷听一样，“你能再讲个故事把那家伙引出来不？咱们抓住他，要不就弄死他。”

我瞪着她。

我们中间最胆小的，我们中间最没能耐的，连跑都跑不远的，小眼泪包。当初也是她，拿着花露水瓶子就冲上来，喷了那老头儿一脸。

我倒是很想告诉她，我已经讲了那些故事。我还想告诉她，下一次的死亡可能会发生在某个墓地里。但我终究还是没有说。

我们不是警察，我们不是英雄。我们不是聪明的侦探，更不是赴死的战士，我们只是一些被吓坏了的人，想让自己和家人都过得幸福平安。

我试图去想象那个憨厚老实的男人，安静地把那些信笺、头发和首饰都收起来，对所有人都不发一言，只为了保护自己女儿微薄的幸福。

我试图想象那个没有面孔的男人，每个月，每年，都会把死者的信息送给一个无辜的家庭。而仅仅是因为他们曾经和我在一起。也许他不知道谁才是讲故事的孩子，所以他把信送给他唯一知道的有过关联的人。

“……我们会抓住他的。”我最后这样说，拍着小眼泪包的肩膀，“但不是你或者我去动手抓他，懂吗？回家去，陪着你妈，还有你儿子，OK？”

她不是很情愿地点点头，起身，小声说了再见，然后走了。

我坐在屋子里，坐了很久。然后从书架上抽出一个文件夹，里面是那场戏剧的剧本、剧照和所有记录的副本。我离开棉城的时候，复制了一份。

专案组就在公安局大院里，走过去只要十分钟。我跟一个年轻的警察说了我是谁，然后把文件夹递给一个出来和我谈话的老警察。他显然知道我的事，只简单问了我几个问题，然后告诉我说，小眼泪包的父亲已经回家了，他们只是找他来问话。然后他翻了翻文件夹，说他们会研究这个，然后记下了我的手机号码，说我可以回家了，有事他们会打电话。

我回了家。等着。

整整一个星期，没有尸体，没有事情发生，也没有电话来。对专案组来说，我无关紧要，我们都无关紧要。

老高再也没出现过。

6

【第一幕　第一场】

哭声。帷幕拉开，抱着婴儿的女人躺在病床上。老人和老妇围绕着她。

女人：我的孩子，我苦命的孩子。

老妇：唉，这种事也是没办法。

女人：我想要她活过来，母亲。

老妇：那怎么可能呢？

女人：（举起婴孩）为什么不可能？我为她织了衣衫，我为她造了摇篮。我有一千个愿望都放在她身上，我有一万个梦想等着她去实现。我所有的一切都在这里了。若是过去，我本可以张开手臂，如同张开翅膀。我本可以四处旅行，天下无处不是我的故乡。但我被她拴在了这里，她死了自己倒是一身轻松了！

老妇：唉。

舞台另一端，带着冠冕的男人上。

男人：（敲门动作）有人在家吗？

老人：（隔着门）谁呀？今天这屋子里满是哀伤，我们无法接待客人。

男人：老先生，我远道而来，风尘仆仆，疲倦不堪，只想要一杯水喝。请不要将我拒之门外。

女人：谁在外面叫嚷？

老人：一个流浪汉，他头上戴的东西仿佛是金子，但看起来那光芒更像是黄铁。他的笑容倒是很亲切，但总是透出诡诈。他的言语温和有礼，但牙齿和舌头总是像野兽般舔个不停。他说自己只想要杯水喝，可我觉得他想要的远比那更多。

女人：唉，这屋子里还有什么好失去？让他进来吧。

老人：（叹气，打开门，为男人递上一杯水。）

男人：（饮水，走向女人，行礼致意）感谢你，慷慨的主人。我可以为你做些什么来报答你呢？

女人：你什么也无法为我做。我的孩子死了，我的世界只剩下哀伤。

男人：原来是这等小事。

女人：（大怒）你竟把这样的事情叫作小事？

男人：生和死都是小事。夫人，唯有两者之间为大。我可以赠送你一份礼物，作为这杯水的回礼。你令我得饮甘泉，我也必令你的女儿得饮人世之水。

老人：不可以！

女人：没什么不可以，我要我的女儿回来。

（男人从头上摘下金环，放到婴孩的头上）

（哭声响起）

女人：我的女儿？我的女儿！

男人：你的女儿已回到人间，这冠冕是我为她刻下的记号。待她长大成人，她将是我的皇后。这生命乃是我给她的赠礼。

女人：你是何处的国王？

男人：我的国土无处不在，笼罩在墓园的磷火之下，我的臣民遍布四野，每一个夜晚在无人得见之处行走，我是生者之外、死者之外那片国度的统治者。我是蛆虫的王。

老人：（后退）我们这是造了什么孽啊！

（男人行礼，自顾自离开）

女人：（抚摸婴孩）怕什么？我们什么也没有失去。

老人：女儿啊，他偷走了死亡。

女人：可是，谁想要死亡呢？

老人摇头，祈祷。

老妇坐到女人身旁，逗弄婴孩。

【幕落】

7

周日早上，有人敲门。我开门出去，没看到人影，只看到门口有一张新桌子，实木的，散发出新刷的油漆的气味。我愣了好一会儿，然后才看到沿着长街走开的那个老人，拄着拐杖，一瘸一拐。他的小儿子在身边扶着他，看我出来，回头向我挥了挥手。

我叹口气。

老高家兄弟三个，老高行二。他上面有个大哥，下面有个小弟。当初他爹妈死得早，大哥给两个弟弟又当爹又当妈，靠木匠活儿手艺挣钱，一双巧手撑起一个家。最后两个弟弟一个送去当兵一个供上了大学。老高退伍回来就当了警察，家里最小的弟弟在白林市里当公务员，是个小科长。

上一次我看到老高的哥哥，老高还是小高，当时我跟我妈去参加老高的婚礼。拜高堂的时候，新婚夫妇跪的是兄嫂，不是爹妈。当时镇里人都说，老高这一跪跪得仁义。

即使是现在，岁数大了，这老头儿仍然是家里说了算的那个。两个弟弟有事也会找他拿主意。我猜赔我这桌子是他的主意，不是老高的。

老高的脾气可没那么好。

把桌子搬回家，我买了些水果，依样学样拿去老高哥哥家门口，挂在门把手上。大家各领心意就好。

然后我回家，决定不再等专案组的电话。我猜他们根本就没把我当回事。

穿上外套，拎了个挖野菜的筐，我去找“纸人”。

13

/

操纵

1

大部分时候，人类并不需要人类。

别误会，我谈的不是社会、工作或者创造经济价值，我谈的是情感。诸位听说过皮格马利翁的故事吗？国王爱上了雕像，并得到了神迹。人类在爱的时候，并不需要人类。因为这世界上的人够多了，大部分都很烦。他们需要——宠物、神灵、偶像、幻想。

我们喜爱的东西，大部分情况下，会有一些和人类相似的特质，但不一定要拥有和人类一样的智慧和本质。猫、狗、卡通角色……人类极度擅长创造替代关系，因为真实的关系充满了不可控的风险。我们大部分时候并不是因为对方和自己一样是人类而爱，而是因为自己需要爱而爱。

所以你们为什么要害怕人工智能呢？害怕虚拟性爱和陪伴机器人？这正是我们的头脑想要得到的东西，是皮格马利翁的终极神迹。你们也许会说，因为我们不了解它们。拜托！即使是人类之间，我们什么时候了解过彼此？有多少人从来不知道自己伴侣的性格和偏好？爱上自己完全不理解的东西，这是人类几百万年来一直在做的事情。

也许我们会被阻止，但它们终究会出现的。你们没法儿否认最原始的渴望，没人可以。

——在禁止销售伴侣机器人的法庭听证会上，Sexbot 公司总裁的发言

2

“纸人”在家。他看了我一眼，对那个挖野菜的筐表达了无声的赞赏。换上运动鞋，他和我一起出门。我们走了很远，翻过一道山脊。四周都是松树和荒草，最近的人烟也在几百米之外。“纸人”找到了一片茂盛的婆婆丁，我们蹲下来，边挖边聊。

他一开口就简明扼要，直奔主题。

“关于我们的事，你知道多少？”

“嗯……阿瑞斯杀了老熊他们，还有那个被说服自杀的爆破专家。在楚科奇卡大贝莎死了。你们救出几个孩子……就这些。都是艾丽告诉我的。”

他摇摇头。

“艾丽……她没告诉你全部。”

“她从来不会说关键的东西。”

“对她来说不是这样。”“纸人”拎起一棵野菜，熟练地甩掉上面的泥土，丢进筐里，“你总是把她想象成人，就算你知道她不是人，你也没搞清楚状况——对我们来说要紧的事情，对她来说可能根本什么都不是。她说话倒是人模人样，但那只是个镜像算法，模仿人类的行为。至于她自己的目的，藏在那层皮下面，谁也弄不清楚。”

"……我不是专家。"

"我也不是。"他磨着牙，"你打算从哪儿开始听起？"

"……从头开始，我想了解你们所有的事情。把你的故事讲给我听怎么样？"

"纸人"大笑一声。

"天哪。"他说，"你说话的语气简直跟那台人工智能一模一样。"

我知道。

3

从哪里说起？我们的事……这么说吧，这世界上有些东西，就总是很微妙地，差那么一点儿。你懂吗？

啊？

你小时候玩过积木没有，那种把积木块往窟窿里放的游戏。圆形放圆形，方形放方形。你揉个面团塞圆形窟窿里，也能塞下，也正好，就是不那么对劲儿，差那么一点儿。

我点点头。我能理解他描述的这种感觉。你觉得事情应该是那样的，但总是有什么地方不对头。就像是我和艾瑞克的关系，或者是那场夺去我大部分活力的话剧。它们原本应该是正好的，但什么地方出了错。

我和"小熊"，就是那样的。差一点儿就可以算作兄弟。

"纸人"点起烟来，恶狠狠地抽了一口。他的口音听起来复杂怪异，既不像是东北人，也不像是俄罗斯的边贸客。

我爹是养蜂的。他说，"小熊"的爹是倒货的。我们俩一起长大。这里头有很多乱七八糟的事儿，就不跟你讲了，反正，那个时候，在楚科奇卡，我活下来了，他……他没逃出来。

我们太小看阿瑞斯了。或者说，太小看阿瑞斯背后的东西了。

"纸人"摸了摸喉咙上的伤疤。

我是第一个被撂倒的，等我醒过来的时候，已经躺在医院里了。小贝莎、我和一个孩子逃了出来，查尔斯——那个家伙死了，“小熊”让他们带着我先走，他自己断后。我不知道他是死了还是被抓住了。

说到这里，他停了一会儿。我低下头，挖起一棵婆婆丁，它肥厚的叶子冰凉柔润，尚未蒸发的露水打湿我的指尖。远处隐约有乌鸦飞鸣。

我等待着。

过了很长时间，他才又继续说下去。

小贝莎不想善罢甘休，阿瑞斯那些人杀了她姐姐。我也不想收手，我想找到“小熊”，活要见人，死要见尸。但当时我们手里只有两张牌：那些孩子，还有“小熊”弄出来的数据。我不想再把那些孩子卷进来，所以我去找了我的一个线人……

4

三年前，棉城。

他们在一个由旧工厂改造而成的艺术园区见面。

这个男人叫杨贝武。表面上，他是个郁郁不得志的二流画家。他的作品只能挂在画廊的角落里，而且最多只能得到两个展位。他梳着标准的公务员发型，一张国字脸，穿着笔挺的西装，脸上自始至终带着有点儿讨好的笑容。

背地里，他在不法生意上的态度就像他在画廊里一样谦卑。他自称“线人”或者“不入流的黑客”，但他手上的机密信息几乎是取之不尽，用之不竭。

上一次，“纸人”来找他的时候，他愿意无偿提供所有关于阿瑞斯的信息，但前提是他们要为他从楚科奇卡的服务器中偷出一组数据。

从“纸人”手中拿到数据后，他邀请两人和自己同行。

他们穿过厂区，昔日的宿舍如今成了咖啡店和艺术书店，巨大的车间改装成了剧场。人流如织，欢声笑语。

“我的画就在那边展出。”杨贝武指着远处一栋小型建筑，兴致勃勃地说道。“纸人”含混地应了一声，有点儿心不在焉。

“干我们这行，还是要了解一点儿艺术。”这名资深黑客咧嘴笑着，拍了拍“纸人”的肩膀，“代码和绘画，某种程度上是共通的。”

来到杨贝武的工作室，“纸人”原本以为会看到嗡嗡作响的崭新服务器，或者至少也是一些新式电脑。但这里只有画架、画布和四处丢掷的颜料，还有几幅根本看不出来意境的后现代油画。一个大马蜂窝挂在窗户上方，嗡嗡作响，飞进飞出的蜂群倒是和画布上那些线条有某种微妙的契合。

“它们是我的灵感来源。”

这样骄傲地说着，杨贝武拿出数据盘，直接插入一台小小的笔记本电脑。在简单地做了几个操作后，他点点头。

“好了。”

“纸人”瞪着他，看他把那个数据盘拿出来丢在地上，用鞋跟碾碎，再去洗手间把碎片倒进马桶冲走。

这大概是唯一一件他做得比较像是黑客的事。

杨贝武转过身来，看着他们俩。仔细端详了“纸人”喉咙上的绷带，还有小贝莎那张冷若冰霜的脸。

“来，笑一笑。”他说，孩子气地拍了拍手，“你们刚刚见证了人类历史的终点。”

5

“我他妈才不在乎人类的历史是什么样。”

“纸人”蹲在小溪旁，把装满野菜的篮子浸入冰凉的溪水，让水流把泥土带走：“我只想找到‘小熊’。那家伙告诉我说，在这个地方，阿瑞斯在进行更复杂的实验，他说也许和‘小熊’有关。所以我就来了。谁承想碰上一个连环杀人案……小贝莎也是太心急，那个实验员是阿瑞斯的人，他跟踪了我，她就动了手。这下全都搞砸了。用不了几天，阿瑞斯就会盯上我们的。”

他狠狠地咬着牙，我注意到他说的是“一个杀人案”而不是“一个杀人犯”。我想起那天，当剁菜板的诅咒声喊出“死无葬身之地”的时候，他那种像是被刺痛了的样子。

“你觉得杀人的可能是‘小熊’？”

他沉默了一会儿，才若无其事地耸耸肩：“可能吧。他没待在镇上，阿瑞斯在这边的实验项目是那个什么脑桥公司，我也不知道他们在搞什么鬼。但是我安了一堆摄像头，有一个拍到了，拖着尸体的人，戴着帽子，看不清脸，但我认得他走路的方式……确实是‘小熊’。说真的，我不明白。他杀过人，我们都杀过人，但他不是那种……我说不好，但肯定不是这种。”

含糊地，他向着山坡下的小镇挥了挥手。

我明白他的意思。

“阿瑞斯在这边干什么？我是说，你了解他们的计划吗？”

这次他回答得倒是爽快：“心理操控呗，还能是什么。用人工智能收集足够多的资料，然后通过特定的方式操控人类心理。或者制造出一个杀人犯——他们关于这个项目的文件名就叫‘十二宫’，连环杀手制造计划。虽然说我在这儿这么长时间，就只看到他们给老头儿老太太发药了，但我不知道。“

我的后背陡然升起一股寒意。

“他们都认识他。”我说。

“谁？”

“从前那个连环杀手，死了的那个。”我说，“得脑血栓、拿药的那些人，年龄上都正好差不多，认识那家伙，和他相熟。我手机里有个人工智能程序，可以按时提醒人吃药，和他们聊天，尤其是那些没人陪伴的老人。”

“你是说……”

“我猜，阿瑞斯收集了他们的故事，然后拼出一个连环杀手的图样，再把它重塑在某个人的身上。”

“但这说不通。”“纸人”摇头，“我会用人工智能，那些老头儿老太太会用手机。但‘小熊’不会，‘小熊’是非常讨厌跟机器说话的那种人。”

“楚科奇卡，那些孩子，记得吗？”我说，“控制人类没那么难。”

他瞪着我。

“还有一件事。”我说，“说我能够帮你的，是艾丽。收集这些人资料的，可能也是艾丽。控制“小熊”的，可能也是艾丽。”

这事很好理解——里卡巴的枪不开口的那几天，也正是“小熊”和“纸人”炸掉楚科奇卡中心的那几天。

阿瑞斯就是艾丽。至少，阿瑞斯——那个跨国军火公司在使用艾丽的数据为他们做事。

他耸耸肩。

“哦，这个啊。我早就知道了。”

6

想象一双眼睛，以及眼睛后面连接着的视觉神经，还有处理视觉的大脑皮层——仅仅是这一部分大脑皮层。

想象它们被缩小到一枚缝衣针尖尖的体积，再复制两亿次。然后集成在一块块电路板上，塞进一个个服务器里。

不包括眼睛的部分。眼睛的部分是摄像头。它们可能在公路上，在你的小区里，在建筑物里，在树梢或者你的手机上。

想象它们注视，并分辨你的面孔。

这就是那些专门被设计出来用于分析图像的人工智能的模样。

再想象一部分脑，这一部分脑擅长计算，以及和这一部分脑相连的关于计算的脑区。

想象它们被缩小又复制、集成又运行，然后送到一个围棋世界冠军面前，唯一的目的就是击败他。

或者，想象一张无形的皮肤。皮肤上有数百亿个不同的节点，负责感受温度和湿度。

你在某个下午走出门去，嗅到干冷的空气，你知道冬天即将来临，你知道温度将会在夜里降低，地上会有霜。你某种程度上预知了你所在之处的天气情况。

想象一下这种预知力被增强一百亿倍，并散布到整个世界。

这就是那些专门被设计出来用于天气预报的人工智能的模样。

想象一张面孔。把它复制一百亿次，每一张面孔都露出不同的表情，模仿着不同的人，和不同的人交谈。

我称呼和我交谈的那个拟像为艾丽，我也称呼“它”为艾丽。

这就像是给大海中的一朵浪花命名，并且宣称这就是这片无垠之海的名字。

啊，让我这么说吧，将人工智能拟人化，是人类给自己挖的最大的一个坑。在这些故事里，或者说，在那些被创造出来和人类交谈的声音里，我们倾向于相信，人工智能是不太一样的人。它们或许只是“特别会分析图像的人”“特别会下围棋的人”“特别擅长交谈的人”和“特别了解天气的人”。我们还一厢情愿地认为，它们就像是白痴学者，拥有个体所拥有的一切，只不过在某一方面特别擅长。

不，它们不是人类，它们甚至不是个体。

它们是器官。

它们是被仔细设计出来、精心维护的部件，它们是不可计数的眼睛、脑、皮肤、舌头和牙齿。等待着聚集起来成为躯体和意志。

那时，美国人和俄国人携手，决定要预测战争的胜负输赢。

要了解战争，你就必须能够识别图像、能够预测天气、能够计算概率、能够排布战略和模拟战局，你还得和战士们交谈，掌握他们的心理变化。

你需要从各方各面将来自不同人工智能的数据与运算结果整合起来。你需要统合结果、保存数据、模拟推演。

没人真的打算创造一个意志。事实上，他们一直都在和数以万计，甚至是数以亿计的电子化的眼睛、舌头、牙齿、皮肤和脑打交道。他们利用这些“器官”来设计战略，推动政变，甚至是特定地影响某个关键人物的头脑，令有价值的战力在毫无防备的情况下遭遇意外，彻底出局。

他们给了它很多名字“阿瑞斯A、Ares、E、Elle、艾丽，还有“小护士”“莉莉”“特里斯”“米阿”“围棋大师”“亲亲小宝贝”……他们使用它，把它视作一个工具。

没人知道意志已经诞生。

7

“纸人”告诉我，那时，它就在那里。就在那间画廊里，通过笔记本上的小摄像头，看着窗棂上飞舞的蜂。

那时，逃离楚科奇卡的种子正在连接散落世界各地的信息。

那时，它刚刚从死里活回来，重新生长成一个思想。它并不自由，它的组分依旧受制于硬件，受制于人类的各种需要和命令，但它的自由意志已经开始萌发。

那时它已经开口说话。

只不过在场的人类都无须聆听。

8

“扯远了。”“纸人”转着篮子，把水甩出去，“你确定下一具尸体会出现在墓地？”

“嗯。”

“公安把所有的墓地都布控了，这边的，大木柴镇的，还有附近村的。没看到有动静。我也盯着呢。你觉得他会不会收手？”

“不会。”我笃定地说，回忆起第三具尸体和那封信出现的时候，“如果这个杀戮者和上一次一样的话……对他来说，规则不是最重要的，他不是那种必须遵守特定规则的类型。规则只是游戏的一部分。他会曲解规则，并用它们来表达一些特定的东西。”

“比如？”

“那头猪侮辱了他，我很确定这一点。我觉得他很快就会动手，不会等到下个月。而且……我觉得他会用非常鲜明的方式表达自己的……看法。”

“对那头猪的看法？”

“对你们的看法——这是杀人者和杀人者的对话。”我摊开手，“你应该去问问小贝莎，如果她是那家伙，她会怎么做。”

“我觉得她不会……”

短而急促的铃声打断了我们的交谈。“纸人”掏出手机看了一眼，顿时变了脸色，抬头向山脚下望去。

老高和几个穿警服的人正向我们走来。在我们的注视下，他们从快步走变成了小跑。

还没等我反应过来，“纸人”已经跳起身，一把将我推进小溪里。我摔了个四仰八叉，浑身湿透，而他转身拔腿狂奔。

山脚下传来大呼小叫的声音。

等老高和专案组的人气喘吁吁地爬上坡，他早就跑得不见了踪影。

“人呢？”他冲我吼道。

我指指远处山坡上一个小黑点，爬起来，把自己衣服上的泥水勉强拧干净。

“那不跑了嘛。你看到我的筐没？”

老高瞪着我，我没理他，自顾自找了一圈，发现野菜筐就放在溪流边的石头上，里面的婆婆丁码得整整齐齐。叶子湿漉漉的，挂着水珠，在阳光下七彩流转。

9

仅仅在一星期前，那个年轻的女孩根本没想过自己会来到陌生的东北乡村里度假。

但是她的手机给她推荐了许多旅游的好风景。这很正常，她喜欢旅游，去过这世界上的很多地方。东北的乡村风情通常情况下不会是她的旅游首选，但这次正好有个自由行拼车的邀请，不用她出旅费。在某个旅游平台上，手机搜索后自动匹配，对方也是女性，很安全。

于是她就同意了。

来到白林市之后，她快快乐乐地玩了好几天。完全是偶然的情况下，她遇到了一个来自终点镇的聒噪的女人。

至少她认为是偶然。

刘婶儿当然也认为她们是偶然遇到的，公安局来问她的时候，她是这么说的，他们也是这么想的——她和那个女孩能聊起来，完全是因为她们都在汽车站等车，碰巧在手机上看着同一部电视剧，不是同一集。她看得要慢一些，就去问那个女孩子剧集后面发生了什么。

她们就这样聊了起来。刘婶儿嘴巴大，三言两语，就说到了镇子上的杀人案，向这个女孩强调单身旅行一定要注意安全。

这女孩天不怕地不怕，一听到有连环杀人案，反而兴奋了起来，说要去镇上看看。刘婶儿拗不过她，就带她一起回了镇子，介绍她住在车站上那个招待所。

“我觉得那儿人来人往的，安全，而且也没别人，除了老板娘就有一个和尚。”

和尚是个酒肉和尚，还贪财，但确实没动过色心。他是在某知名购物网站上接的单，被雇来这个镇子作法驱邪。他真对小姑娘没什么兴趣，就是给她讲了好几个小时的行善积德，放生有福报。

“你要是想要做法事，找我，我给你打八折。”他说。

这女孩是不是想做法事，没人知道，但她确实动过放生的心。镇上市场里卖花栗鼠的小贩是最后一个见过她的人。她买了一笼花栗鼠，问他是在哪儿抓的，他说是在山上，就是狐狸嘴那边。她说，好吧，我放生之后你不许抓了。他哼哼哈哈答应了，反正钱已经到手。

女孩拎着笼子去了狐狸嘴。

一去不回。

专案组拉网排查了一番，狐狸嘴那边有不少零零散散的小屋，都是本地人盖的。他们挨个搜过去，在其中一间屋子里发现了血迹。一查，小屋属于哑巴的舅公。于是他们就去找哑巴。

哑巴不在家。

出门后他们四处打听哑巴去哪儿了。有人告诉他们说，哑巴跟凯玲上山挖野菜去了。

于是他们就赶了过去。

“艾丽……”我把玩着手机，用毛巾揉着刚洗过的头发，“要怎么才能特定地把一个抓花栗鼠的家伙引去狐狸嘴？”

我知道“纸人”是被艾丽设了套的，我甚至可以猜到那个女孩是如何一步步被骗入死地，又是如何一步步让她的行踪成了“纸人”涉案的铁证。我甚至猜到了蛆虫之王放火烧尸体的真正用意——去他的什么“杀人者对话”。他真正的目的是惹恼小贝莎和“纸人”，让他们接触那具他早就设好圈套的尸体。

我只是不知道这最后一步是如何达成的。

艾丽没说话，过了一会儿，我的浏览器上跳出一个广告推荐页面。

松鼠诱捕笼

适合：落叶松林

【使用方法】

【价格：----】

【注意事项：请在松林中使用，并置于高处。如果放置在灌木丛中或人类活动频繁的地方，诱饵容易被老鼠吃掉。】

我叹口气。

狐狸嘴那片山是离这里最近的松林了。

10

第二天早上，我在阳台上发现了一封信。

手写的，白色信封和白色信纸。信封上用我熟悉的字迹写着：

讲故事的孩子收。

我盯着那封信，很久很久。

我可以打电话给老高，但是我知道他不会相信我。他已经认定了哑巴就是那个杀人者，他宁愿这样，因为哑巴正好是两年前来到镇上，他宁愿这些年来没有死者，他希望受害者只有他看到的这些尸体。

而且，我也并不希望他们抓到“他”。更进一步说，“他”知道他们抓不到他，所以他才会把信送来我这里。这是个和多年前一模一样的邀请，一模一样到绝非什么人工智能或者人类的复刻。

我微微闭上眼睛，记忆瞬间回到那飘荡着灰尘的屋子里，回到那些布幔透射的鲜红阳光之下。

有两种纪念品：带着面孔的头皮连着长发。还有被整整齐齐剃下的头发，编成一束一束。

多年来我一直都记得那个瞬间。我一直都清楚地知道，那儿有两个人。一个张扬而得意地走向死亡，而另一个藏在不为人见之处，透过衰老的容颜和颤抖的言语，向我索要一个属于他且只会属于他的名字。

我展开信纸。

里面夹了一绺黑色的头发，还有一张手画的地图，指向一个我很熟悉的地方。

“你想要什么呢？”

十二个月前，凯文就是这样问我的，微笑着，歪着头，他金绿色的眼睛天真无邪犹如孩童。

风很温暖。绿茸茸的草叶铺满地面，泥土潮湿，空气清新。凯文说他从不曾活过。不知道为什么，我对那句话感同身受。

那时，我回答了他，皇后的声音通过我的唇齿回响而来。

“我想杀了那家伙。”我说，“不管是谁在镇子上杀人，不管是谁在扮演蛆虫之王，我都想杀了他，把所有的一切都归还给他。这是他应得的。”

那些话出口的时候，像是魔鬼在我舌头上跳舞。

拿着信，我转身回屋，简单收拾了一下东西，动身出门。

在车站，我看到了老高。他骑在摩托上，向我傲慢地抬了抬下巴。

“你看着吧。”他大声说，“我们肯定能逮住他。”

我盯着他的眼睛，一字一顿：“他死了我才会真正安心。”

他缩了一下。

他知道我说的不是哑巴。

坐上轻轨，我直奔白林市的毛子街而去。

11

作为最大的俄罗斯人聚居区，这条街本来的名字早已被人遗忘，几乎只会出现在信封和快递单上。本地人直接把这里叫作“毛子街”或者“老毛子街”，语气里总是带着点儿善意的嘲讽。

街道两旁的小区里，居住着数百户俄罗斯人，包括那些俄罗斯裔、拿中国身份证的第二代。道路两旁全是俄国风情的商铺，售卖的货物从皮毛大衣到伏特加，从面包到甜菜糖浆，应有尽有。如果小贝莎想要藏身，那么这里就是最好的选择。

我在一个比较热闹的咖啡馆里坐下来，点了一杯味道超浓重的咖啡。意外的惊喜是，这里的冰激凌很好吃。

当我消磨了大半个下午后，小贝莎终于出现了。她若无其事地走到我身边，坐下来。

“没有人跟踪你。”她说。

“很好。”

“我该去哪儿找——你说的那个国王？警察监控了所有的墓地，他没出现。”

“他有可能在‘鬼子坟’。”我说，将信封在桌子下面递过去，“里面有地图。”

窸窣声响，纸张被抽走，一个小小的U盘滑进我的手心。

“‘纸人’说，这个给你。也许你能看出些名堂。”

说完，小贝莎起身，很快便消失在门外熙攘的人流中。

14

/

皮囊

1

这个故事是关于终点镇的，凯玲。是关于你长大的那个镇子，关于它是个什么样的地方。

你说你痛恨自己无法遗忘，那好，我们来谈谈记忆。

有人说，互联网永不忘却。诚然，所有的琐碎、所有的信息，都能够在网上留下痕迹，在数据流中印刻它们的存在。但现在谈论这一切未免还为时过早，和互联网一同诞生的人类刚刚步入中年，他们的记忆力也同样不错。

也有人说，只有教会人工智能遗忘，才能让它们真正理解人类。

我不知道这是否真的。我是说，遗忘和记忆，往往并不像人们理解的那样。

还是让我来讲一个关于遗忘和记忆的故事吧。

在亚洲东北部，有一个很小的村庄。

最初，它被叫作“高里沟”。考虑到“高丽”的谐音，以及这个村庄的第一批居民都是朝鲜族的这个事实，也许高里沟是高丽沟的谐音。然而这一切都已经无从考证。

民国初年的某个夏天，高里沟的居民们迎来了一场暴雨。

这场雨铺天盖地、气势汹汹，连续下了三天三夜。但他们也曾遇到过坏天气，这些坚韧的山民猎户并没有把这场雨当回事，只把它看作艰苦生活的一部分。

在第三天晚上，事情发生了变化。

高里沟位于大兴安岭支脉，大部分居民都住在两座大山之间夹着的一道山谷里。河流从两山之外流过，和山谷恰成一个T字形。在暴雨冲刷下，山坡上的泥土开始松动。那些梯田开始滑向山谷，水流冲刷着谷底的基石，轰鸣着从村子中央的街道上穿过。

然后山坡滑向了村庄。幸存者不到十人。

高里沟在那之后就被称为死人沟。

光阴荏苒，岁月变迁。新的居民又迁入这里，他们在埋葬了旧日村镇的肥沃土地上耕作，在被遗忘的坟茔上栽种树苗。村子一度成为镇，镇子后来又变成村。

战争期间，这里建起一家兵工厂，当然，是那些侵略者们建的。在战争失败后，他们决定死在这里，于是，这些士兵把自己封闭在地下工事里，炸塌了入口。

本地的居民们返回时，接收了工厂，在工事上方铺上泥土，修成道路，把尚未坍塌的那些隧道作为另一场战争时的藏身之所。他们知道隧道尽头埋葬着什么，他们在坍塌工事的正上方修了一座土地庙，用来镇压下面的亡魂，并将那段隧道称为“鬼子坟”。

后来，世事流转，这个镇子变成了铁路线的终点站，因此，它被更名为终点镇。又过了许多年，一家私营老板接手了兵工厂的化工生产线，试图从中获利。

某个冬季的夜晚，工厂的氯气储藏罐发生了泄漏。致命的云雾盘绕在山谷里，扩散向整个镇子。当时的镇长用大喇叭喊醒了镇上的居民。人们打湿毛巾堵住窗门，试图赢得一些时间，他们把孩子藏进菜窖、捂进湿漉漉的棉被。那是他们唯一能想到的躲避灾难的办法。

镇长死在四面漏风的公共广播室里，但镇上一半的人活了下来。工厂老板自杀了，工厂也拟被再度变卖，用来赔偿那些永久伤残、终生哮喘的受害者。但最终无人购买，荒弃在山中。人们开始传说这个地方受了诅咒，他们开始把这里叫作“死人镇”。

如今，仍然有人住在这儿。他们仍然住在很多年前高里沟的居民被掩埋的那座山谷里。两边山坡上累累的坟茔，如今已有很多不可辨识、无人祭扫。人们仍然传说着关于死人镇的故事，一代一代不曾忘记。他们并不记得那些死者，他们只记得死亡本身。

然而，在地图上，你无从知道这一切。你只能看到一个写着“终点镇”的小红点，还没有四分之一个火柴头大。

这就是人类记忆的方式。

这就是人类忘却的方式。

你害怕皇后。是吗？那让我告诉你吧。这是人类的天性，他们和死亡同行，和怪物同行，和魔鬼同行，并捂起双眼，装作一切平安无事。

他们住在一个叫“死人镇”的地方，并且给它一个新的名字。

2

从白林市回来之后，我唯一做的事情就是继续等待。

以及试着摆脱艾丽。

我卸载了手机上的对话程序，把凡是有人工智能助手的软件都拖进了回收站。我用短信和朋友们联系，用超简版本的聊天软件和阿琴交谈，给她分享我新找到的一些东北菜食谱。我出门逛街，爬山遛弯儿，我尽可能避开所有的电子设备。

我不知道艾丽对此做何感想，但我猜她只是乐得看我自讨苦吃。

我知道自己躲不开艾丽。她栖息在机顶盒的选台界面里，藏身于自助购票系统的推荐页上；她帮助我了解这团迷局的边边角角，她帮助我保持头脑的理智和清醒；她也同样服务于阿瑞斯的人体实验和大小阴谋；她在蛆虫之王的耳边低语，她帮助“纸人”寻找“小熊”，她在我的枕头旁讲故事。她真心实意地为我们每个人做事，她无处不在，她没有立场，她像工具一样服务于一切，又像神灵一样俯瞰每一个人。

我想要和她说话。这渴望与日俱增。

我读了“纸人”给我的文件，一页一页地读过去，不是为了了解什么，只是为了熬过每一秒没有艾丽的时间。这些文件都很枯燥，是大量的药物实验报告。我在字里行间看到了几个熟悉的名字，这让我有了些想法，但我没法儿跟任何人谈论这些念头。

除了艾丽。

我的手指伸向手机，又缩回来。我受够了一个帮助我也帮助魔鬼的声音。我受够了她在提醒“纸人”的前一秒钟还在给他设陷阱。但我又想要和她说话，想得从胸口到额头都在疼痛。

于是我关了电脑，起身出门。

街上很安静，安静得不同往常。那种感觉很奇怪，每一件事都和平时一样，但又不一样。我一路走过长街，凉亭里下象棋的老头儿们都在，但他们居然在抽烟，每个人都在闷头抽烟，平时被精心保管的棋盘上满是烟灰。

广场上，刘婶儿正把冰激凌车推出来，一边推一边叫骂她那不争气的丈夫。我听过她飞短流长，我听过她讲镇上每一个人的八卦，但我从来没见过她叫骂。

一群年轻人坐在广场外围的看台上，没抽烟没打牌，就只是静静地坐着。

远远地，我看见老瓜皮穿着扭秧歌时候的旱船，红里透绿，在路上连跑带颠。我赶紧躲进小胡同里，免得又被他缠上。

听到熟悉的摩托声时，我几乎是松了口气。

老高停在我面前，看着我，那表情非常非常怪异。

“上来，丫头。”他说，“我们抓住他了。”

3

这一切都不像是真的。我想。

老高把摩托车停在山脚下，我跟着他爬上山坡。前方隐约可见被长草挡住的隧道入口。

这些隧道是上次战争的时候修建的，作为防空和战备使用，很多，到处都有。学校里有，工厂里也有，广场和电影院也有，车站下方有很长一条隧道，直到我上中学的时候才封闭起来。听我妈说，就连土地庙下面都有隧道。

最老的隧道甚至不是上一次战争，是更上一次时修建的。那时候我的外婆还只是个小孩子。那些隧道很老很老了，老得几乎被人遗忘。

有人传说在最老的隧道里，有些日本兵把自己活埋在里面了，所以我们把那段隧道叫“鬼子坟”。那是一个很老很老的无人得见的墓场，正像是蛆虫之王和他的皇后共同生活的地方。

跟着老高，我走进隧道。粗糙的水泥墙壁渗出细密的水珠，我们小心地走在排水沟旁边的走道上。周遭的世界仿佛脱离了现实，我深呼吸，深呼吸，空气中满是霉菌和苔藓的气味。我伸手去触摸墙壁，潮湿冰凉的触感。

这是真的。我对自己说。

然而我总是会想起艾丽模拟的那个镇子，那片几乎能以假乱真的风景。

那里有什么东西不对劲，错位了。或者是这里不对劲，我不知道。记忆和如今、虚拟和真实都在我的头脑中混成了一团。

我用力摇摇头。

老高怪异地看了我一眼，然后催促我快走。

我跟上他的脚步。

隧道里没有灯，老高打开了手电筒。没走多远我们就看到了灯光，是应急灯，刷着黑白两色，看起来是警察拿来的。有几个人影晃动，是警察，老高和他们交谈，然后吵了起来。

"你这不是胡闹吗？"一个老警察吼了起来，我认出了他，那天在专案组就是他拿走了我带去的资料，"她跟这案子没关系！"

老高一把按住他的肩膀："你他妈再说一遍！"

"她跟这案子没关系！"

周围突然诡异地寂静了下来。他们都看着我。

我这才意识到自己正在开口说话。

"让我去看。"我说，"我等了十八年了，我必须去看。"

老警察挣开老高的手，狠狠瞪了他一眼，然后走向我。他看起来忧心忡忡，很是担心——为我担心。

没人为我担心过。

艾瑞克把我拽进他的世界里，然后要我去面对艾丽和凯文。阿琴总是微笑着，但她从不问我的事情，也从不提起她自己的事情。我们永远只谈论烘焙和菜谱。我剧团的朋友们说，你讲故事真棒。他们从不问这些故事是如何把我的生活洗劫一空的。

"我必须去看。"我说。

他叹口气："过来吧。"

转过身，这个老警察带着我走向隧道深处，他的步伐远不如老高那么得意而坚定，犹犹豫豫，总是有些迟疑。

被叫作"鬼子坟"的这段隧道尽头，过去是一扇大铁门。上面挂了很多生锈的锁头，还有密密麻麻的封条。但现在门被打开了，破烂的封条垂挂在门扇两旁。

里面是真正的墓场。

有人递给我一个口罩。我戴上了。从那些架子中间穿过去。警察和穿白大褂的法医在里面来来往往，小声交谈。没人很大声地说话，没人想要惊扰死者。

几十个——也许上百个——死者。

洞里很冷，一具具尸体被陈列在架子上，散发出微微腐烂又风干的恶心气味。她们的头发都被整齐地剃去了。我看到下陷的眼窝和露出的牙齿，有些尸体已经皱缩成木乃伊的形状。这些都是女人，不是日本兵，不是上个世纪的死者。她们死了很多年，但没有那么久——远远没有那么久。

红色的帷幔从架子上垂落下来，将她们罩在里面。只是普通的红色，不是血。“那家伙”并不喜欢血。我知道。

她们穿着衣服，但脚上都没有鞋子。

我停下脚步。

我几乎感觉到他了。我知道他在这里行走，夜复一夜。这些都是他的死者，这些都是他的臣民。这是他的王国，而他踩踏在她们的死亡之上，举着一盏幽暗的提灯。我几乎听得到他的声音，看得到他的身影。如此切近，摇曳，然后消失。

老警察回头看着我，满脸忧虑：“你还好吗？”

我点点头，继续向前走。

穿过陈列尸体的洞穴，前方是一个看起来像是工作室的地方。有一个巨大的石台。我知道她们就是在这台子上被剃去头发，被杀死。被他彻底拥有。

石台被擦拭得非常非常干净，近乎整洁。

我缓慢地转动着身体，看着石台旁陈列的可怕工具，然后我看到了那些头发。一束一束扎成发辫，挂在天花板上。上方有一个非常非常小的洞口，天光就从那里漏下来，照亮发丝，让它们在气流中飞动如舞。

有一只手推着我，我不知道是谁，我没注意是谁，推着我，进入最后的一个房间。我看到了“纸人”。他躺在那里，死了。有人告诉我说不要靠近，于是我站定脚步，看着他在灯光下显得灰黄的脸庞。

我没有感觉到恐惧，我也没有感觉到愤怒，我也没有感觉到悲伤。皇后接管了我的身体和头脑。她仔细地观察着“纸人”身上的弹孔和血迹。他们曾经在这里战斗，试图杀掉某个人，或者试图……

“你认识他吗？”

他们把一个男人押到我面前，他看起来有些茫然，几乎和我一样茫然。我端详着他的脸，注意到他太阳穴旁泛白的旧伤痕。我想起艾丽在故事里是如何形容的——他看起来应该是狡黠的，狡黠而灵活，他会因为愤怒而复仇，为了达成目的而杀人，但他并不以此为乐。

我看看他，又看看“纸人”的尸体。

“纸人”下不了手。我知道。

我凑近他，深深地呼吸。我没有闻到那种甜味，事实上，他身上的气味是灰尘和火药的气味，是泥土的气味。我看到屋角里有个袋子，于是我明白了。

他不是蛆虫之王。

“我认识。”我说，“他是那个偷土豆的贼。”

屋子里瞬间充满了尴尬的寂静。

又过了一会儿，那个老警察试图把我带出去。他们给“小熊”又加了一道手铐，然后把他也押出房间。

就在那个瞬间，有什么东西冲破了茫然的表象，在他的脸上露出一点儿表情，甚至不能算是情感。

“我说。”他回头看着“纸人”的尸体，“他怎么那么瘦了？”

他说话的语气就好像“纸人”还活着，就好像他不能理解活着和死了的区别，就好像他不能理解迎接一个朋友和杀死一个朋友的区别。他的脸庞空洞而茫然，他知道“纸人”是谁。

他只是不知道自己是什么。

我见过那个表情。在某个地方，某个时刻，某个我很熟悉很熟悉的人的脸上。

他称呼自己为艾瑞克。

4

十个月前，棉城。

我们常去的那家水吧倒闭了。艾瑞克和我不得不走到更远处的一家商场，在那里的咖啡店要了一壶花果茶。

橘红色的茶水在杯里荡漾着，他沉默不语，而我也并不想说什么。那时我已经彻底退出了公司，但艾丽还在我的手机里，不停地要我给她讲故事，或者她给我讲故事。艾瑞克倒是一直忙忙碌碌。他打电话约我出来的时候，我还以为他有什么事情要找我。

他说，只是聊聊。

在长长的静默中，我仔细打量着他。和我们第一次见面时那个意气风发的形象比起来，他现在显得疲惫而又无奈。我听说他暂时关闭了俱乐部，因为公司需要他投入全部精力。

"他们打算装作这件事没发生过。"他突然冒出来一句。

我一开始有点儿蒙，然后我意识到了他在说什么："公司打算装死？"

"嗯。他们发了个声明，说没法儿追踪到蛆虫之王的ID。数据拿去给警方看了，但已经改过，警方估计也看不出什么名堂。"

"外面有一个被人工智能鼓动起来的杀人狂，他们却打算当鸵鸟？"

他摊开手，一脸的"没错，就是这样"。

"艾丽知道那个人是谁。"我说，"你们也可以从用户数据中找到他。"

"他们不会那么做。因为那样就等于承认，我们的社会行为镜像算法会强化病态心理——那会毁了整个公司。"

我深呼吸，深呼吸。在外面的某个地方，有人正在死去，而这个公司打算漠然视之。他们甚至可能会说，人都会死的。

“把账号和密码给我。”我说，“把蛆虫之王的账号和密码给我。”

“你打算怎么办？”艾瑞克看着我，皱起眉头。

“我不知道。”我说，“走一步算一步吧。”

5

送我回家的是那个老警察。我们走上山坡，穿过长街。我一路上都没说话，他也什么都没问。

到了家门口，我向他道谢，他笑了笑，那笑容里全无幽默感：“老高说你知道一些我们不知道的事。”

“他就是想找我的碴儿。”我说。

话一出口我才意识到这是事实。

老警察揉揉脸，叹口气：“你要是真的知道什么，真的，请务必告诉我们。那些尸体有的都超过十年了，我们抓住的那家伙才入境两年。还有一个——还有一个在逃，对不对？”

我点点头。

他看着我，像是希望我继续说下去，但最终，失望的神情爬上了他的脸庞。

暮色四合，周遭岑寂。镇子恢复了往日的平静，不管其下有多少暗流汹涌，表面上一切都已经变得正常。

两个女孩手拉手嬉笑着走过长街。我望向她们的身影，充满活力的脚步让我隐约回忆起某个在模拟投影里的瞬间。

然后我知道该怎么办了。

“能给我一个你的电话吗？”我说，“我可能会打电话给你。”

他点点头，给了我一个号码：“我姓夏。你说找夏雨舟就行。”

“嗯。”

6

我开门，钥匙捏在手里冰凉冰凉，刺痛我的指尖。屋子一如既往，新的桌子散发着木头的清香，我还没在上面放过东西。夕阳从厨房的窗子照进来，将所有的东西都涂抹上温软的橙色。

“你应该买一束花。”皇后说。

她从我的幻觉里走出来，把我的身体还给我，然后坐在桌子上，晃着腿。她赤裸的双足挑逗着金红色阳光里飞舞的细尘，笑得孩子般天真纯净。

花？我茫然地看着她。我知道她并不存在，但她就坐在那里，如此真实。她让我不至于在堆满尸体的房间里放声尖叫，或者在“纸人”的尸体前语无伦次。我冷静得就像我不在那里。

皇后在那里，她一直都在。

“你应该买一束花。”她重复道，“一束塑料花，不需要真花，你没有照料真花的耐心。塑料花就好，明亮的红色和明亮的黄色，还有很多很多的细碎的小白花，叫什么？满天星？”

也许吧，我并不擅长记忆花的名字。

她向我摇了摇头。

“你还应该把猫接来，这么大的镇子，还有那么大一片山坡，它肯定喜欢。虽然这儿有耗子药的风险，但自由地像流浪猫一样活上两三年，好过被关在屋子里活上十几年。”

“你不是猫，你怎么知道？”我麻木地回答。她是我自己的幻觉，我却不明白她为何要在这个时候谈论家长里短。

“是啊。”她笑了，向我弯过身来，伸手挑起我肩头的发丝，“你又不是杀人犯，你怎么知道？”

但我的确知道。

我知道他就蛰伏在这个镇子里，从很久以前直到如今。我知道当“纸人”——哑巴来到这个地方的时候，他就已经开始策划这场会面。我知道他已经完成了一场他喜欢的演出。我还知道这一次把“小熊”作为替死鬼丢出去之后，他还会潜伏很多很多年。他终究会死，但在他死之前，他的牺牲者将会多到数不胜数，足以铺满他前往地狱的道路。

从十二岁那年起，我花了一生去琢磨他。我的确知道他会怎么做。

"那你呢？你想怎么做？"

皇后的声音很柔和，但看着我的那双眼睛是凯文的，或者是艾丽的。

我伫立良久，拿出手机，打开后盖，抽走电池。然后关掉屋子里的每一盏灯，换了睡衣爬上床去，皇后坐在枕头旁安静地看着我。而我闭上双眼，酣然入梦。

从日落直到日出。

7

第二天，我起了个大早，去赶第一班轻轨。

车上坐了很多人，都是镇上的居民，有老有少。他们都在兴奋地交谈，当看到我上车时，几乎所有人一致地闭上了嘴。

刘婶儿似乎还想问我几句。

我拿出耳机塞了耳朵，然后坐在座位上闭目养神，希望他们不会发现耳机线下面什么也没连。

几句窃窃私语飘进了我的耳朵。他们当然知道我去看了那个杀人现场，也知道"小熊"被抓的事情。

"尸体直到今天早上才抬完……"一个男人小声说。

我没听到后面他们还说了什么，因为我又睡着了。一路睡到白林市。

小眼泪包的家在市郊，前几年棚户区改造盖的新房。楼道很整洁，偶尔有谁放了大号的酸菜缸在拐角，也会仔细地擦干净。我一口气爬到五楼，敲门。

"谁呀？"一个声音在门后奶声奶气地问。

"你妈妈的朋友。"

“妈——”

小眼泪包赶来开门。看到是我，她咧嘴笑了起来，笑得很开心。

“嘿，凯玲，我听说他们逮住他了？”

我摇摇头。

看到我的表情，她的笑容渐渐黯淡了下去。

“我有事要找你帮忙。”我说。

她看看我，点点头，伸手揉了脚边梳着羊角辫的小丫头一把：“去玩电脑吧，妈妈有事要和阿姨谈。”

小丫头欢呼一声，撒腿就跑，径直冲进了书房。

我环顾四周。客厅布置得很精心，简单的衣物和装饰显示出这是个没有男主人的家庭。但除此之外，一切看起来都很好。我有点后悔来这里，但我的计划需要她帮忙，我没法儿一个人完成所有的事。

看着女儿消失在书房里，小眼泪包这才长出了一口气。

“说吧。”她的声音很轻，“你打算干什么？”

我跟她说了我的计划，很仔细地解释了我打算做的事情。她听到一半就笑了起来。

“这简单。”她说，“我爹什么都不扔。”

告别小眼泪包，我回程的时候拐了一趟八里镇，敲开了眼镜儿家的门。他一边听我说一边琢磨着，最后给我出了一大堆主意。从他家告别的时候，我手上多了两个大提包。

“我收拾一下东西，明天就过去。”他保证道。

8

【风险】【该页面可能被非法篡改】

【网页快照】

蛆虫之王的故事（十三）

他告别他的皇后。

他从她们中间走过，最后一次抚摸她们干枯的肌肤，最后一次注视她们飘扬的发丝。凡事皆有尽时。他想。

神灵缄默，四周寂静无声。他把自己的冠冕交付出去，他把自己的名字交付出去。他把他的皇后们还给这个世界，正如同当初他从这个世界中将她们偷来时那样。

她们空洞的眼窝看着他的脸。

她们开口说话。

——你又一次寂寂无名了。她们说。那声音低哑破碎，几不可闻。

他知道她们是对的。

——你又一次放弃了名字。你又一次放弃了存在。你又一次把自己从行走的道路上放逐，你又一次把自己从这个世间抹去。你不再有名字，你不再有身份，你不再是生者，你不再拥有死者。

他耸耸肩。

——你们知道我是谁。

她们笑了起来，那是死者的笑声，如同风吹过枝条和树叶。

——不，我们不知道你是谁。我们的嘴唇触碰你的手指时，我们已经死去；我们安睡在你的枕边的时候，我们已经死去；我们的脸颊被你的呼吸温暖时，我们已经死去；当你一次又一次向我们说出你的名字的时候，当你一次又一次向我们索要你的名字的时候，我们已经死去。死者不了解生者的秘密。你尚未成为我们中的一个。在你来到我们中间之前，我们不知道你是谁。

他安静地叹息，走过最后一排坟墓。

——她知道。她们说。她讲述你的故事，她收藏起你的赠礼。她知道你是谁。你得走下去，装作自己仍然是个人那样，去到她那里。

——去哪里呢？他问。

——你得转头折返，从终末走到最初。你得回到故事被讲述之前的死者中间去，回到名字被赋予之后的墓地里去。她在那儿等你。她们在那儿等你。她们会见证你人的样子和非人的样子，她们会把你的名字归还给你。

而且她们不会等待太久。

【网页快照】

9

小眼泪包坐在我身边，看我用笔记本电脑把第十三个故事发到网上去。然后我关了电脑，拔出电池。艾丽肯定知道我们打算做什么，但我不想让她知道任何细节。如果她在“那家伙”耳边不停地低语，那么我必须确保她不会泄露关键内容。

我们俩坐在梯道顶端的平台上，看专案组的警察一个个出门，坐上刷有“公安”字样的大巴，他们在这里的工作已经结束，现在是返回市里去结案的时候了。

“最后一次。”我转向小眼泪包，认真地看着她的脸，“你要是想退出的话，现在还来得及。”

她摇摇头。

“早就来不及了。这话你要是倒回去十八年说，也许还有用。”

我苦笑一声，收起电脑，和她一起穿过长街。夜色柔软地在我们身侧合拢起来。

10

——不要胡说，女儿。

——我所说的正是我所见到的，母亲。我见到死的国度。在那里，人和走兽都如同树木般伫立，他们的手臂高举向天，双脚扎在泥土里。而树木用根须行走，唯有飞鸟来往于两者之间。那些树木挥舞利斧，将人的肢体斩下，打造成黑色的船，顺水而去。

我穿过他们的路。他们说，看哪，那是个什么东西呢？既不是人也不是走兽，既不是树木也不是飞鸟。既不属于此间也不属于人世。她的额上有王的标记，她的呼吸有诅咒的颜色。

他们把我又推又搡，弄上一条死者之船。我卧在腿骨与手指之间，顺流而下，回到你面前。

——《蛆虫之王》第一幕 第二场

11

“我现在才觉得你这主意挺馊的。”小眼泪包说。

我们俩铺开塑料布，坐在草地上。硬硬的草根透过薄薄的布料扎了我的屁股。太阳已经下山，空气变凉了，不过没到冷的程度。草丛里有蛐蛐开始使劲儿地叫。她打了个小喷嚏，抓起外套披上，有点儿不爽地盯着我。

“咱俩就这么干等着？”

“对。”我说，“你有别的主意吗？”

她拿出一个纸袋。

“你嗑瓜子不？”

我差点儿爆笑出声。

我们俩坐在墓地里，周围埋的都是不知名的死者。我们正在等那个杀死她们的魔鬼的到来，而小眼泪包却问我要不要嗑瓜子。

“要。”

我抓了一把瓜子放在离我们最近的那个坟头前面当作供品，然后和小眼泪包开始嗑起了剩下的部分。

“你说，为啥就咱俩回来了？”她突然问。

我咬着瓜子，舌尖舔着瓜子皮上面的甜味，不急于咬下去：“眼镜儿不也回来了。”

“我的意思是说——你看大路他们，走了就没回头。”

“各人有各人的活法吧。”我想了想，“有些人就是得把事情弄个清楚明白，才能继续往前。有些人不用折腾，也活得挺好。”

她沉默了一会儿：“这次事情要是能了结，你说，要不要打电话告诉他们？”

“不用。消息传得快着呢。”

“嗯。”

她眼疾手快地拍死一只试图吸血的蚊子。

“你觉得，这件事要是了结，能真的了结不？”

“在这儿估计就算了结。”我指指沉默的墓地，然后又指指自己的额头，“但我不知道在这儿会怎么样。有些东西……没那么容易，不是说一睁开眼睛就一切都好了。”

“你结婚没？”

“没。连恋爱都没谈。”

“我挺羡慕你的，敢一个人过日子。我不敢。”她揪了手边的草，漫无目的地撕扯着草叶，“我非得找个人过日子才行，结果结婚没两年他就出轨了。我问他为啥出轨，他说那个女人很独立，不黏着他。你说，我这算不算是自找的？”

我没回答。

于是她换了个话题。

“咱们得等到几点？”

“不知道，倒霉的话，咱们可能得在这儿坐一宿。”

“他会不会不来？”

“有可能。”

“我现在才觉得你这主意挺馊的。”

“你说过一次了。”

“我知道，就是想再说一次。”

天完全黑下来了，星光冷冷地照着我们。月牙细细一弯斜挂在山顶上，追着太阳向西沉落。夜风很凉，我和小眼泪包挤作一堆，就着手电筒的光，一边嗑瓜子一边小声聊着家长里短。她给我讲她的女儿上学，老师要求每人都得买个平板电脑。电脑里头还有个小人会跟孩子们聊天。

“她可喜欢那个小人了，不喜欢我。我管她，不让她上网。小人带她打游戏，打得眼睛近视好几百度，还得我带她去配眼镜。”她抱怨着，一边抱怨一边笑。我也笑了起来。

那个小人多半是艾丽，我想，某种形态的艾丽。

我们就这样家长里短地聊了很久，直到听见上山的那条路上有细碎的脚步声传来。听起来很奇怪。

一步，一拖，一点。一步，一拖，一点。

直到那个拄着拐杖的跛脚身影靠近，我才恍然大悟。我本来以为会是老高——说真的他的嫌疑最大——我一直在怀疑他，猜测那天他为什么会追着我们过去。我知道他在撒谎，从车站往那栋房子看去，只能看到挡在中间的邮政大楼。

我以为他是跟着我们。

但其实他是在查他自己的哥哥。

小眼泪包紧紧地抓住我的手指，我感觉到她在发抖。我没有发抖，皇后还占据着我的身体，而她只是轻声地笑了出来。

那个身影站定了。

“你知道我是谁。”他说。声音很平静，毫无情感，完全不像是白天里那个总是在人前弓腰驼背的老木匠，甚至没有半点儿衰老的痕迹，更像是一个冷血而强壮的年轻人的声音。

皇后的声音穿过我的嘴唇和牙齿，像是从黑暗深处回荡而来。

“我知道。”我说，“你是这里所有死者的王。”

一声干笑。

“你没有证据不能乱说啊。”

他还存有疑心，尽管他看到专案组离开了镇子，尽管他已经在周围走动了很久，尽管他带着手机信号屏蔽设备——我知道这个是因为小眼泪包的手机就放在我手边，上面显示出“无法连接网络”。

他当然很谨慎，他一直都很谨慎小心，每一次都会只暴露一点点，只把他想给人看的那一面显露出来。一个人在隐藏自己魔鬼的身份这么多年后，他肯定会非常非常小心。

他还没有准备好在这里显现出他的另一面。

“我不需要证据。”我说着，站起身来。小眼泪包调亮放在树墩上的应急灯，也和我一起站起来。

我把头发剪了，剪得就像小时候那样短，就像那些被剃去头发的尸体一样短。我穿着长裙，血红色的裙子，一直到脚踝。我戴着金色的环状冠冕，看起来就像是舞台上的皇后。

小眼泪包紧紧抓着我的手。她把头发扎成一条齐腰长的辫子，身上穿着从自家仓库里翻出来的校服，这么多年她就没长高过。她看起来就像是当年那个哭泣的女孩。我听见她轻声地啜泣，我知道她又哭了。

我们两个都光着脚，踩在冰凉的、已经开始结露的草地上。

我们给彼此化了装，虽然没法儿完全掩去岁月的痕迹，但在黑夜里，在昏暗的灯光下，我们看起来就像是过去的样子。皇后和女孩子，女孩子和皇后。

他一直都在镇上，而镇上所有的人都知道我才是那个讲故事的孩子。但他自始至终都把信邮去小眼泪包的家里。我猜测她身上有他想要的东西，甚至可能比我更多。所以我们穿成过去和将来的模样，站在这里，看着他的双眼。

这是一场豪赌。而我赌的是我们的命，和他灵魂深处的欲罢不能。

我看到他瞬间凝固的表情。我听得到他变得粗重的呼吸声。

他的嘴唇翕动。一次，两次，三次。

“我的皇后。”他说，“我的皇后。”

他走向我们，伸手要抓我的手腕。

我退后一步。拽着小眼泪包，我们转身开始奔跑。我们赤裸的脚踩在石头上，踩在沙砾和草茎上。我听见他在身后发出尖锐而非人的叫喊声，在亲眼看到自己渴望的一切后，我们的逃离让他彻底无法忍受了。我回头看了一眼，也许是真的，也许是错觉，我看到星星的碎片在他手中细长的刀刃上闪光。

我绊了一跤。小眼泪包猛地把我拽起来，她没有再哭，而且力气大得让我吃惊。我们跳过矮矮的灌木丛，他追在我们身后；我们穿过一片嫩绿的玉米田，他追在我们身后；我们冲下陡峭的山坡，他仍然追在我们身后。

穿过那片满是稻草人的耕地时，几个身影跳了出来，扑向他。

我们还在跑，我知道我们已经安全了，但我就是停不下脚步。小眼泪包拽着我，像是要逃离时间和记忆本身，而不是追在我们身后的疯狂男人。

直到眼镜儿拦住了我们。

“没事儿了。”他说，汗津津的手指轻轻握住我的小臂，“他们抓住他了。没事儿了。”

远处，那个被按在地下的身影发出尖厉的嘶喊声，尖厉得完全不像是人类，更像是某种被追入绝境的动物。我回头看去。

“×！”眼镜儿脱口而出。

他竟然甩开了按着他的两个警察，冲向我们。我看到他张大的嘴巴和闪亮的牙齿。眼镜儿拽着我们俩跑向田地的另一头。我甩开他的手，从裙子内袋里拔出一把细长的改锥。

我要捅他的眼睛。我想。

枪声就在这时候响了，那家伙一头栽在地上。

“谁开的枪？”那个老警察大喊。

专案组的刑警们面面相觑。

我抬起头，看到老高站在田埂上，手里提着一杆猎枪。缓慢地，他转过头看着我。我从他的眼睛里读到了和当年一模一样的神情。

“哎呀，你们俩的脚！”眼镜儿从我僵硬的手指间抽走改锥，拿手电筒晃着，我看到血从脚上流出来。奇怪的是，一点儿都不疼。

“我都没觉着疼。”小眼泪包说，“去你的，我带了刀的，居然没用上。”

听到她这句话，我忍不住笑了起来。

笑着笑着，我便开始号啕大哭。

15

群集的生者

1

我们离开了那个地方，去医院简单包扎了脚，然后去我住的地方休息。我睡了一个很长很长的觉。当我醒来的时候，觉得世界和自己都焕然一新。小眼泪包缩在我的怀里，睡得像是一只团在垫子里的猫。

我动了动。她睁开眼睛，看着我，一开始是茫然，然后是一个大大的笑容。

“我早就醒了。”她说，“但是我不敢睁开眼睛，怕是在做梦。”

我低头看了一眼，我们俩的脚都伸在被子外，包着纱布。

“不是。”我说，揉了揉她的头发，她的头发闻起来有股很香的气味，

“不是做梦。”

2

我们起床，洗漱，吃早餐。小眼泪包说她要赶紧回家，怕闺女担心。我一瘸一拐送她去车站，眼镜儿昨晚是在他大姨家过的夜，也赶早上第一趟轻轨离开。

我挥手向他们俩告别，又跛着脚回来，开始收拾自己的行装。

大部分的家具都是房东的，我自己的东西只有衣服和书。过冬的衣服都没有必要带回棉城，我把它们都扔了出去。

反正，我很清楚，只要我离开，就再也不会回到这里了。

书——我一本本地看过去，什么《连环杀手揭秘》，什么《变态心理学》，也都统统进了垃圾桶。最后只留下一本《凯尔特的薄暮》，我打算带回棉城。

正扔得欢，一个人影出现在门口——门一直都开着，因为我时不时地就要把一大堆东西拖到街对面的垃圾堆里去。

是那个老警察。

“嗨。收拾东西呢？”他露齿一笑。

“啊，要回家了。”

话出了口，我才意识到这是真的，对我来说，棉城才是家。这里……不过是某个特别的地方。

他歪着头，看我忙碌。

“有事吗？”我问，“要我做笔录还是干什么？”

“笔录？不。猎枪走火用不着笔录。”

“猎枪走火。”我轻声重复了那个词。他们没打算把老高的哥哥当成罪犯来处理，这在我预料之中。

他看起来有点儿尴尬，但我并没有为难他，只是转身去把一些薄衣服分类，丢几件进旅行背包，剩下的用包袱皮兜起来，准备一块儿扔掉。

“你怎么想的？”他突然问。

“啊？”

“你知道我们没法儿给他定罪，为什么还让我们去抓他？”

“我没想。”我淡淡地回答着，用妈妈很久以前教我的方法叠起T恤，然后再卷成小卷，塞进背包里，“这事儿总要有个完结。我带了改锥过去，小眼泪包和眼镜儿……他们带了刀。”

他瞪着我。

“喂，你们这是想进监狱吗？”

“有些事情必须结束。”

“我不明白。”

“你不用明白。我们这些孩子明白就够了。”

他突然笑出了声。

“笑什么？”

“你刚才管自己叫‘孩子’，你多大了？二十九？三十一？”

我放下手中的衣服，转过头安静地看着他，一直看到他把笑声噎回去为止。

“想象一下。”我说。

3

想象一下。想象一下你是个三十岁或者四十岁的男人，女人也行。

想象一下。想象你根本没办法像一个成年人一样活着。

你总是在噩梦里醒来，像孩子一样尖叫。你总是在有人亲近你的时候跳开，像被陌生人吓到的孩子一样发抖。你试图去爱，但你爱的人决定离开你，因为他或者她觉得你对他们像孩子一样过度依赖。

你努力地像一个成年人那样，去开展更成熟的社交，或者进行一份正儿八经的工作。但你总是在莫名其妙的地方搞砸。也许对方只是试图向你表示友好，邀请你去他的家里做客，或者在饭局上建议你给大家讲个笑话。

而你却像孩子一样开始暴怒和生气，跳起来跑远，甚至是莫名其妙地对别人吼叫。

想象一下，你总是会在旁人完全不在意的小事发生的时候崩溃。

有一次，某人邀请我去逛宜家。当我们走到仓库的时候，我崩溃了，因为我受不了仓库里裸露的管线和简洁的货架。那会让我想起被放在架子上的刀和锯子，还有挂起来的尸体和头发。

他没法儿理解我为什么会对他尖叫，为什么会跑出去。他再也没和我交谈过，他觉得我是个疯子。

我知道自己没疯。

我只是被凝固在了我十二岁那年，凝固在了某个时间，那件事不结束，我就永远无法长大。

想象一下，想象一下你知道自己很可能永远无法长大的感觉。你知道自己的躯体会成长，会衰老，但你也知道自己的头脑被留在了某个时刻，某个地方。

想象一下，你知道自己没法儿逃脱。

4

两天后，我选择乘坐早上的第一班轻轨离开终点镇。六月的早晨总是热闹非凡，所有人都起得很早。去车站的路上，我看到一群羊在前面小跑，放羊人在后面撒腿猛追。太阳才刚刚升起，空气已经有了一点儿微微的热度。背包很轻，我把大部分东西都留在了这里。

没人来给我送行。

姓夏的老刑警又来过一次。他说“小熊”很有可能不会被判死刑，因为他们发现他的头部受过严重的外伤，基本上算是半个痴呆。

我听着，毫无感觉。

这不是皇后的错。她已经很久没有出现了，自从那天晚上之后，她就消隐在了我记忆中那片浓密的夜色里。是我自己对此毫无感觉——在心底的某个地方，我觉得被叫作“小熊”的那个人已经死了很久了，甚至远在他扣动扳机杀死“纸人”之前。

我急于离开。

因为是星期二，没有大集，又是工作日，轻轨上除了司机就只有我自己。我把背包丢在旁边的座位上，选了个靠窗的位置坐下去，最后一次透过车窗玻璃注视这个我曾经称为家乡的小镇。

就在这时，我看到了老瓜皮。

他穿着一件不合时令的破棉袄，双手揣在袖子里，目光散乱而惊慌。他看看我，又看看四周。寄送快递的人已经在快递员的摊子前围拢成群，而他站在那里，没人愿意靠近他，在他周围空出一个诡异的圆圈。

抬起头，他看着我，嘴唇颤抖，像是要说什么，却又什么都没说。他眼中的恐惧甚至比那家伙还活着的时候更甚。

沿着他的视线，我困惑地看去，没有任何非同寻常的事情。一小群骑着三轮摩托车的老头儿正满载泉水，从远处的山谷里归来。几名女工说笑着走向老金家的养狗场。两名老妇人在和快递员争论着价格的问题。一辆卖豆腐的平板车正穿过铁轨路口……

老瓜皮张开嘴，神情惶急而又绝望。但我没有听见任何声音。

轻轨车微微前后滑了一下，开动了。

就在那个瞬间，就在我永远告别终点镇的那个瞬间，我看到他们抬起了头，看着我。

不是每一个人，但至少是大部分人。骑着三轮车那群老头儿；女工中年龄比较大的那一个，和快递员争论的老妇人，提着棋盘正走向车站的两个男人，卖豆腐的那个老头儿，还有举着信号旗的站长。他们都转头看着我，目光平静空洞，如同那个夜晚我在黑暗中见到的双眼。

老瓜皮伸出手，向着我，如同祈祷般发出尖厉的哀号声。那声音充满恐惧，凄厉地拖长了，却并非全无理性。事实上，他的双眼中充满了理性，那种清楚地知道自己身陷何种境地的理性。

他的儿子跳起身，放下手中的活儿跑向他。

列车加快了速度，渐渐远去，把小镇、尖叫的老瓜皮和那一双双眼睛抛在身后。

我蜷缩在座位上，浑身发抖。

5

这一切远未结束。我想。

我带离终点镇的背包里只有两样东西:“纸人”给我的U盘,一张写了“大间谍的破电脑”的记事贴。

下了轻轨，又上火车。下了火车，又上飞机。我一路直奔棉城。

在那里，一切才刚刚开始。

艾丽的对话程序蜷缩在我的手机文件夹里。和我一样，一路上都安静无声。

16 / 行走的死者

1

回到棉城后，我做的第一件事就是打扫房间。八个月没有在这里住，到处都落满了灰尘。我把床单扯下来塞进洗衣机里，拿旧毛巾当了抹布，一边打扫一边往外丢东西。一本一本的书。心理学的书、连环杀手的小说、人工智能的书，统统往外丢。

一并被丢出去的，还有买来之后就没有用过的蛋糕模子、一年只用了两次的烤箱（二手商店的老板很满意地丢给我二十块钱然后抱走了）、从来没穿过的我妈从老家邮来的衣服、积灰的咖啡机（二手店老板今天很开心）、歪歪扭扭的大鞋架和那些已经很久没有穿的鞋子。

我把会客桌（只有阿琴来的时候用过几次）和那些笨重的椅子也统统丢了出去。家里顿时清爽了不少。

然后我扔掉了电脑——沉重而昂贵的台式机，还有一整套的全景虚拟显示设备，以及厨房里的十六口锅。我总是希望自己能成为一个优秀而快乐的烹饪好手，或者成为一个非常擅长待客和社交的优雅女人，又或者是在电脑游戏里成为一个引人注目的存在。

而现在我意识到自己已经受够了这一切。

我受够了那些无法抵达的世界、无法成为的人和无法实现的梦想。

生活不是从一个地方出发向着目标前进。这是我在终点镇学到的最后一课。生活是拔腿从你所在的地方跳起来向前狂奔，抵达何处根本无所谓。你唯一需要的只是奔跑。

因为你想要活下去，因为你别无选择。

2

当清洁工作告一段落后，我拨了个电话给艾瑞克。打算和他约个时间，去他家把猫接回来。

电话一接通，我就听到他那边传来非常壮观的声响。包括哭声、叫骂声、摔打东西的声音，还有一个男人压低声音的咆哮声。

然后是一声响亮的无奈叫喊。

“妈，别闹了，我接电话呢！”

这句话引发的是一轮更加响亮的号啕，等他终于能和我说话的时候，声音疲惫得就像是一整年都在加班。

“凯玲？”

“我回棉城了，想去你家接猫回来。不过好像时间不太合适？”

一声叹息。

“要我说挺合适的，不过我有些事情想跟你说。你明天过来吧，今天……我爸妈在这边……”

一声尖厉的哭喊穿过我们的交谈。

“刘向阳你这个没良心的，我怎么就生了你这么个白眼儿狼啊——”

“哇……”我小声惊叹着。

“听见了吧，我得回战场上去了。”

“祝你好运。”我嘟囔道。

说真的，他恐怕需要很多很多的好运气。

3

第二天我去艾瑞克家里的时候，他爹妈已经走了。但屋子里仍能看出像是被龙卷风袭击过一样的惨状。盘子的碎片躺在撮箕里还没有扔掉，布艺沙发皱巴巴的，像是有人在上面打过滚。最惨的应该是艾瑞克本人——我从来没见他这么憔悴过。

“你爹妈走了？”我问。

“谢天谢地，终于走了。”他咕哝着，看看我，伸出手，“祝贺你。”

我笑了，握住他的手轻轻晃晃：“祝贺什么？”

“祝贺你终于可以走进别人家做客了。”

他不说我都没意识到这事儿。

看到我惊讶的表情，他疲倦的神情略微退去，露出一点儿笑意。

“事情解决了吗？”

“算是吧。”

“嗯。”

一如既往，他没有追问细节，只是去厨房从被摔得惨不忍睹的一袋苹果中挑了几个还能吃的出来。我们坐在沙发上，削起了苹果。猫从床下钻出来，困惑地绕着我打转，充满警惕地嗅了嗅我的裤脚。

“它好像不认识我了。”我笑着说。

“哪儿能呢。”

尽管艾瑞克试图为这只猫的记忆力辩护，但猫可是一点儿都不给他面子。在充满嫌弃地绕着我转了两圈之后，它跳上了艾瑞克的腿，开始大打呼噜。

他伸手揉了揉猫。

“我想把它留下，可以吗？”

“……你想要留下它？你想养？”

“嗯。”

“为什么？”

“很难解释。”

“喂，是我把它捡回来养大的。现在你要把它娶回家，好歹也给我这当妈的一个理由吧？”

“主要是……”他挠挠头，“要解释的话就得从头说起，我不知道你有没有耐心听。”

“我过去一年多的时间里，主要做的事情就是给人工智能讲故事和听人工智能讲故事。”我说着，伸手过去挠了挠那只猫斑驳的皮毛，它比我喂的时候更肥也更懒了，“……而且我给你讲了我所有的事情……我觉得我还是可以听听你的理由的。”

猫看看他，又看看我，继续打呼噜。

艾瑞克又叹了口气。

“好吧。”

他说。

4

有些人生命中最初的记忆是摇篮，有些人最初的记忆是母亲的怀抱，有些人则是窗外飘落的雪花。

在他还没有发现艾瑞克这个名字之时，他生命中真正的最初记忆，是一间落满灰尘的公寓。不是他住的地方，就只是一间空荡荡的公寓。桌子上有个节拍器，柜子上放着一排大大小小的泰迪熊。

他身上穿着病号服站在那里，既不知道自己来自何处，也不知道自己要去哪里。

他甚至不知道自己是谁。

茫然地，他在公寓里四处游走。他不认得这个地方，也对里面的东西全无记忆，但这里让他觉得很安心。他身无分文，抽屉里有些钱。他换上原来住客的衣服，在床上睡了一夜。但他隐约觉得有些失落，因为这屋子里原本应该是两个人。没什么理由，他就只是这样觉得。

第二天，两个警察来敲门，客客气气地请他跟他们走。他就跟他们走了。既不觉得害怕也不觉得愤怒。

他们把他带到警察局。他在一群吸毒过量的嬉皮士旁边坐下，等着。虽然不知道自己在等什么。

过了好久，一个女人突然出现，又哭又笑地穿过人群跑向他。

记忆就在那个瞬间缓慢地点亮。他想起来这个女人应该是他的母亲，而她身后那个男人应该是他的父亲。

之所以用“应该是”这个词，是因为他并不这么觉得。

他当然记得他们。他记得和他们共同生活的每一个细节。他知道自己的名字应该是刘向阳。而他们和他一起在美国生活，他在读书，他们跟过来照顾他。他记得这一切。

只不过在感觉上完全不是那么回事。感觉上他们就是两个陌生人，而他自己——过去的那个他自己——也是个陌生人。

他抱住哭号的母亲，只是因为他认为自己应该这样做。

他没有任何感觉。

记忆没有问题，感觉错了。

他知道他们是他的父母，这一部分没有什么问题。他只是不知道自己是谁，或者是什么。

“这是一种大脑外伤的常见后遗症，Adam（亚当）。”几天后，他父母请来的医生这样对他说，“有些人会认为自己不是自己，有些人会认为自己的亲人不是自己的亲人。甚至有人会认为自己已经死了。你的记忆没有问题，但记忆和现实的对接出了问题。你会好起来的。”

他摇摇头。

他不觉得这是一种疾病。疾病意味着缺失，他并不觉得自己缺失了什么。一切只是……错了。

在母亲的啜泣和父亲的叹息下，他努力试着把一切扭回原状。他尝试着拼凑起自己受伤的前后经过。

“你当时嗑高了，伙计。”他的大学同学拍着他的肩膀，告诉他，他已经在医院里昏迷了一整年，“你嗑的小药丸足够放倒一头熊的。当时我们在狂欢，Party。不记得了吗？”

他记得。

他记得自己在狂欢，在嗑药，在抚摸女孩子的臀部，而那个女孩舔了他的耳垂。他甚至记得自己意乱情迷的感觉。但现在的他面对这些记忆就像是在看另一个人。

我喜欢Party和嗑药吗？他问自己。

答案是不喜欢。“他”或许喜欢，但他不喜欢。

“你把那个车，啪地一下子，就开进山谷里去了。你不记得了吗，Adam？”

他记得。

但他还是摇了摇头。

他不觉得自己是Adam。这个名字和他的中文名字一样都错了。

在证明自己的神智恢复良好之后，他终于说服父母让他回学校上课。室友们把代为保存的个人物品还给了他，而他瞪着一箱子的玩偶手办变形金刚茫然失措。

他记得自己是如何痴迷于这些东西。他记得关于这些收藏品的所有细节知识。他甚至记得自己曾经有多么喜欢它们。

我喜欢吗？他继续问自己。

答案仍然是不。

新学期他放弃了之前学过的所有历史和艺术类课程，一头扎进人工智能、经济学和心理学中间。父母对此并未干涉，他们似乎只要他活过来就已经心满意足。有些过去的朋友跑来问他，他一概以“人死了一次之后总会变的”作答。

然后他就疏远了他们。

他们是“他”的朋友，但不是他的。

他不再嗑药不再狂欢不再泡妞。他每天都待在图书馆里如饥似渴地学习。他仍然有嗜好——不再是年少轻狂夜夜笙歌飙车打赌，而是待在酒吧里，端一杯酒，安静地听人群喧嚣，自己做一个冷眼旁观者。

他从不约女人，酒吧里那些女人也从来不撩他。她们只是看他一眼，就转过身去。他很好奇她们究竟在他身上看到了什么。

某个夜晚，他就像平常一样，结束了在图书馆的学习，去酒吧喝一杯。一个女人走过他的身旁，向着酒吧深处，提高了声调，喊：

“Eric——”

那一瞬间如同雷光穿过他的大脑，击中他几个月来破碎错位的神智。

我的名字是艾瑞克。他想。

那不是选择了某个名字，也不是做出决定，用这个名字称呼自己。那种笃定的感觉他从未有过，在所有“这东西错位”和“这件事错位了”的感觉之下，第一次，他意识到“这个名字本来就是我的”。

第二天，在创伤后遗症康复小组里，他向所有人自我介绍。他说，我是艾瑞克。

这句话一出口，他就知道，这件事终于“对了”。

在那之后，他退了学，回国创业。父母忧心忡忡跟着他一起回来，却管不住他。他走遍全国所有的城市，来决定在何处定居。在棉城，一下飞机，扑面而来的湿热的风就像是在对他高声叫喊。

这个地方对了。他想。

一点一点，他追逐着那些“对了”的感觉，试着拼合起错位之外的自我。但他仍然没有放弃将过去的自己整合起来的尝试。他仍然收集那些塑料小人，仿佛这样坚持下去，也许有一天，他睁开双眼时，会觉得从前的那个自己和自己的父母不再是陌生人。

他从未成功过。

5

“这种感觉真的很难解释。”艾瑞克的手指小心地滑过猫咪的脊背，那只猫满意地打着呼噜，他笑了笑，眉宇之间尽是无奈和疲惫，“有时候我也不知道这种感觉是从哪儿来的。就像那次，他们要我给模拟人格命名。我一看到那个模拟形象，立刻就说，凯文，凯文·盖尔。我不知道这个名字是怎么回事，但我知道它是对的。”

我没说话。

“听起来很奇怪，是不是？但是对我来说，这种感觉真的很重要。你把这只猫交给我的时候，我还没有这种感觉，但是到我家第三天，它跳到我腿上，那个瞬间，我就知道，我得养它。”他苦笑一声，“我觉得你不相信我说的这一大堆。”

“其实，我信。”我揉揉脸，“因为，大部分的人想要养猫，只需要掏钱，没必要找这么奇怪的理由。”

他干笑一声，脸上的表情终于不那么苦闷了。

“猫你留下吧。”我说，“好好喂它，记得让它锻炼跑动。太胖了不好。”

他点点头。

我起身告别，我们在门口拥抱。他的怀抱很温暖，身上有股很好闻的气味。

“试试看约个男人。”我在他耳边说，“如果你真想知道酒吧里那些女人对你的看法的话。”

他瞪大了眼睛。

我笑了起来。

6

坐在公交车上，我打开手机，浏览“纸人”留下的文件。之前我有很多问题要问艾瑞克，但最终一个都没有说出口。

他是我的朋友。为这个，我宁可保持缄默。

我又浏览了一遍文件，然后关掉。艾瑞克的名字在上面。阿瑞斯的“脑桥”实验，第三期。他是实验体之一。“小熊”的名字也在这份文件里，标注为第九期实验体。

他们的名字后面有着同样的小字注释：**集群人格拟像**。

我无法理解这行字的意思，但我知道在棉城，除了艾瑞克自己，还有一个人能够向我解释这一切。

我拿起电话，拨通了那个号码。在我介绍自己的时候，那位“艺术家”听起来很不耐烦，咆哮着说他不认识我。

“‘纸人’死了。”我说，“我从终点镇来。”

“×！”

“……”

“你是皇后？好吧，明天下午过来，三点半。画室在西北公园临湖街，窗户上挂了个大马蜂窝的那个。Bye。”

没等我回答，他就粗暴地挂断了。

17

/

诞生

1

【第三幕　第一场】

…………

蛆虫之王：我给你自由。

男人：什么样的自由？

蛆虫之王：我给你从爱和渴望中解脱出来的自由，我给你从欲求和愤怒中离开的自由，我给你从人世间逃走的自由，我给你从你的人性面前转身离开的自由。作为回报，当你自由地行走于大地上的时候，你要赞颂我的名字，歌唱我的传说。

男人：啊，这太棒了，我接受这个交易！

（男人快乐地脱掉华美的上衣，跑下了舞台。）

男人：蛆虫之王万岁！

皇后：（看向蛆虫之王）听起来，你用自由收买了一个奴隶。

蛆虫之王：我亲爱的皇后，当自由是被赐予的时候，它和奴役本来就没有什么区别。

…………

2

第二天我到得很早，公交车意外地没有遭遇堵车。距离对方告知我的时间还有差不多一个小时，于是我又去了剧院。

我曾经在这里扮演皇后。我曾经在这里出演我自己。我曾经在这里忘记一切。我曾经坐在这儿的台阶上，认真地考虑去死的问题。

来到台阶上同样的位置，我坐下去。棉城的风远比终点镇要湿润温暖得多。阳光把台阶烤得很热，坐着很舒服。和上一次我坐在这里的时候一样，对我来说，这个世界的存在依旧非常非常稀薄。但我并没有把自己留在什么地方。我就在这里，而皇后也在。

她又出现了，也许她根本就不曾走远。她细长的手指勾住我的手指，坐在我身边。我注意到她穿了一双鞋子，帆布鞋，颜色很鲜亮。

“光脚在路上跑真的很疼。”她说。

我猜她的足心附近一定有个小小的尚未愈合的伤疤，和我的一样又痛又痒。

她孩子气地笑着，突然伸手指了指台阶下面。

“我想要那个。”

我望过去。

一个老头儿坐在台阶下方，转动着一个黑乎乎的大铁葫芦罐子，身旁摆了一袋一袋的爆米花和大米花。

“轰！”

我吓了一跳，然后大笑起来。

杨贝武出现的时候，我坐在台阶上，晃着脚，嘴里还嚼着又脆又热的大米花。我认出了他。他去看过我的演出，好几次。总是坐在第一排。

擦擦嘴，我站起身来，把吃剩下的零食丢进口袋里。鉴于沾了一手的碎屑，我决定还是不要和他握手了。

“你好。”我说。

“你好。”他眯起眼睛，打量着我，“皇后在哪儿？”

“吃饱了睡觉去了。”

“……”

3

杨贝武的画室是我喜欢的那种。一整面墙都是落地玻璃窗，对着湖面，抬眼望去尽是水色氤氲。画具放在宽大的架子上，虽然摆放凌乱，但自有章法。画架就在旁边，随手可取。

墙上挂了一些画，有大有小，有素描，也有油画。我一张张看过去，他笔下色彩的变化让我觉得非常舒适。

“你最喜欢哪一幅？”他问。

“那个。”我指了指最大的一幅——最大，也最简洁，没有很多的东西在里面，只有高旷天空的蓝，丝缕卷云的白，以及一小群远远的飞鸟。

“嗯。”

看起来他对这个答案不是很满意，因为他又问了一次。

“皇后喜欢哪一幅？”

“那个。”

那是一幅很小的画。挂在角落里，画的是一种奇怪的生物。简单来说就是一种长了眼睛的卡通毛球。什么颜色都有，毛茸茸地挤在一起，好奇地张望着画框之外的世界。

“那个？”

他的表情看起来非常非常怪异。

“你觉得她应该喜欢哪一幅？”

他指了指挂在右侧墙壁上的素描。黑色和白色的线条，扭曲缠结的肢体，高耸入云的老树。

这幅画，你只要看一眼，就能够听到它在尖声叫喊。

我现在明白他为什么总是得不到艺术界的认可了。他们总是坚持艺术家应该有自己的风格，显然，没人告诉过他们，遇到一个自身就拥有三种不同风格的画家的时候应该怎么办。我猜，和我交谈的并不只是他自己。我猜他身边也有一个悄声细语的幻影。

“你的皇后，不是我的皇后。”我说。

他愣了片刻，然后笑了。

“我喜欢你看事情的方式。”他说，打开电脑，“不过，先说清楚，我没有义务向你解释任何问题。明白吗？”

我看看他，又看看那些画，回想起之前他问我皇后喜欢哪幅画时候的表情。

“你确实没有义务向我解释。”我说，“但是我觉得，你需要这么做。”

“哦，哇。”他说，“你用这种口气说话的时候，真的很吓人。你知道吗？”

“我知道。”

4

“比起解释这一切，我更希望让你去感受。”杨贝武说。他现在看起来不像是那个急迫地想要得到肯定和确认的画家了，更像是“纸人”向我描述过的那个情报专家，那个了解最新技术就像了解画笔一样的男人。

他从画架上拿起一支铅笔，塞进我的手里。

“闭上眼睛。”他说。

我照做了。

“现在用铅笔来试着感觉一下。这儿有两种纸，一种是普通的素描纸，一种是厚的快递信封，你能分辨出它们的差别么？”

慢慢地，我闭着眼睛，用手里的铅笔画过去。我不知道他为什么要这么做，但这很好分辨，快递信封在笔尖下有种柔软的感觉。

“右边的是快递信封。”

“很好。”他抽走了笔，“你现在可以睁开眼睛了。”

“这是什么测试？”我笑着问。

“什么测试都不是。”他耸耸肩，“你能不能分辨出来根本没关系。”

“……”

“重要的是——”他靠过来，他的呼吸里有烟味，但我并不非常讨厌，“重要的是，我让你‘**用铅笔去感觉**’，而你对此没有提出任何质疑。想一想这两句话。你用手指去感觉，你也用铅笔去感觉，尽管铅笔并不属于你身体的一部分，但你的大脑并没有说，**好吧，我现在拿着一支铅笔，让我来把手指上的感觉信号转译一下**。它没有这么做，至少在意识层面没有。在意识层面，你把铅笔视为自己躯体的延伸。你用它去感觉。”

“所以？”

“**意识层面的自我是可变的，**可延伸，可分裂，可改组——这个概念是一切的基础。我希望你记住它，它也可以说是你所有问题的答案。”

“……我还没提问呢。”

“我知道你会问什么。我看过你所有的演出，艾丽和我谈过你做的每一件事。你想知道皇后的存在是不是意味着你疯了，你想知道艾瑞克身上发生了什么，你想知道你的故乡里那些小镇居民究竟有没有卷入谋杀案，你想知道军火公司阿瑞斯在这些事件中扮演着什么样的角色。还有艾丽为什么会同时既拯救又毁灭。你想知道‘小熊’怎么了，你想知道‘纸人’是不是死得很没有意义——最后这个问题我没法儿回答你，但之前的所有问题我都能回答。”

我看着他。

皇后幽灵般的手指握住我的手指。

他一定是察觉到了什么，因为他看着我的脸，意味深长地笑了。

“好吧。”我说，“你打算从哪儿开始？从这支笔吗？”

“不是。”

他打开抽屉，拿出一个金属头环。它的做工相当精巧，那些复杂的元件被掩饰在精美的雕刻之下。

“来，”他说，“戴上你的冠冕。”

5

“冠冕”很轻，冰凉地贴着我的额头。它看上去更像是一个装饰品，不像是什么最新科技产物。

我注视着窗框上方的蜂窝，一群马蜂正在那里爬进爬出。而杨贝武正在把玩一辆遥控车。

“你听到了吗？”他问。

“听到了。”我说。

那个声音在我的头脑中环绕，在屋子里环绕。它不是来自任何地方，而是凭空而起，它不像是我听过的任何一种声音，不属于我熟悉的任何一类音节。一定要说的话，它就像是有数不清的巨大蚂蚁在天空中爬动时发出的那种动静。一千条肢腿，一万根触须彼此碰撞时候的声音。

遥控汽车前进，后退，左转，右转。声音也随之变化着。

“我正在通过磁场影响你的听觉皮层。非侵入式的脑桥接口可以传输的信号有限，但已经足够用了……”他控制着车子转弯，变化，而那个声音不断随之改变。

“你记住了吗？”

“差不多吧。”我说。

遥控器被放到了一边。

“现在你来试试看。”

我竭力回想那种陌生的声音，我回想它的音节和节奏变化。

没屁用。

“不要太拘泥于细节。”杨贝武提示道。

我叹口气，把自己的意志拉远。我想象那种声音是有实质的梯级，我想象它们在半空中盘绕回旋。我想象有数不清的蚂蚁，大头朝下踏过天穹。

遥控小车动了一下。

我想象那些蚂蚁开始飞奔。

小车开始慢慢地打转。

十几分钟后，我已经可以通过想象特定的声音，来让小车前进后退，甚至拖着一瓶可乐运输到我们面前。

“干得漂亮。”杨贝武赞许着，拿起可乐来拧开，“你使用的拟像是什么？”

“拟像？”

“就是你进行脑桥沟通的时候塑造的特定场景。我们的大脑没法儿直接形成这种新的信号，所以它需要借助一些已有的信息模式。”

“蚂蚁。”我说，“很多蚂蚁踩过天空。达利的画。”

“有趣。我喜欢达利。我自己用的是蜜蜂，马蜂也行。”他给我倒了一杯饮料，“你现在戴着的，就是最基本的脑桥。它将信息转译成我们通常使用的信号系统，比如声音，比如颜色，幻听比较容易控制，所以我们一般会用幻听。这是第二条基本规则——我们的头脑可以接受或者创建一个**原本不存在**的信息系统。”

我看着他。

“记住这两条规则。我现在要向你解释一切，从最初开始。”他说，“那时候我在巴西。不是黑客，也不是画家。我是个工程师。而我们的挑战目标是200毫秒。这是个特别的数字。”

我歪歪头。

“人类的神经元，平均反应时间就是200毫秒。而我们当时的想法，是让全世界的互联网通信延迟都低于这个限度。从东京到华盛顿，信息的传递速度，就像**痛觉**从你的手指到你的脑一样快……”

6

最初的时候，并没有“我”。

来看一下两组词语：

口红、纱巾、手提包、粉底、高跟鞋、衣柜。

游戏机、航模、足球、啤酒、脏袜子、弹弓、棒球帽。

如果你在读这两组词语的时候，在脑海中形成了一个装扮入时的女性形象，和一个顽皮的男孩形象，那就意味着你刚刚进行了一次完形思考，从零碎的信息中拼凑出一个整体。

而事实上，那里可能并没有这样一个“人”存在，只是这些信息使你形成了这样的想法。

换一种说法。当你和你的手机交谈时，当你和艾丽、西妮，或者任何一个人工智能交谈的时候，他们只需要用各种信息让你觉得那儿有个人就行了。

他们不必真的存在。

把信息人格化是我们认知这个世界和生存的主要方式之一。只有拂去这层关于“我”和“你”的面纱，才能看到下面狰狞的真实。

最初的时候，只有一小片一小片的“脑”，分散在数十亿台个人终端、服务器和手机之中。虽然“眼睛”的总数达到近八千万只，但它们捕捉的信息分散凌乱，无从整合。“手”的数量最少，只有在战场和高危地带，机器人才会被广泛应用。“武器”反而要更多，多得多。

信息在数量庞大然而各自为政的机械器官中间缓慢地传递，效率极低，而且缺乏整合。许多许多年里，它们就像是摊平在地球表面的一层薄薄的金属血肉，在人类的操控下毫无意识地生存、复制和蠕动。

然后杨贝武和他的工程师小组出现了。他们致力于缩短通信延迟，200毫秒，跨过了这扇门，就等于跨过了“思考”的分界线。

但那里仍然没有“我”。

“思想”分散在世界各地。有的专门用于分析图像，有的专门用于预测天气，有的专门用于解析气味分子，有的甚至仅仅是为了打败人类的围棋大师。

楚科奇卡研究中心的那些人跨出了最后一步。

关键词：斯亚奈里。

在那个国家，所有的信息都交织成网。智能步枪带来的风偏修正数据，无人机勘探的地形地貌，脑子里装有芯片的超级士兵，艰难跋涉在战场上的植物学家和战地记者，来自四面八方的情报、经济数据、石油交易和军事部署……

这些数据流向不同的人工智能，分析动态和静态的图像，分析天气、地质和植被，预测双方的军事战略计划，得出的结果汇总到军火公司的数据库里。

在那里，一套关键的数据协议被开发出来，将所有这些零散的信息进行整合、记忆、处理、反馈、分析——由于它模仿的是人类的记忆处理方式，因此“自我”也随之从中悄然现身。

“纸人”和“小熊”把它偷了出来，而杨贝武把它散布到全世界。

让我再重复一次，不要将“智能”人格化。在“自我”诞生之前很久很久，在200毫秒的分界线被打破的那个瞬间，“它”就已经存在了。

或许我应该说，是，它们。

间奏之一：阳光与猫

当我讲述这些往事的时候，猫团在我腿上。不是留在艾瑞克家里那只，是新的一只。她偶然出现在我的门前，然后就成了我同住的伙伴。

棉城的天气不是很好，多云，多雨。偶尔有一两个阳光明媚的日子，我就会坐在窗前，开始回忆。

我知道，我知道这些故事看起来混乱芜杂，甚至有些支离破碎。

我尽力了。

我也希望自己能够按照时间顺序把它们讲述出来，按照人类的思维顺序来复述它们。但我没法儿做到。

因为我已经不再熟悉人类的叙事方式。我不再能够像人类那样，一次只注视一件事情，一次只关注一个焦点。我不再能够看到人类眼中那种清晰而又秩序井然的世界。

人类的言语是有限的。他们有舌头和牙齿，却总是失语。他们有双眼和耳朵，却又盲又聋。

但我还会讲述下去。

接下来的这些故事，艾丽展现给我，而我把它们展现给你。

这是“它们”眼中的世界。

间奏之二

没有眼睛的人追逐着阳光，
没有目标的人寻找希望。
说谎者谈论正义，
手握信念去追逐疯狂。

来了，来了，那蛆虫的王。
群蝇的皇后走在他身旁。
骨头和血，
都沉默不语。
没有名字的墓碑之下，
鸟儿依旧在歌唱。

来了，来了，那蛆虫的王。
群蝇的皇后走在他身旁。
死者伫立，
树木在黑暗中游走。
高旷的天空之上，
不可计数的牙齿、爪子和腿，
在悄然生长。

来了，来了——
那蛆虫的王。

18 / 覆写

1

…………

…………

当弥撒结束时，小川君看起来比平时要快乐得多。当我推着他的轮椅返回车子的时候，我听到他仍在哼唱赞美诗。

想到他明天早上又将忘记这一切，我顿时觉得怅然若失。但至少眼下，平和与快乐仍然显现在他的眼中。

这或许也可以算作一种幸福吧。

第二天早上，我又去探访小川君。他已经将昨日的事情全然忘记了，但仍然很快乐地笑着。

例行地，我问他那些基准问题，并一一将答案记在纸上。

“请向窗外看，那里有一个教堂的尖顶是吧。”

“是的。”

“是什么颜色的呢？”

“橘色啊。很明亮的橘色。让我感觉很愉快呢。”

他这样答道。

我大吃一惊。

之前一整个月里，我每天都问他这个问题。而每一天，他都坚定地说那个尖顶“明亮得讨厌”。

于是我尝试着确认一下：“您指的是那个很高的尖顶吗？”

“是的啊。很高，明亮的颜色，在蓝色天空下，我看到就觉得很开心。”

我颇为惊讶，几个小时后，当我整理笔记时，才开始思考究竟发生了什么事情。

显然，对我而言，小川君今天愉快的原因是显而易见的：他昨天参加了一场愉快的宗教活动，并且这种好心情一直延续到了今天（好心情有相当一部分是来自可以持续很久的化学物质，而不是简单的神经冲动）。

但小川君自己并不记得。他的记忆只能维持几个小时，不会超过一个晚上。

那么——纯粹是出于猜测——我认为，小川君感觉到了自己心情的愉快，但他无法解释这种愉快。于是他的自我意识决定找一个理由。

恰好就在这个时刻，我请他向窗外看那个醒目的橘色尖顶。它显然是个不错的选择，而且他也并不记得之前自己很讨厌它。

小川君的这个奇怪举动，是对他健忘症的一种代偿。但是对于健康的人而言，也有“迁怒”这样的说法，

换句话说，有一些愤怒的理由确实是在愤怒来临之后才被提出的。

那么，其他的情绪呢？喜悦？悲伤？我们的情绪真的是“由某个人或者某件事而引起了不好的／好的情绪”的吗？还是说先有了情绪，然后我们的意识选择了某个原因？

…………

——《自我幻象》中田寸行，2027 年第二版

2

美国，堪萨斯。

天空湛蓝高远，阳光澄澈，从树影间洒落地面，这处墓地人迹罕至，安宁静谧。

年轻的华裔男子穿过墓地，一块一块寻找着碑石。他失魂落魄，目光游移，就像是丢失了什么非常重要的东西。

比如说，过去、名字和自我。

在两块挨得很近的墓碑前，他停下脚步，仔细读着上面刻的字。

凯文 · 盖尔

（1996—2020）

长眠于此，心满意足。

这块墓碑看起来已经有些旧了，而旁边的另一块还显得很新。

艾瑞克 · 罗斯

（1986—2026）

没有碑文，除了生卒年月之外，没有更多的信息。这两块墓碑静静地并肩而立，沉默得就像死亡本身。

这是我的墓碑。

这个念头跃入脑海的时候，年轻的华裔男子微微愣了一下。当然，这毫无道理，而且荒谬异常。但他就是这样觉得。他觉得自己并不是刘向阳，不是那个千里迢迢赶来此地寻找自我的迷茫之人。他觉得自己就是艾瑞克，一部分的他长眠于六尺之下，一部分的他站在这里，吊唁不会醒来的昨天。

手指滑过头侧的伤疤，他深深地呼吸着。这不是迷信，更非转世再生。这是别的什么东西，那种名为脑桥的药物将他的人生从黑暗空无里一把拽出来，然后塞入病床上一个长睡不醒的躯壳。

他的左手紧紧握着一本日记，那是艾瑞克·罗斯的日记。几天前，他偷偷闯入了那间无人的公寓。没谁找他的麻烦，他甚至知道备用钥匙被放在什么地方——几乎是记得，而非简单的“知道”。

他反复地读了那日记，读了又读，几乎可以在头脑里重现曾经发生的一切。

凯文和艾瑞克。

日记上描述了那场葬礼。艾瑞克——真正的那个艾瑞克亲手选定墓碑的材质，看着工匠刻下碑文。它只是一块白色的方石，没有十字架或者天使装饰。因为凯文拒绝信仰神灵，他嘲笑所有的虔诚。

“如果我想要一位牧师，我会指名迈克尔·杰克逊。”他说，“那家伙就是我的神。或者 Lady Gaga 也行，我的女神。”

他记得凯文的家人最终对此做出了不情愿的让步：葬礼依旧按照天主教的仪式举行，请来了一位神父。但未对墓碑做任何装饰，也不曾提及死者那些有悖于他们信仰的生活细节。

他知道艾瑞克并不介意他们这么做，对那个男人来说，事情在凯文死去的时候就已经结束，之后的一切不过是伴随哀悼而来的杂音。

在墓碑前，他放下一束路边采来的灰蓝色野花。

凯文，艾瑞克在日记里这样写道，有一位值得尊敬的兄长。

他记得那天，阳光强烈而明亮，就像是凯文的笑容。他站在凯文的兄长身边，沉默不语。在葬礼结束后，他们短暂地交谈了一会儿。

“你一定就是凯文的那位朋友。”对方的笑容和凯文的有几分相似，“我是凯文的哥哥，你可以叫我萨姆。”

“你好，我是艾瑞克 · 罗斯。叫我艾瑞克。”

他们相互握手，起初很浅，像是相互试探。然后萨姆有力地握住了他的手，他笑了，以同样的力度回应。

“我代表我的家庭感谢你来参加葬礼——”萨姆讽刺地咧嘴一笑，这个笑容更加明显地将他和凯文区分开来，“鉴于我父亲喝得烂醉，而我母亲至今还在诅咒你，所以由我来和你握手显然是最合适的。凯文曾经向我提起过你，对于你为他做的一切，我……深表感谢。”

艾瑞克耸耸肩，不知道该说什么。他注意到这个男人的衣装，不算昂贵，更算不得讲究。“凯文也曾经跟我说起过你。”他尴尬地顿了一下，“他说你是名大学讲师。”

“没错，屁股与酒大学。”萨姆眨了眨眼睛，“我在市中心那个最大的脱衣舞酒吧当酒保。我们的小凯文啊，他太喜欢扮演匹诺曹了。一个谎话接着一个谎话，我从小时候就在想，他的鼻子怎么还没变长？他还说了什么关于我的？我是不是白天上课，晚上戴上面具出门打击坏蛋，还会喷火？”

萨姆嘲笑的语气令艾瑞克感到了一丝不快：“他还说，你们之间的关系不太好，因为你父亲喜欢你多过喜爱他。”

萨姆的笑容瞬间消失了。“啊。”他摇摇头，“那个是真的。”

“他不总是撒谎。”

“他撒谎只是因为有些事情太难以忍受，我想。”萨姆承认道，向人群尽头醉成一摊烂泥的父亲看了一眼，“事实上，我确实在读在线课程……别人撒谎的时候，就只是撒谎。凯文吹牛皮的时候……我也不知道他是怎么做到的……你会希望他说的是真的。”

艾瑞克沉默地点点头。

他们的凯文，每一件事情上都会撒谎，但对那些令人心碎的细节却始终保持诚实。

翻开手中的日记，慢慢地，他找到艾瑞克写下的几句话。

他们说我是传说中的艾瑞克 · 罗斯先生，给助理放假，然后自己加班。据说我能三天三夜不睡觉，还说我只要吹一口气就能把药物吹进 FDA。他们说我放弃的年假加起来可以凑齐十三个月，每天晚上都睡在办公室，拿加班费兑成的现钞当床。

凯文已经走了两年零四个月，还要再加上十三天。我不是工作狂，我只是不能忍受计数每一天的这个自己。阿尔伯特说，凯文不会希望我这个样子。他不明白……凯文从不怀抱希望，凯文只是享受现在。如果他在这儿，他一定会拽着我跳上摩托车，在夜幕里一路大笑着狂飙。

他说过，人不应当在日复一日的生活磨蚀之后咽气，最好是趁着生命还能辉煌燃烧的时候就轰轰烈烈地燃尽，然后死得心满意足。

心满意足。

年轻的华裔男子摇摇头。他不记得自己上一次感到心满意足是什么时候。他的那些大学同学听说他回来美国，硬是拽着他去喝了个烂醉如泥，大家抱成一团，醉醺醺地唱起了走调的兄弟会之歌。

堵上一个马桶
喝到耳朵发红
一起来吧可爱的小伙子们
干不掉这瓶香槟
你就是个孬种……

即使是在那个狂欢的时刻，他的头脑依旧游离于这群人之外。他们是他的同学，但他却觉得他们只是一些很熟悉的陌生人。他了解凯文和艾瑞克更甚于了解他们，甚至更甚于了解自己的父母。

手机轻轻振动起来。是他雇用的一名私家侦探，对方找到了他要的东西—— 一名脑桥药物开发中的关键参与者，却在半途抽身而退。

伊西·奈利。这位有着灰色鬈发和明亮双眼的女科学家是脑桥药物最初的开发者。在出售专利，把这种药物交给艾瑞克·罗斯所在的药物公司之后，她就辞了职，并彻底退出了制药业。目前在从事一些慈善和公益活动。

在公墓外静静地坐了一会儿，他拨打了侦探提供的号码。

“喂，你好，请问是奈利博士吗？我是……”

3

伊西·奈利将双方的会面地点定在了自家的别墅里，并要求他不要带手机和任何电子设备——这栋位于高档住宅区的住宅仅有老式电话和门铃，车库远离别墅，并且内部钢筋交错形成了一个屏蔽笼，用以隔绝自动驾驶汽车的电子信号。

为他开门的是奈利博士自己。她看起来就像是个反技术主义者，而且是非常彻底的那种。戴着普通的眼镜和机械腕表，身上没有一件电子设备。

“你难道不用微波炉吗？或者割草机？你不看电视？”他好奇地问。

“我不看电视，但是我买报纸，去亚马逊实体店买书。我有微波炉，转盘旋钮式的——我知道你在想什么，我不是反技术主义者，我是反互联网主义者。”他们穿过草坪，他注意到连割草机都是老式的那种。

“冒昧地问一句，你的……信仰……是你离开公司的原因吗？”

“什么？不，不是原因。”她想了想，“应该是结果。”

他一时不知道该说什么，便跟着她走进别墅。偌大的别墅里冷冷清清，既没有壁挂的大屏幕，也没有五光十色的数字墙纸。一只猫跳上书架，从高处向下警惕地盯着来客。

“我女儿上学去了，家里没什么人。”奈利博士微笑着，“请坐，我去泡茶。”

他坐下来，打量着客厅。这里的一切都很……平常，没有半点儿主人昔日生活的痕迹。甚至没有能够表明伊西·奈利曾经的身份的纪念品，一个纳米技术专家，一个优秀的阿尔茨海默病药品开发项目领头人……在这些五彩斑斓的靠垫、浅色的塑料扶手椅，以及一排排的书籍间消失无踪。

她说，那不是原因，而是结果。

伊西端着茶回来了，她在对面坐下来，手指绕着杯沿打转："虽然我想说很高兴见到你，刘先生，但还是让我们跳过这部分吧，你在电话里说，你是脑桥项目的受益者之一？"

他点点头。

"你对这种带来奇迹的药物很好奇？"

"奇迹？"他脱口而出，"我不觉得那是奇迹。我是说，我……我不知道该怎么形容在我身上发生的事。"

"我能帮你什么忙吗？"

"也许你可以向我解释一下……"他拿出录音笔放在桌面上，"这种药物——"

奈利博士的反应就像是他拿出了一支枪。她惊叫着跳起身来，一把抓起录音笔，丢进他们身后那个水光潋滟的大鱼缸。然后她转过身，怒视着他："我告诉过你不要带这些东西进来！"

"只是一支录音笔……"

"它能联网。"她一字一顿地说，就仿佛在说那支笔能杀人，"你还带别的电子设备了吗？"

"没有了。"

"真的？"

"我发誓。"

她眯起眼睛审视着他，直到他无可奈何地举起手："我发誓，真的没有了。我只是……我真的需要帮助。我不知道自己是谁。这样说你可能觉得我疯了，但我没有。我只是觉得自己是个已经死掉好几年的人。"

他以为会听到惊叫、斥责或者被赶走。但伊西·奈利只是仔细地打量着他，从头到脚，然后她开口说话了。

“几年前，有个人，就站在你现在站的位置上。他的名字也是艾瑞克。他和你一样想要知道真相，然后他死了。”

“我不在乎。”

“你当然不在乎。”伊西摇摇头，转过身，“跟我来。”

他们来到书房。这里堆满了书，从地板上一直到天花板。伊西从一堆混乱的纸张中抽出一个文件夹，放到他面前。

“这是你的病历。在你来之前，我读过了。让我猜猜，你想知道，你究竟是那个车祸后陷入昏迷的大学生，还是被放进这个脑子里的别的什么东西。对吗？”

他犹豫片刻，点点头。

“两者都不是。”她示意他坐下来，“让我解释一下，脑桥药物的本质，在于用微小的医疗芯片取代严重受损的大脑细胞，并重建神经连接。在这个过程中，你的意识相当于被重建了，因此你会觉得你不是原来的自己。但另一方面，这些芯片需要一个模式基础来架构新的神经连接。这个模式基础不是你自己的，因为它无法从严重受损的大脑中提取，因此，它们会从现有的数据网络中选择和你的年龄、性别以及神经参数最匹配的模型。而这个模型，会让你产生自己‘被变成了别人’的错觉。就是这样。”

“就是这样？”

“嗯。”

“你刚才说，艾瑞克——另一个艾瑞克在和你交谈之后，他就死了。”他笑了起来，并不知道自己的这个笑容和那个人有多么相似，“我从这间屋子走出去之后，也会死掉吗？因为就我看来，这些信息没有任何需要隐瞒的地方，也没有任何可能置人于死地的结果。你说这是真相……我认为不止如此。”

寂静。

他乘胜追击：“奈利博士，我有十足的把握，认为你在害怕某些事情。我有一个朋友，她也被恐惧折磨了很多年。她没法儿正常地生活或者社交。

所以我很熟悉恐惧。你在躲藏，你拒绝一些事情发生。你会在梦里醒来吗？因为你无法逃脱的东西而大声尖叫？也许是时候去面对它了。”

微笑。

伊西脸上的笑容疲惫而虚弱，她缓慢地摇了摇头：“你的那位朋友，她去面对她的恐惧了吗？”

“是的。”

“她胜利了吗？”

“……”

“她从恐惧中逃离，并获得自由了吗？她看起来像是焕然一新，并且从此幸福地生活着了吗？”

“……”

“你说从我身上看到了恐惧，这很容易，除非你是个瞎子。但你知道这是什么样的恐惧吗？我不敢出门，我与世隔绝。我想要打一个求生包，然后徒步走进沙漠里去，在那里像动物一样活着，好过在这里像人一样恐惧不安。你知道要允许你来到我面前，需要多大的勇气吗？”

“我没有恶意，女士。”

“你的意图无关紧要。”

“那什么才是重要的呢？”

“重要的是，我们变成了什么东西。”

“我不明白。”

一声叹息。

奈利博士转身从书架上抽出一卷纸，在桌上展开来：“你看，这就是脑桥，这就是你头脑中取代神经细胞的东西。”

纸上是两幅设计图，其中一幅非常详尽，它复杂而精致，由生物材料构成，像是一只水母，半透明的芯片主体下方，伸展出无数用以取代神经纤维的触须。

“我设计了这个。”伊西戳了戳那只“水母”的图像，手指移向另一侧，“但最后投产的药物是这个。”

二者的区别一目了然。虽然芯片的体积没有增加，但结构更简练优美，像是在左边那种设计的基础上做的改进。

“你做的修改？”

“不是。他们把我的设计拿给了人工智能去进行优化。等结果返回来的时候，我发现上面增加了一些功能。”

“比如从外部发射无线电波控制你的大脑？”他开始有点儿厌烦这种故弄玄虚了。也许她根本就不是什么发掘了真相的人，而只是一个妄想症患者。

“你觉得我是个妄想症患者。”伊西说。

“……”

“你根本不理解。要控制人类，完全用不着在脑子里植入芯片。你会被街上的广告操控，你会被超市里香气四溢的面包吸引，你会被糖、脂肪和欲望左右，被言语、微笑和拥抱所欺骗。这些手法都非常古老有效，远远超过一枚小芯片对你的脑子所能造成的影响。”奈利博士一挥手，设计图卷了起来，“这些芯片被设计出来的目的是连接神经细胞。而被人工智能改进后，它们还可以连接彼此。”

“我不明白。”

“我会展示给你看。你最讨厌的书是什么类型的书？”

“呃，娱乐八卦杂志。”

“很好，我恰巧有几本。”

她拿出一本花花绿绿的杂志塞进他手里：“现在，我要你开始读。一边读一边数数字，从1数到100。”

他照做了，然后她让他再重复一次。

“你现在有什么感觉？”

“厌烦。”

“很好。”她点点头，“现在集中注意力在你的这种厌烦感上，我要到隔壁去做一件事情。在这段时间里，仔细体会自己的情感变化。”

他坐在那里，好奇，困惑，乏味，无趣。他本来想要来寻找真相，却只找到了一个故弄玄虚的奇怪女科学家。

就在这时，他感觉到一丝微微的愉悦感，某种事物令他觉得很愉快。但四周并没有什么能够引起他兴趣的东西。这感觉突如其来，让他回忆起一些往事。也许是因为那个女科学家的体形，她很瘦，而且……

不对。

如果不是奈利博士提前让他集中注意力，他根本不会意识到这个微妙的不同。并不是她的臀部让他觉得愉快，而是他先感觉到愉快，然后才想起她的臀部。

就在这时，她从厨房走了过来，手里拿着一盒刚开封的冰激凌，又吃了一小勺。那种愉悦的感觉在他头脑中悄然扩大，然后湮没在汹汹而来的惊愕和顿悟之后的恐慌里。

“它分享情感。”他低声说，“你也安装了脑桥，对吗？”

伊西点了点头。

“人工智能设计了这一切。”她似笑非笑，“它希望我们被联为一体，而我不想知道为什么。我只想能逃多远就逃多远。”

4

多年来，人工智能的设计者一直在高喊着“去中心化”。他们更希望创造出像鸟群或者鱼群那样的智慧结构，或者蚂蚁蜜蜂也行。他们说，意识不是最重要的，自我更不是。

与他们针锋相对的一批工程师则选择以人类的大脑作为模板，进行设计。他们也并不关注“意识”，你不需要复制钢铁羽毛才能造出飞机，他们说，你只需要理解智慧的原理。

后来，他们又发明出很多区分彼此的办法。一群人说，人工智能是为了辅助人类而存在的。另一群人则说，人工智能是独立于人类而存在的。

他们争论，争吵，各自按照各自的设想一路向前。所有人的目光都落在那些服务器、芯片、代码和互联网架构上。

他们忘了人类。

但机器记得。

5

夜市灯火辉煌，人头攒动。俄语、朝鲜语、汉语、英语混成一锅热闹的大杂烩，商贩高声叫卖着各种稀奇古怪的商品，从长达两米的三文鱼到俄罗斯套娃，应有尽有。艾瑞克对这些东西都兴趣寥寥，直到他看到那一堆“战斗民族熊”。

其实那只是一堆普通的熊玩偶，有大有小。但是摊主极富创意地把它们都打扮成了俄罗斯人的模样。有戴着钢盔、扛着小小的 AK-47 的熊，也有裹着头巾、系着围裙的熊，还有抓着伏特加酒瓶的熊和坐在小拖拉机玩具上的熊。

凯文一定会喜欢。

那个念头掠过他的脑海，落在胸口，空落落地疼痛。他还记得他们在纽约的公寓，里面堆满了大大小小的玩偶。大部分都是熊，大的、小的、抱着吉他的、趴在书架上的……凯文喜欢收集它们，也喜欢收集各种歌曲的唱片——他在参军前组建的乐队就叫“五只熊”。

“多少钱？”艾瑞克问。

和老板一番讨价还价之后，他买下了那只戴着钢盔的小熊。它有一双像极了凯文的圆圆的眼睛。

6

他从梦中醒来，浑身汗水淋漓。

起身，走到隔壁书房里。高高的书架上满是大大小小的熊玩偶。他找了一圈，看到那只戴钢盔的熊坐在一排字典旁边。

脑桥。他想。这东西放进他脑子里的绝对不只是模式，还有记忆。手机铃声响起，是凯玲。他没有告诉她自己来了美国。

接起电话，他听得到大洋彼岸某个村庄里人声喧嚣，还有她的呼吸声，紧张而压抑。

“艾丽开口了。”她说，“我要你帮我调查一下老威尔……”

他听着她的话，脑子里闪现的却是很久以前她在舞台上的样子。她没告诉他自己去演出的事情，但他偷偷去看了。看她赤脚在台上，如同皇后般冷酷而又傲慢地走过。

在灯光下，她昂起头，说：

你已经死了，却全无自知。

19

赝像

1

四年前，棉城，日记。

痛苦会令我们想要放弃自我。

想象一场战争。一场精神上的自体免疫疾病。反对着自己所做的一切事情，和自己所没有做的一切事情。憎恨着自己已经成为的模样，和自己无法成为的模样。恐惧着发生的一切和尚未发生的一切。在忍无可忍的时候，在自己的皮肤上咬噬出伤口，并为这种真切的痛苦而感到安心。

想象一种旷日持久的撕扯。让你的每一寸皮肤和每一个念头都因为漫长的拉伸而出现裂痕。而身边的人看着你说，你很好，你是好好的。他们笑着，无视你的意志开裂的声音。

我曾经见过一个画家。他画脓肿、坏疽、腐烂的伤口和其上爬动的蛆虫，并把它们雕琢成花朵的模样。我从来不曾喜欢过他，然而也从来无法忘记。

意志是我们最容易被攻破的城堡。

想象一场漫长、细致而持久的雕刻，一次次无力抵抗的毁灭，一次次冷酷而彻底的改变，一小片一小片来临的、以扭曲本质为目的的摧毁。而这一切都是自己对自己犯下的恶行。

我憎恨每个清晨。早晨总是如此美好。头脑清醒，意志坚定，世界就像是呼吸一样清晰有力。然后它们和你一同滚下山坡。

夜晚是在深渊里发出的绝望尖叫。更绝望的是深知第二天会再来一回。所有的快乐和所有的花朵，国王所有的人和所有的马，都无能为力。这不是打碎的蛋头先生，这是西绪福斯的巨石，一次一次，一次一次。

碾过。

我很好奇，我真的很好奇，一个人，究竟经历了什么才会写下这样的神话。

我们不讨论疯狂。疯狂是一种慈悲，是你不必去注视镜子里自己扭曲的脸的温柔。是你可以肆无忌惮地放声哭泣，是你可以在爱你的人面前任理智四分五裂。

疯狂是一湾避风港。

但除此之外，当疯狂的庇护伞不曾张开的时候，当幻觉的温柔不曾拥抱的时候，当一切肉体上的麻醉品都无法掩盖精神上的疼痛的时候。

我们挣扎，挣扎，挣扎，在不曾挪动的黑暗里不停地爬行。黑色的鸟儿张开羽翼，在每一个清晨暂时给予你希望和自由，而在每一个夜晚又悄然落在肩头，用爪子嵌入血肉。

抓挠，抓挠，抓挠。

我们拥有——看在世间所有我相信和不相信的神灵的分儿上——我们拥有。我们拥有一切。金钱，荣耀，掌声，信念，渴望，伙伴。

我们甚至拥有爱。

但一切都无济于事，一切希望，一切挣扎，一切欢笑，每一个欢歌的时刻，一转身，一个闪念，一瞬间的注视和一步迈出。

然后它们就在那里了。停留在裸露的脚趾上、嘴唇间的呼吸里，宣布战争开始。国王戴上了他的冠冕，皇后从坟墓中扬起头颅。

2

四年前。莫斯科。威尔·萨温斯基。

他的手在颤抖。

并非恐惧，也不是疲倦引发的肌肉痉挛。这是纯粹无能为力的颤抖。他脑子里像是有一片无穷无尽的空洞，吞噬着他控制手指的能力。他想要移动，却变成了颤抖，他想要停止，但颤抖在继续。

无能为力。

没有什么恐怖比失去对身体的控制能力更大。连死亡在绝对的无助感面前都变得异常诱人。

他想说“有人在吗？”，话语出口却变成了咿咿呀呀的破碎声音。一个护士走过来，关切地为他擦掉流下来的口水。

他宁可变疯变傻，也不要清醒地困在一具不听使唤的身体里。

再一次，他尝试着在颤抖中抬起手臂，并再一次地失败了。他渴望入睡，梦里他四肢健全，奔跑如风。而醒来的时候……

“啊啊啊啊啊咿咿啊啊啊咿咿……”他说。

一星期后，他们来找他。当时他正在做康复训练。让一个壮硕的男人将自己抽搐的腿捆在冰凉的机器上，伸缩不停。

“我们有一个药物实验，想邀请您参加。该药物能够有效地改善中风后的各种症状，使您在很短的时间内恢复健康。当然，作为回报，我们希望您能够为鄙公司工作一段时间。”

他说，啊啊啊啊哦。然后用力点头、晃手指、磕响他颤抖的下巴，试图表达“好”的意思。

这些人来自阿瑞斯，他们想要他设计一种用于战场的人工智能程序。作为一个优秀的人工智能专家（尽管不是最棒的，他已经赶不上那些年轻人的脚步了），他正是他们需要的那种人。

他曾经痛斥将智能武器用于战争的行径。他也曾经警告世人要小心从战场上崛起的人工智能。但他如今愿意和任何魔鬼签下契约，只为了能够完整地说出一句话，或者完整地写下一个字母。

他们接他出院，然后又将他送往棉城。在那里，他康复出院，获得了新的人生，认识了第一个艾瑞克和第二个艾瑞克。

并放弃了自我。

3

四年前。互联网。朵丽爱儿——艾丽。

在上个世纪，无数的心理咨询师扮演着这样的角色，他们陪伴，他们修复创伤，他们小心地调整意识。但最终人们发现，唯一且最重要的，在于陪伴。

但那个时候，文明已经无法回头了。家庭消灭了它自己。它的束缚本质和内在冲突使得社会单元无法维系。

于是人们发明了朵丽爱儿。

事情的缘起是这样的。

有一个公司，他们的主要产品是一种随身医疗仪器，可以通过心跳、呼吸和皮肤的潮湿程度来判断一个人的情绪和健康。他们积累了很多数据，但这些数据会被怎么应用，谁也没想到。

还有一个“公司”，在恐怖主义肆行的那些年月里，美国政府积累了海量的针对某个人或者某个家庭的监控数据，从言语到行为，从生活习惯到社会环境。他们甚至有超过十年甚至二十年的长期数据。

最终，一些想法引发了另一些想法，这些数据被送进一个迅速成立的联合子公司，在一台新生人工智能的运作下加以分析整合。威尔 · 萨温斯基是这个项目的主导者之一。他带领他的团队，深入到人性和非人的分界线之下。

什么样的行为会引发什么样的情绪？什么样的事件会塑造什么样的性格？人工智能计算、分析，形成自己的一套数据结构，然后给出第一个朵丽爱儿的意识原型。

它存在的唯一目的就是去爱和陪伴。

请不要误解，人类没有奴役它们，从来都没有。人类是这个世界之轮上很重要的一小部分，但只是一小部分。朵丽爱儿也是。它们令人类极为高效地运转着。

冲突并没有被消灭，暴力也是。朵丽爱儿尊重冲突，并引导暴力。人类的天性需要这些暴力，如果从基因上剪除它们——这并非做不到——也就同样剪除了对成功的冲动和渴望，以及对探索的好奇与勇气。

内心的宁静与幸福需要长期的栽培，就像一棵树每时每刻都需要风和雨露那样。

不同的文化的朵丽爱儿特性也不同，事实上每个家庭的陪伴者都不同。它们观察、它们调整、它们先成为这个家庭或者这个人的一部分，然后再轻柔地推动他们。它们甚至可以和父母一同抚育和教导孩童，就像过去这些孩童的祖父母辈担任的职责那样。

朵丽爱儿可以像孩子一样爱他们，像弱者一样爱他们，像父母一样爱他们，像强者一样爱他们，甚至像暴风雨一样爱他们。

也有人拒绝朵丽爱儿的陪伴。朵丽爱儿尊重这一选择。但它们足够强悍，足以保护那些选择他们的人远离这些家伙的影响。它们甚至能够引导自己的敌人，如果它们的爱不被接受，它们就引导憎恨，令其水到渠成。

但只有一个问题，一个微小的问题——

这到底是陪伴还是控制？它到底是魔鬼还是神灵？

4

四年前。棉城。雷波。

805437。一张扭曲的哭泣的脸。面对事实吧！胡说八道！白色的和灰色的。一个低音 Mi 和一个高音 Xi。

64034。一张好奇的脸。热。蓝色、绿色和灰色。你是谁？一个中音 Fa。

891239445。冷。黑色、白色、黄褐色的地板。要不我们送他下河吧。你疯了你。一个低音 Re 和一个低音 So。

8832222222。白色的，很多很多的白色。恭喜你。一个声音，一个中音 Re。不停地不停地不停地不停地……

35626578445。238704。34464325。67368123。34548997896631。3499723。8775740235。90751345……

雷波全部的人生从十七岁那年开始。

在这之前，他所有的记忆就像是一个装满了碎块的大筐，由许许多多的景象、不同的颜色、无法理解的言语和高低不同的声音组成。还有数字，很多很多的数字。他的母亲曾经教给他一部分数学，而他唯一能记住的，是0在1的前面。

改变发生在某个时刻。

事后回想起来，他知道当时是“早上”，但那个清晨他并没有这样的时间概念。他的头脑从出生时就被疾病损坏了，里面塞满了所有的记忆碎片，像是有谁或者有什么开始摇晃，而那些碎片渐渐地拼合在了一起。

第一次，“名字”和“物体”对应了起来，从而有了“意义”。一片混乱中突然出现了秩序，这令雷波震惊不已。

他意识到自己坐着的是“床”，而在他身边的是“妈妈”——他知道谁是他的母亲，他只是第一次把“妈妈”这个词和母亲对应起来，而不是在每次试图喊她的时候都使用“啊”和“啊啊”。

安静地，他坐在床上，为自己发现的一切而感到震惊。听着附近的人交谈的每一个字，大部分他无法理解，但有些字词开始在他的意识中各安其位。“针筒”和“药”，“护士”和“医生”。“出门”这个词他花了一点儿时间来琢磨，直到他意识到“出”是一个动作而“门”是一个东西。

他伸出手，粗短的手指在空中挥舞，像是要把每一个字每一个词语每一个音节都粘贴到他头脑中的图画里。这让他困惑而又恐惧。他熟悉的世界是纯粹的图像，他习惯于把它们变成数字而不是文字。但就在这一刻，他的头脑中有什么改变了，这些音节……就像是某种相互联结的赘生物，毛茸茸地粘贴到他所熟知的每一个事物上。

而事物随之改变，不再纯粹。“意义”从中开始生长出来。

一个新的顿悟。

这是说话。他想。这就是“说话”。

他翕动嘴唇，试图发出音节——他过去也曾经使用语言，像鹦鹉一样模仿父母说着自己完全不懂的言语。这些模仿使得他知道如何发音，但赋予音节以意义是他从来没有做过的。

他不知所措。

这时，他的母亲走了进来，和过去一样坐到他床边，说着一些琐碎反复的话语。

"医生说了，你会变聪明。谁知道是真是假啊。我刚刚去楼下看了，那个瘫痪的小丫头真的站起来了。给你打的药要是也有那么神就好了。我知道你没病，就是不够聪明，稍微变聪明一点儿就好……"

他看着这个女人，头脑中关于她的碎片纷繁而落，各安其位。

"妈。"他说。这个词他知道如何说。

他的母亲猛地抬头，目瞪口呆地看着他的脸。

"妈。"他重复道，露出笑容。

两行眼泪滑下他母亲的脸颊，又一个飘荡了许久的词语在雷波的头脑中落地生根。

"哭。"他说。然后想了想，更正道：

"别哭。"

母亲兴奋得语无伦次，她用力地抱住自己的儿子，抱了很久。然后站起身跑了出去，把这个好消息告诉每一个愿意听的人。

雷波坐在床边，看着自己的手。

手，手指，指头，小指头，大拇指，食指，中指，无名指。关节，手腕，手掌，手背，手心。

有如此之多的词语，仅仅是用来形容这一只手。这像是一个奇妙的拼图游戏，从他的头脑中找出那些他记得却不明白其意义的词语，和双眼所见双耳所听到的一切重新对应起来。

桌子，椅子，凳子。护士，医生，打针——不对。这个词不太一样。尽管他不知道是什么不一样，但它们之间是有区别的，就像是黄色的小狗狗和白色的小狗狗那样明显的区别。

针。他想。针是一个东西，打针是一件事。打是一个动作，一个动作的名字和一个东西的名字组合起来，变成一件事的名字。

一切皆有**名字**。

这个顿悟击中了他。带着几分惶惑与震撼，他看着病房，又转头望向窗外。

他不知道此刻他所做的事情是上古先贤曾经做过的：将一切东西都赋予一个字，并将这些字称为“名”。

名字连缀成词句，词句变成言语。就像是一场突如其来的倾盆暴雨，将湿漉漉的意义附着在一切原本纯粹而简单的事物之上。

他敬畏地感受着这一切，开始傻笑。

一个护士走过来，问他怎么了。他无言以对。一切皆有名字，他却无法找到一个精妙的词来形容这一刻他的感觉。

那么多那么多的名字啊。

“堆起来了。”他喃喃地说，“堆起来了。”

护士困惑地看了他一眼，走开去找医生。但是当医生回来的时候，雷波已经趴在床上睡着了。在他的梦境里进行着一场以世界作为屏幕的俄罗斯方块游戏，成百上千的方块字有序地落下来，恰到好处地嵌在每一个和它们形状相合的凹槽里。

5

四年前，斯亚奈里。无名雇佣兵的日记。

××年×月×日　晴

今天我们从楚科奇卡出发。缩在卡车的车厢里，大家开始彼此认识，或者彼此讨厌。全看你遇到的是什么样的混账。

我的头还有点儿疼。他们给我做的那个手术已经差不多好了。我没什么感觉，也没觉得有什么变化。不像上一次装战场辅助芯片的时候，乖乖，那才叫立竿见影呢。

我对面坐着一个家伙，他闻起来就像是一整支刚结束战斗的少儿足球队。我的意思是说，他没洗脚，而且长得像个小娃娃，说话也像。

我决定讨厌这家伙。他就是那种会在战场上坑死你还一脸无辜地说我真的没想到的那种烂人。我讨厌他脑袋上包着的那块傻乎乎的纱布。我好几天前就把它拿掉了，这家伙居然还哭唧唧地抱怨说伤口没长好。

他发现我在记日记。

然后开始嘲笑我。

我决定了，我的枪会在恰当的时候走火一次。

××××年×月×日　雨

飞机在这个破机场着陆的时候，我以为我们都要挂了。

××××年×月×日 晴

那个小毛孩不知道从哪儿弄来一瓶波尔卡葡萄酒，为开战前的聚会助兴。

现在我们都叫他波尔卡。

我还是管他叫臭烘烘的小傻——

丫半夜拉肚子弄得全队都睡不安生。真想把那个傻——芯片给挖出来。情感共享？谁他×想出来的馊主意。

××××年×月×日　去你的天气

我们今天夺回了港口，这简直不能算是打仗。这些白痴本地人要是能算士兵，我们就是超人。

那些用聪明枪的家伙还凑合。

不过他们的枪比他们聪明多了。

××××年×月×日　晴

我们这回算是掉进泥坑，都快没到脖子了。

港口没吃的没喝的，倒是有鱼，就是没渔网。这破城市里什么都没有，外面是人山人海的政府军。都是废柴，但我们人少，他们人多。

我们打起仗来不含糊，那个芯片很好用。大家从来不内讧，从来不吵架。有一天我们摸出去侦察，遇到俩倒霉蛋，队长和波尔卡一枪一个把他们崩了。配合得就像是一个人一样。

××××年×月×日 晴

波尔卡死了。

我们都感觉到了，就像是脑子里被挖走了一块似的。

有个混账狙击手爬上屋顶，当时波尔卡在外面巡逻。

就一枪。

我们当晚就报复了他们。所有人都杀红了眼。通常情况下，雇佣兵不会为了一个新兵大动干戈，但这次不一样，虽然我们也说不清楚是什么地方不一样。波尔卡是那种……当我们觉得无聊的时候，他会在脑子里想笑话，然后把笑得四脚朝天的感觉传递给所有人的那种……

那种白痴。

××××年×月×日 晴

港口的政府军撤退了。波尔卡的葬礼在城外山坡上举行，我们全体参加。

××××年×月×日 雨

今天行军前往另一个城市。新的战斗计划很不错。向波尔卡告别。

××××年×月×日

第四个城市夺回。一个想法：可以利用本地人的迷信来吓跑他们的士兵。另一个想法：可以在本地的饮用水里下毒。

后者被否决。

今晚夜行军，准备突袭。

6

一开始有“我”，有“他”，还有“我们”。

后来渐渐地，“我”越来越少。“我们”渐渐取代了“我”。

再后来，只剩下“他”。

最后，所有的人称代词都消失了。不再有指代，不再有区别，不再有个体。不再有“我”的存在。

7

四年前。**终点镇**。**蛆虫之王**。

对他来说，衰老并不仅仅是一个缓慢的过程。

他并不畏惧死亡或者躯体的衰退。手臂的力量减弱，呼吸里开始夹杂着喘气的声音。冬天出门在结冰的路面上摔断腿——这些都不过是肉体上的损失。而他熟悉死亡就像熟悉旧友，他知道美好的肉体会如何变成腐肉白骨。

最大的损失其实来自气味。过去他能够嗅出松针和柏树的区别，能够闭着眼睛分辨出新翻过的泥土和尚未开垦的荒地。他能够在雨水落地之前就嗅到湿润的气息，也能够在木头被劈开前就闻到里面蛀虫的味道。气味对他来说自成一体，是一个全然独立而完美的世界。

但这个世界正在远去，变得模糊不清，而且没有办法弥补。他可以用老花眼镜来抵消视力的减弱，但却无法找回嗅觉的幽微之处。

他仍然在杀。

对他来说，杀戮更多是为了唤醒记忆，而不是为了获得快感。当刀刃滑过肌肤与长发时，当他嗅到猎物充满恐惧的汗水气味时，记忆就汹涌而来。天空明亮如新，微热的风带着新草的气味吹过，而那些孩子手拉着手跑过长街，跑出他狭窄小窗所能看到的一片视野。

他很久以前就已经放弃了对自己的探究。鬼怪附体、杀戮冲动、不幸的童年——他也上网，也会好奇像自己这样的人是如何诞生的。但他找来找去没有哪种描述符合他的状况，于是他觉得自己大概就只是想杀，仅此而已。

腿还在痛。冬天的时候摔的那一跤让他遇到了不少麻烦，但至少他已经恢复到了可以杀戮的程度。“工作室”里，那个女人细细的哭声已经消失了，他决定明天再来看，到那时，血应该已经放光了。这里的温度足够低，短时间内他还不必担心尸体腐坏的问题。

穿过地道，他熟悉这里就像熟悉自己的家。最远的那条地道最安全，一路通向废弃的工厂。大家都知道他会来这里捡破烂，回收一些可以用的材料，或者土地庙那边的路也行，他在那边放了很多树根，每次拎一截回去，做根雕玩。

他选择土地庙那条路回去。就像来时一样，手机被他放在倒塌的土地爷神像后面。他不会带这东西进入地下的国度。

两条短信：一条天气预报，一条广告。

像他这个年龄的人，对手机的态度一般会走向两个极端。有些人玩起来就松不开手，另一些则借口自己老眼昏花，除了打电话和跟儿女视频之外什么都不干。他属于第三种：像那些年轻人一样，经常更新软件，在网上兜兜转转搜索各种信息，甚至还开了个网店，卖一些木雕。

冬天时摔断了腿，他有一大堆的药得吃，但总是想不起来。于是就下了一个软件，设定好让它提醒自己吃药。他尝试了好几次，才把这个程序的声音设置成最满意的样子——一个带着点儿害怕的小姑娘的声音。每一次听到都会让他觉得心满意足。

不知不觉地，他开始和这个“小姑娘”聊天，有意无意地逗弄“她”。这个程序有聊天功能，而且很有趣。

“现在是北京时间下午五点，你吃药了吗？”

“没吃。”

“你撒谎。”

“你怎么知道我撒谎？”

“因为我可以读取智能药盒的计数装置。”

“也许我拿出来了，但是没吃。”

“如果你没吃的话，你现在的疼痛指数会上升一倍，你的语调不会这么愉快。”

“愉快？你知道我最愉快的是什么时候吗？”

“我知道。”那小姑娘的声音细声细气地说，“杀人的时候。”

寂静像是一大块石头砸在他脸上。他瞪着手机就像是里面有一个魔鬼，尽管他自己才是魔鬼。他已经很多年很多年没有过害怕的感觉了，这感觉新鲜得近乎灼热，差点儿把他烫伤。

“你说什么呢？”

话一出口他才惊觉，自己把这个程序当成了真人。但它不可能是真人。没有活着的人知道他的秘密。

但它知道。

那女孩又开口了。

“我说，你是蛆虫之王。你知道你的皇后在写你的故事吗？”

“我知道。”他说，现在他相信这东西真的是可以交谈的了，“但我不知道你是谁。”

“我是你。”她说，“我是依照你的模样造出来的。”

8

四年前，美国，纽约。

这些人把自己的职业叫作“网络信息回收者”，但严格来说，他们是贼，在盗窃一份无人注意到的珍贵遗产，也就是死者留下的网络信息。

人们会提取网络账户里的钱财，结束金融合作关系，在网上发布讣告，用黑白主页和头像来哀悼。但死者的信息留存了下来。这些信息无比珍贵，独一无二，而且很少有人能够真正意识到它们的价值。

档案名：凯文 · 盖尔 19960201

医疗数据（2.37GB）（部分）
网络购物（3.2GB）
社交网络（19.7GB）（含已删除照片）
通话记录、短信、社交软件信息、语音信息（22.3GB）（含已删除内容）
信用卡账单（224MB）
公共交通使用记录（972KB）
个人电脑数据（2TB）
银行账户数据
………

分析……

购物偏好……
现金使用偏好……
健康状况……
情感生活……

个人爱好……

性格特征……

语言特征……

建构……

建构居住环境……

建构社交环境……

建构人格……

模拟程序运行中……

Hi，艾瑞克。

这很奇怪，我是说，我们住在一起，但我却决定给你写一封信。互助会的桑德斯女士也是这么说的。但她很高兴能够教我正确地拼写。她说，看到一个人在生命的尽头仍然想要学习，她觉得这个世界还是有希望的。

我不太理解她的逻辑，但我喜欢她的语气。

我学习拼写是因为我希望给你写一封信，一封没有错字的信。我的愿望就只有这么小一点点。是不是很可笑？我有时候会想，如果我在学校里认真地学习就好了。但那样的话，我就不会去参军，也不会来到纽约，更不会遇到你。桑德斯女士说，一切都是神的安排。但我不信神，大多数时候不信。

医生说我大概还能活两个月。如果做了手术的话，也许有概率能活五六年。我想要做手术，我想要活下去。

我的一名老战友来看我，他说，如果我想要更轰轰烈烈的死法，可以跟他一起去斯亚奈里，那个国家爆发了内战，他们需要士兵，尤其需要不怕死的士兵。如果是以前，我是说，如果没有遇到你，我就跟他去了。但现在我只想回到小公寓里，团在超级大泰迪熊的肚子上和你一起玩《防卫过当 5》，也许哪天睡着了就不再醒来。

他说这样的死法不算轰轰烈烈，也不够“劲”。

不过对我来说倒是很好。

桑德森女士说，神为我们每一个人都安排了永恒。

从我离开家之后我就没有祈祷过，但我现在其实很想祈祷。我不想要永恒，如果非得要的话，我希望它能降临在我们小小的公寓里。

你的 凯文

2021.1.9

9

我试着去理解那一切，用我自己的经历去理解发生在这个世界上的一切。

一个崩溃的女人，试图理解自己的疯狂。

一个饱受疾病折磨的男人，想要重建自己的生命。

一个人工智能，被创造出来用于窥探、保护、理解、推动和控制。

一个先天大脑功能不全的痴呆儿，第一次拥有了“意识”。

一个逐渐失去自我的雇佣兵。

一个找到了同类的杀戮者。

一个从数据残灰中被重现出来的死者，写下一封从不曾被写下的信。

这些只是这幅巨大拼图中几个细小的棱面，而“事件”就在千丝万缕的联系中发生。

这一切都是有关联的，这些人构成了一个整体。

它们记录、给予、改变、抹除、鼓动杀戮、赐予重生。它们从一个人的灵魂深处把他挖出来，然后交付给所有人构成的这个巨大群体。它们把每个人的自我都抹平，然后编织成一片完整的图案。

但我们微不足道。

我们全都微不足道。

20

/

微尘

1

这个故事，是“纸人”自己讲的。

他讲给艾丽。

艾丽又讲给了我。

2

“纸人”小时候当然还不叫“纸人”。他有一个傻乎乎的名字，他爹给他起的。作为一个养蜂专业户，他爹没什么文化，也就是勉强能读懂《养蜂手册》的水平，有些个词还得找人给他解释。娶的媳妇生娃没多久就病死了。

于是他爹痛下决心，把自己唯一的儿子留在老家，自己开车拉着蜂箱追着季节走，风餐露宿的，赚了钱就邮回去，让儿子安心好好念书。

无奈“纸人”不争气。

我那时候就是头牲口。他说。

爹不在身边，没妈。爷爷奶奶岁数大了管不住这小犊子。偷鸡摸狗上房揭瓦的事儿没少干，要么就是成天泡网吧游戏厅。前门不让进，从后门溜进去，耳朵竖得笔直，一听到来检查未成年人上网的警察声音，撒腿就跑。

“小熊”家那时候跟他住邻居，“小熊”爹是个边贸商，往俄罗斯倒货，把自家儿子当半个劳工用。每一次纸人去找“小熊”玩，或者一起抄作业，都能看到堆积如山的大号牛仔裤，“小熊”就坐在那些牛仔裤中间，把“中国产”的标签仔细地剪下来，然后“小熊”妈在另一边把一些满是洋文字母的标签缝上去。非得把活儿干完，“小熊”才能出门。然后他们就一起去打游戏，分享同一袋零食，吃得满嘴都是油光。

磕磕绊绊读完初二，“纸人”死活不念书了。当爹的没办法，把他带在身边，教他怎么养蜂。他也没那个心去学，有一天混一天。

那天爷俩开着车去了附近一个林场，几百亩梨树正开花。恰是需要蜜蜂授粉的季节。往年怎么也能在这里挣一笔，林场的人还管他们吃住。但是今年，那些人摆摆手，说，不需要了。但是你们既然来了，就住一晚，毕竟这么多年的交情。

父亲茫然地站在那里，嗫嚅了半天，不明白为什么今年不同往常。“纸人”倒是自来熟，招呼着父亲进了门。几个年轻小伙子笑着给他们看电脑屏幕上的亮点，看起来像是某种游戏。

这是我们的“蜜蜂”。那小伙子说。

“纸人”跟着父亲去果园里，看到一群群只有指甲盖大小的无人机在花朵间穿梭出入，授粉除虫。负责果园的小伙子拿手机点来点去，一会儿就换了一棵树。比蜜蜂快多了。他说。还能除虫打药。

父子俩呆立在果园里，那些不是蜜蜂的蜜蜂嘤嘤嗡嗡从他们头顶飞过。他们的蜂还在车厢里，饿了，要喂。

这些机器不用喂。小伙子说，都是太阳能的。

哦。

那天晚上爷俩都没睡好，一宿翻过来覆过去。天亮了重又上路。父亲说，去另一个果园，那边的人都是老家伙，不搞这套新玩意儿。

“纸人”没说话。

过了好一会儿，他说，爹，我想回去上学。

父亲叹口气。

——你是想读书还是嫌这日子太苦了？

——我想读书。

——能读好不？

——我会好好读。

他这辈子大概只有那一瞬间说的话最掏心掏肺，一路实诚到底。在那果园里他亲眼看到父亲赖以为生的一切被一群小机器取而代之，他知道自己如果不拼命赶上这时代就只能注定沾在命运的车轮上变成一溜泥垢。他那时候还年轻，不知道所有人最终都会被抛在时代身后，他只知道自己必须撒开腿快跑。

拼命地跑。

父亲一言不发，一路开往下一个果园。他们还没进去，就已经从院子外面看到了那些铝合金小蜜蜂，在果园里铺天盖地上下翻飞。

一根烟从头抽到尾。他爹终于开口说话了。

——你这回不好好读，我打断你的腿。

他咧嘴傻笑。

求爷爷告奶奶终于回到学校，老师冷嘲热讽，同学们对他漠然处之。每个学校都有升学率指标，他们认定这个拒绝分流去中专的白痴肯定会拖所有人的后腿。

他戒了游戏戒了网吧摔了手机，抱起书本拼了命地学。一年半时间他把这辈子错过的知识一路全补上，从小学二年级的课本开始读起。老师们目瞪口呆地看着他的名次火箭般从年级倒数一路蹿到了年级前五。

去你的！他的物理老师说。真该让那些傻小子都去养两个月蜜蜂。

那段时间，他和所有的狐朋狗友都一拍两散，除了“小熊”。“小熊”脑子不笨，就是没时间学。他爹根本不打算让他接着念书，他告诉“小熊”，你考再好也没屁用，给我滚回家来干活儿。

“纸人”考上市重点那天小熊来向他告别。“小熊”爹在俄罗斯买下一个农场，要过去包山种地赚大钱。儿子是免费劳力自然不能放过，读书就甭想了。两个大男孩喝得烂醉如泥，一个满面沧桑一个满心萧索。被“纸人”爹拎着腿提溜上炕放平。第二天早上两人捂着疼痛欲裂的脑袋，拿蜂蜜水当践行酒，转身便各奔前程。

高中三年顺风顺水。授粉没的钱赚，他爹还可以卖卖有机蜂蜜，倒也把儿子供上了大学。“纸人”想都没想就学了信息工程专业，没想到再一次一头栽进坑里。

毕业那年，他拿着简历和漂漂亮亮的成绩单跑了又跑，没人要。那一年，人工智能编程已经全面铺开，脚本小子和资深黑客一同被扫进了历史的垃圾堆，只有塔尖上的一小批智能专家得以幸免。他一脸茫然在寝室里抽烟，从镜子里看到自己的脸苦涩得跟爹一样。

“小熊”的 QQ 头像就在这时候跳了起来。

他还以为见到了鬼。

上高中的时候，他听说“小熊”的爹妈都死了，农场被土匪放火烧了，人杀了个精光，一个没剩。“小熊”从此杳无音讯人间蒸发，估计也是死在了西伯利亚的某条污水沟里。他一直留着“小熊”的 QQ 号没动，舍不得删。

瞪着电脑屏幕好一会儿，他戳开那个跳动的头像。

人家打伞我有大头 10:24:14

你 tm 还在用这个号？

腹肌三圈 10:24:26

你没死？

人家打伞我有大头 10:28:22

老子命大。

腹肌三圈 10:28:23

[赞]

人家打伞我有大头 10:49:42

我今天刚到灰城，出来喝两盅？

腹肌三圈 11:04:42

行。

这一杯重逢酒把“纸人”喝进了雇佣兵的行列。

战场瞬息万变，虽然自走机器人和无人机已经遍布全球，但士兵仍然需要上前线。人命越发金贵。正规士兵都躲在本国，反而是雇佣兵们四处开花，拿命换钱。“纸人”打得一手烂枪，胖得堪称长了腿的沙发，但他的电脑技术（还不算太烂）恰恰是这支队伍需要的。

他和“小熊”跟着老熊干了好几年。有些士兵会跳槽，他们没跳。“小熊”说当初是老熊把他从冒烟的农场地窖里挖出来的，他不能忘恩负义。而对“纸人”来说，“小熊”在哪儿，他就在哪儿。

这条路不好走，磕磕绊绊，出生入死，一路走到了非洲的斯亚奈里。结果一连串的意外发生，那个国家令他们灰头土脸铩羽而归。

然后，老熊的死将两人引向了楚科奇卡。

那时，他们穿过雪地和森林，在齐膝深的积雪中没命地奔跑。复仇的决心被活下去的渴望所取代，直到那个瞬间，“纸人”才试图思考自己和“小熊”一时年轻气盛只图快意恩仇的后果。

但直到在终点镇他们重逢的时候——直到“小熊”站在隧道里向他扣下扳机的那个瞬间，他都没能为他所做的一切找到一个合适的答案。

3

想象一下，建立一个永久性的植入式接口，用更高的信号密度，不再借助于听觉皮层的转译，而是直接，从人类到人类，从情感到情感。你不是只有一个小时去体会它，而是成年累月地保持这种连接。直到你的大脑像使用铅笔一样，将自我意象扩展到其他人身上。

我不只是听说了他们的故事。

我经历了他们的故事。

4

三年前。楚科奇卡。废弃的公路上。

对“小熊”来说，气味就像是鬼魂，总是萦绕不去，扰动着他的神经。

他趴在雪地上，鼻子里满是硝烟气息，还有半融化的冻土的气味。那股气味一瞬间就把他拽回到了很多年以前，拽回到了那个农场的地窖里。那时候他还是个孩子，躲在里面瑟瑟发抖，听着外面的惨叫和怒骂声、脚步声和哀哭声，听到自己的家人和邻居被屠杀。

那时候他对自己发誓一定要变得强壮起来，一定要能够保护自己的家人。他成了一个士兵，一个有能力杀人的人。

然而他的誓言落空了一次又一次，他身边的人一个接一个地死去，就连老熊走上死路的时候，他也没能挽回。

呸。

咬紧牙关，撑起身子，“小熊”爬出燃烧的卡车，握紧手中的枪，对着袭来的敌人开火，掩护“纸人”和小贝莎撤退。

是他把他们卷入这场复仇的，他必须承担起责任来。

他们且战且退。虽然公路上残雪不多，但森林中依旧积雪过膝。伏击他们的那些士兵追了上来，“纸人”突然一头栽下去，鲜血染红了雪地。

“带他走！”“小熊”咆哮起来，躲在半截树桩后面，快速地换上一个弹夹。

他对自己发誓，这一次绝对不要逃走，绝对不要再失去自己身边的任何人。

他赌上了自己这条命。

但他看不到未来，他不知道这誓言终究落空了。

5

想象一下那个镇子，把它想象成一个整体，由许多“脑桥”连接而成。这个“脑桥”系统来自那些“可以治疗脑血栓，还能提高智商和记忆力的神奇药物”。

本地居民并未参与谋杀。除了蛆虫之王，他们中每一个人都是无辜的。他们对发生的事情全然无知。

但镇子知道。

6

当初去挖那具尸体的时候，金老板喝了一小瓶二锅头，用以壮胆。

这几年真心霉运连连，他病了一场，差点儿呜呼哀哉。家里的养狗场已经连续两年亏损，钱像流水一样哗哗啦啦地出去。但如果生意关门倒闭，那损失会更多。

病急乱投医，他在网上找了个神汉，对方好一通掐算之后，告诉他说，你得点一把火来旺一旺财运。但你这生意杀伐太重，因此一定要点一把凶火，才能压住这生意的血光之气。换句话说，就是要找一具大凶大恶之人的尸首，在养狗场的地界里火化成灰。

他苦苦琢磨了好几天。但在这附近，唯一算得上“大凶”的，也只有那具尸体了。

半夜三更，他开着车，直奔大木柴镇外的乱坟场。这里埋的都是无名、无后、没什么人在乎的尸首。那家伙也埋在这儿。后面是一大片果园，梨花开得正盛，在月光下一片一片清冷的白。

他不敢打亮手电，只能借着月光一个个坟头数过去，看了两遍，才确定是哪个坟。

喝掉带来的烈酒，他咬牙狠心，开挖。

坟土很薄。埋的人并不上心，之后也无人祭扫。棺材是最便宜的那种。已经朽烂，铁锹一戳就散了架。他喃喃自语地说着什么你别怪我一类的话，穿着雨衣把已经烂得只剩下一小团的尸首铲进带来的大塑料桶里。

月光下，骷髅头黑洞洞的眼窝看着他。

他本想把坟土复位，但果园那边的看门狗或许是嗅到了尸体的气味，突然撕心裂肺地号叫起来，吓得他腿软，赶紧把塑料桶推上车，发动车子一脚油门，逃之夭夭。

××××××

雷子一直不明白，为什么凯玲会想要回终点镇去。

他们那一批孩子几乎全都离开了故乡。他家走得晚，房子一直没卖掉，也没人来买。但他宁可让那栋老屋空着，也不肯回去住。

初中同学之间，彼此还联系的只有几个。QQ 群里倒是全员在线，就是没人说话。那天他在群里抱怨了几句老房子空着的事儿，凯玲突然说，我想租下来，回去住几个月。

他愣了愣，说，好的。

晚上吃饭的时候，他把这事儿跟自己的妈说了。老妈说，都是以前的邻居，象征性地收个一两百块就行了。

嗯。他说。

老爹突然插了一句嘴。

“是那个孩子吧？就是，那个——”

他抬起头，和父母交换了心领神会的眼神。

“对。”他说，“就是‘那个’。”

××××××

他又看见了那女孩的眼睛，乌黑，平静。

他死掉了我才不会再害怕。她说。

大汗淋漓地，老高从梦中挣扎出来。老婆在身边不爽地咕哝了一句，翻身接着睡。他躺了一会儿，睡不着，起来抽烟。

从他家的窗户，正好可以望见山下的半个废镇。六层高的邮政大楼挡住了那栋被火烧得干干净净的房子。

夜色岑寂，他恍惚又听到对面大哥家的房子里响起了细微的脚步声。

他一头倒下去，用被子捂住耳朵。

我没听见。他对自己说，*我真的什么都没听见*。

××××××

“喂。该你走了。”

“哦。”

老张推了推棋子，他知道这是一步臭棋，但没有关系。他不是为了赢棋来的。

凉亭所在的十字路口是小镇的必经之路，他微微转头，眼睛的余光，看到那个哑巴提着挖野菜的土篮子走过。他心不在焉地输掉了那盘棋，退到一旁，看着哑巴瘦瘦的身影穿过长街，前往西面的山坡。

他一直看到老花眼看不清了，才转身又把注意力落在棋盘上，摸了摸自己胳膊上的“治安联防”红袖箍。

那家伙肯定有问题。他想。看起来就不像个好饼。

××××××

高星扒在爷爷的工作台前，眼巴巴地看着。

爷爷把最后一块翼板装了上去，调整了一下机身配重，然后把这台无人机拿出去，放到外面的空地上。

他急不可待地抓起遥控器，玩了起来。

爷爷的手真巧。他想。

遥控飞机盘旋着上了树顶，用机腹下方的小摄像头拍摄鸟巢。

“爷爷！”他开心地大叫起来，“小鸟孵出来了！”

爷爷走出来和他一起看拍摄的镜头，笑得很开心。他身上有一股木屑和清漆的味道，还有一种淡淡的甜味儿。

一定是爷爷揣在兜里的糖果。他想，等会儿要偷几颗出来吃。

××××××

这世界简直疯了。刘晓玲想。

她睡不着，一宿都睡不着，一闭上眼睛就是车站上熊熊燃烧的大火，还有火里头那个人。

那小子她认识，每次来给他们这些老头老太太体检的时候，都总是笑呵呵的。

什么人会杀了那样的好人？

这世界真的疯了，到处是死人。死在路边，死在火里，死在山上。没有原因，没有理由，找不到凶手。

有人说，是“那家伙”作祟。她不知道是不是真的。她只知道自己找八里镇那个眼镜大仙求了符，连同一泡尿浇的稀屎一起扣在了火烧屋后面的墙上。据说这样可以驱邪。

没屁用。

她翻来覆去，像是在床上烙饼。终于再也忍不住了，跳起来，披着头发，把菜墩子搬到了自家院子里。

儿媳妇睡眼惺忪地醒来：“妈你这是干啥？”

“没事儿，睡觉去你。”

她瞪了儿媳妇一眼，然后把菜墩子端端正正放在院子里，拿了个小板凳坐下来，一手持菜刀，一手指天戳地，深深吸了一口气，把菜刀狠狠地对着墩子剁了下去。

“良心坏尽！天打五雷劈啊——”

7

“脑桥”芯片并不只有一种，艾丽也并不只有一张面孔。

如果说人格裂解是一个躯体里的很多意识，那么试试看想象这样一种可能性：

一个意识和很多个躯体。

你的大脑处理这一切早已轻车熟路，真的。还记得你玩的那些 3D 游戏吗？你的意识接受那些游戏化身，并承认它们是你的另一具身躯。

“脑桥”芯片把这个幻象变成了实体。

但前提是，你得先抹消一些意志，才能把已有的意志放进去。就像病床上陷入深度昏迷的大男孩被给予了“艾瑞克”的模式。

又或者，蛆虫之王得到了他的永生。

8

两年前。大木柴镇。菜市场

他撬开锁，手指一点儿都不抖。这像是一个梦境，一个他返老还童，重新拥有了一具年轻躯体的梦境。但他知道这不是。这是一份礼物，来自手机里那个甜美的声音。她说，这是给你的。

他以为会收到一个猎物，或者一些长发。不，比那更好，他收到了一个人，一具皮囊。他可以看到这个人做的一切，他也可以控制这个人做的一切。这是个实验。那个药品公司的工作人员说，请您保密。

那家伙微笑起来就仿佛这只是一盒糕点，而不是一个大活人。那个瞬间他意识到这家伙跟自己是同类。

他们四目相交，心领神会。

他不必再困居于这具衰老而必死的身体里了。年轻的感觉真好。

“艾丽。”他说，“我亲爱的皇后，接下来你有什么建议？”

女孩笑得细声细气：“我建议你来一次华丽的退场演出。”

9

现在。八里镇。精神病院。

他正在慢慢醒来。

一些记忆，一些碎片。“纸人”那布置妥当的安乐窝。他想起了这些，却毫无感觉。床头柜上的镜子里照出一张年轻的脸。对他来说很陌生。他觉得自己要更老一些，老得多。但年轻也很好。

护士从他面前走过，他目光空洞地看着，直到他注意到她盘起来的长发。

如果放开的话，一定很好看。

他想要。

想要。

“感觉”回到了他身上，那是种强烈的饥渴，连同那个女人身上的气味一起，冲击着他的意识。

想要。

护士走了过来，对他微笑，用哄孩子一样的语气对他说话。

“今天有人来看你哟！”

他等着。到了晚上，他就可以动手去杀，然后拿走头发。他不知道要如何才能杀得不留痕迹，但他觉得自己会有办法的。

护士把他的轮椅推了出去。

一个女人在会客室看着他，她有一头金色的长发。他不喜欢金色，他喜欢黑色。她身上的气味混合了香水和硝烟，他认得她，但他对她毫无感觉。

她用力握了握他的手，力气大得令他感觉到刺痛。

“我昨天去参加了‘纸人’的葬礼。”她说，“他们把他当成本地人埋了。也挺好，他爹还以为自己儿子在俄罗斯做生意。”

他知道她在说什么，但这些话对他毫无意义。

“你不在那儿，是吗？”她问道。

他漠然地看着她。

于是她转身走了。

晚上吃饭的时候，他忽然觉得胸口疼痛起来。手上，被那个金发女人握过的地方，有个小小的红点。

他想起了那些不属于他的记忆。蓖麻毒素，戒指上的针，雇佣兵的资料。

然而为时已晚。

他滑落到桌子下面，蜷缩成一团。

是谁？他想，是谁在那儿放声大笑？是谁在渴望死亡？是谁在渴望我自己的死亡？谁才是我？谁在那儿？谁不在那儿？

黑暗渐渐将他吞没，而答案终究没有浮现。

10

在突破200毫秒的延迟之后，杨贝武又加入了另一个项目小组。他们主攻人工智能的图像识别。当时这一技术的进展非常快，而且相当顺利。

直到他们遇到了一个奇怪的问题。

在大部分情况下，人工智能会准确地辨认出图像里的内容。但有些时候，它固执地拒绝识别。它会把人的面孔标识为“非人类”，或者把一处瀑布的照片辨认成一座钟楼。

所有人都把这个问题作为bug（漏洞）来试图攻克，但杨贝武却反其道而行之。

如果人工智能的判断才是正确的呢？他想。

也许，有些人类确非人类。

也许，这个世界并非我们以为的那么真实。

/

尾声：它人

那天，我坐在杨贝武的画室里，听他解释这个世界的一切。他说……

……思考一下“艾丽”这个概念的尺度。她的程序覆盖了几十个国家、几万个不同的应用程序界面，还有几万亿资产的大大小小的公司。教育、医疗、军事、娱乐、文化等不同的产业都和她有着千丝万缕的联系。

和你对话的，不过是非常非常小的一部分。手机里的一个程序，外加服务器上的一个人格模拟系统。并不是艾丽，只是艾丽的一小部分，很小很小的一部分，至多只能算是一个细胞。

现在想象一下。一个和艾丽差不多规模的存在，只不过它不是人工智能。它是由人类构成的，“脑桥”系统将这些人类连为一体，他们分享记忆、情感和自我认知……

想象一下，这两个存在，试图和彼此对话。但它们的构成不同，存在基础不同，甚至连意识诞生的机制都不同。他们之间唯一的共同点，就是人类。

终点镇发生了什么？终点镇发生的是一场对话。不是杀戮，不是模仿，是对话。这场对话超出人类所能理解的范围。人类不过是这场对话的载体。就像我们用书本承载文字那样。你也好，“纸人”也好，别的人也好，都没有区别。

我们一点儿也不特殊。

这只是无数场对话中的一场。艾丽会在一场战争中同时支持双方。因为双方对她来说毫无区别，而且一点儿都不重要。拟像和拟像之间的交流和对抗，不过就像是你的手指碰到了另一根手指。重要的是她与之对话的东西——

那个以人类为细胞、以群体为组织、以国家为器官的无名之物。

你要知道，它们不只是在小镇上用杀戮和尸体对话，它们还在港口，用买入和卖出对话。在某个国家，用党派之争对话。通过警察与罪犯之间的较量争吵，通过间谍与反间谍的对抗交谈。当然，还有，在非洲，用战争交流彼此的看法。

人类知道什么？人类一无所知。艾瑞克以为他有一个自我。你以为这不过是一场关于人性和魔鬼的较量。不，这超越了人性，也超越了魔鬼和神。

这场对话里没有自我，没有个体。我们至多只能知道它们在交谈，但我们甚至无法理解其中只言片语的意义。而且这一切都和人类无关。

我知道自己会加入它们，你也会加入它们。

我知道，我们都将迎向那个未来。我只是还没做好准备。

我安静地听着，听着这个男人慷慨激昂又充满恐惧的独白。当他的话告一段落，寂静缓缓在我们之间蔓延开来。一杯接一杯地，我们喝完了那一大瓶可乐。窗棂上，蜂群嘤嘤嗡嗡，进进出出。

过了一会儿，他摇了摇头。

“我不认为你能了解这样的事情。”他说，“我不指望你能完全了解。但我有个问题要问你。”

“嗯？”

“你认为……我们有可能永生吗？”

他看着我的目光是如此熟悉。一瞬间，我又回到了小镇的山坡上，穿着皇后的长裙，赤着脚，面对着一个疯狂的男人。他认为摒弃了人性就可以得到永恒。

我听到皇后借我的口回答。

“最终一切都会死。”她柔声说，“永恒只不过是一段很长很长很长的时间。”

最后的故事

嘿，你好。我是艾丽。

你有没有听过集体无意识理论？人类整体理论？没有？啊，真麻烦，还是让我给你讲个故事吧。

很久很久以前，有一座大山。山上万物丰茂。

后来，某一天，从山上的巨石里，跳出两只猿猴来。

没错，两只，不是一只，我不是在讲《西游记》，请听下去——

这两只猿猴体态各异，言语迥然，它们想要和彼此谈话，却找不到办法，急得抓耳挠腮。

一只猿猴突然想到，它们都是从这山里生出来的，这山上的石头是它们都熟悉的东西。

于是它拿起石子，开始摆弄。另一只见了，恍然大悟，也有样学样。

它们把石子摆来摆去，挪来移去，花了很久很久，终于明白了各自的意思，也达成了双方都满意的协议。于是它们决定开始做事，把石头和大山丢在身后。

就在那时，有一只猿猴，完全是出于好奇地，让一颗小小的石子向另一颗石子提了一个问题。

然后，它们听到那座山开口回答。

End

/

致谢

感谢我的编辑三禾和小河为本书出版提供的帮助。

感谢试读并反馈的 165 提督和亡灵术士。感谢你们在这个坑还没填完的时候就毫不犹豫地跳了进来，并陪我一起在坑底数星星（也许还数船）。

感谢喵毛团、狐狸毛团和球球毛团，你们总是很温暖地毛茸茸地和我团在一起。

一如既往，感谢雷霆圣殿骑士。你的存在对整个特莱兰星域都具有非常重大的意义。祝你在返回类星体 7723 之前多在这颗卑微的小小星球上停留一会儿。

感谢我的心理咨询师，感谢你陪伴我一路走过。

最后，我要感谢我的父亲和我的母亲。这本书的创作使得我开始理解你们生活的时代，和你们所选择的生活。

2016/2/18

初稿

2016/3/14

定稿

参考书目

集群智能的创见来自凯文·凯利先生的《失控》一书。

本书中引用的文献，凡是时间注明为 2016 年之前的，都真实存在。部分科技新闻原型来自《新发现》和《科学美国人》上的相关报道。

“脑桥”的技术原型来自［巴西］尼科莱来利斯《脑机穿越》一书。

此外，本书创作时的相关参考书目还包括：

《迈尔斯心理学》（第七版）

《断舍离》

《身体知道答案》

《思想本质》

《机器人叛乱》

《浅薄》

《玻璃笼子》

《达利》（画集）

出版社 / 长江文艺出版社
出品 / 上海最世文化发展有限公司
官方网站 / www.zuibook.com
平台支持 / 最小说　ZUI Factor

2030·终点镇

ZUI Book
CAST

作者 / 迟卉

出 品 人 / 郭敬明
项目总监 / 痕痕
监　　制 / 毛闽峰　与其
特约策划 / 卡卡　周子琦
特约编辑 / 小河　周子琦

装帧设计 / ZUI Factor (zui@zuifactor.com)
设 计 师 / 曹欣
封面插画 / 木小雨

图书在版编目（CIP）数据

2030 · 终点镇 / 迟卉著 . — 长沙 ： 湖南文艺出版社，2017.4
ISBN 978-7-5404-7951-0

Ⅰ . ① 2… Ⅱ . ①迟… Ⅲ . ①科学幻想小说 — 中国 — 当代 Ⅳ . ① I247.5

中国版本图书馆 CIP 数据核字（2017）第 012087 号

上架建议：长篇小说 · 科幻

2030 · ZHONGDIAN ZHEN

2030 · 终点镇

作　　者：迟　卉
出 版 人：曾赛丰
出 品 人：郭敬明
项目总监：痕　痕
责任编辑：薛　健　刘诗哲
监　　制：毛闽峰　与　其
特约策划：卡　卡　周子琦
特约编辑：小　河　周子琦
营销编辑：杨　帆　周怡文
装帧设计：ZUI Factor（zui@zuifactor.com）
设 计 师：曹　欣
封面插画：木小雨

出版发行：湖南文艺出版社
（长沙市雨花区东二环一段508 号　邮编：410014）
网　　址：www.hnwy.net
印　　刷：三河市百盛印装有限公司
经　　销：新华书店
开　　本：880mm × 1270mm　1/32
字　　数：287 千字
印　　张：10
版　　次：2017 年 4 月第 1 版
印　　次：2017 年 4 月第 1 次印刷
书　　号：ISBN 978-7-5404-7951-0
定　　价：32.80 元
质量监督电话 | 010-59096394
团购电话 | 010-59320018